마그놀리아 판타지 장편 소설

아르제스 전기 4

마그놀리아 판타지 장편 소설

초판 1쇄 찍은 날 § 2006년 12월 5일
초판 1쇄 펴낸 날 § 2006년 12월 15일

지은이 § 마그놀리아
펴낸이 § 서경석

편집장 § 문혜영
편집책임 § 문정흠
편집 § 최하나

펴낸곳 § 도서출판 청어람
등록번호 § 제1081-1-89호
등록일자 § 1999. 5. 31
어람번호 § 제1-0771호

주소 § 경기도 부천시 원미구 심곡1동 350-1 남성B/D 3F (우) 420-011
전화 § 032-656-4452 팩스 § 032-656-4453
http://www.chungeoram.com
E-mail § eoram99@chollian.net

ISBN 89-251-0436-9 04810
ISBN 89-251-0300-1 (세트)

Contents

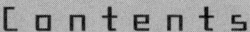

제1장

청혼

아르제스 전기

  세바노프의 조건은 달리 말하면 일종의 초대였다. 켈라바
르 인들이 비록 조금은 폐쇄적인 성향을 가진다지만, 그것은
그들 자체의 문제라기보다는 그들을 바라보는 다른 민족들의
편견이 가장 큰 원인이었다.

  원래의 그들은 여행자와 이방인에게 넉넉한 인심을 보이며,
상대의 호의에 대해서는 반드시 보답할 줄 아는 베풂의 전통
을 가진 민족이었다. 그래서 세바노프는 이번 기회를 빌어서
아르제스를 정식으로 자신의 가문으로 초대할 작정이었다. 그
리고 그런 이유가 아니더라도 현장의 분위기를 파악하는 것
은 역시 직접 가서 보고 느끼는 것이 제일이다. 아르제스로서

도 세바노프가 직접 배를 제공하겠다는 의사를 밝히는 데야 마다할 이유가 없었다. 파병 예상 날짜를 따져 보아도 시간은 부족하지 않았다. 세바노프의 제안에 대한 아르제스의 대답은 '그렇게만 해주신다면 더없이 감사하겠습니다' 였다.

세바노프와 세부 일정을 논의한 후, 아르제스는 곧바로 집으로 향했다. 이미 파병군 사령관으로 임명된 상태에서 할 일이 산더미 같이 쌓여 있었지만, 생각했던 것보다 너무 길어진 카라카스 방문이었기에 한동안 가족들과의 시간을 가지고 싶었다. 그리고 떠나기 전에 매듭 지어야 할 문제도 있었다.

집으로 돌아온 시각은 늦은 오후였고, 자연스럽게 저녁 식사 자리가 마련되었다. 비록 융이 빠지긴 했지만 '가족' 이라고 불릴 만한 사람들이 한자리에 다 모인 것은 참으로 오랜만이었다.

"말해보거라, 이번에 카라카스에서는 무슨 일이 있었던 것이니?"

식사가 시작되자마자 코넬리아는 궁금함을 참지 못하고 아르제스의 대답을 재촉했다. 한 달이 넘게 카라카스에 머물면서 편지를 보내지 않았던 것은 아니었지만 자세한 내용은 편지에 담지 않았고, 에레냐드 파병안에 대한 결정이 카라카스에서 대중에게 공표된 것도 불과 나흘 전의 일이었기에 아직은 코넬리아의 귀에까지 자세한 소식이 들어오지 않은 상황이었다.

"⋯⋯."

코넬리아의 질문에 잠시 생각을 정리하던 아르제스는 이내 담담한 표정으로 입을 열었다.

"흠, 좀 복잡한 이야기이긴 합니다만, 저번에 라인 제국의 사절단이 방문한 진짜 목적은 에레냐드 속주에 이케니아 군의 파병이 가능하지의 여부를 타진해 보기 위해서더군요. 그 문제로 한동안 카라카스의 왕궁이 보통 시끄러웠던 게 아니었습니다. 하지만 결국은 진통 끝에 파병안이 통과되었고, 파병군 사령관에는 제가 선임되었습니다. 뭐⋯ 간단하게 말하자면 이렇습니다, 어머니."

아르제스는 마치 남의 이야기를 하듯 말했지만, 그의 말에 코넬리아의 표정은 한껏 밝아졌다.

"세상에! 이거 정말 축하할 일이구나! 그러지 말고 자세히 말해보렴."

같은 사령관이라도 파병군 사령관이란 직책은 아르제스가 역임했던 지역 사령관과는 성격이 다르다. 정치에 대해 문외한이 아닌 코넬리아는 정확하게 그 차이점을 인식하고 있었다. 일단 타국으로 파견되는 군대의 수장은 연맹을 대표하는 만큼 군사적 능력뿐만 아니라 정치·외교적 능력까지 인정받아야만 한다. 즉, 아르제스가 파병군의 수장으로 임명되었다는 것은 그가 그런 능력을 인정받았다는 말이다. 그야말로 아르제스가 중앙 공직에 화려하게 데뷔한 것이 아닌가? 하지만 코넬리아의 흥분된 목소리에도 불구하고 아르제스의 대답은 여전히 담담했다.

"티투스 황제가 절 과대평가한 모양이더군요. 라인 측에서 처음부터 저를 파병군의 수장으로 내정한 상태에서 이루어진 협상이었으니까요."

"……!"

아르제스의 입에서 티투스의 이름이 거론되자 발가르는 무의식중에 옆자리에 앉은 엘레나를 쳐다보았다. 엘레나에게 있어 그의 이름은 일종의 금기와도 같았다. 발가르뿐 아니라 코넬리아도 흠칫한 표정으로 아르제스를 바라보았다. 하지만 아르제스는 아무 일도 없었다는 듯이 그저 식사에 열중이었다.

"……."

불과 몇 초에 불과했지만 식탁에 앉은 모두에게는 어색하기 이를 데 없는 정적이 흘렀다. 아니나 다를까, 엘레나는 애써 태연을 가장하고 있었지만 유난히 굳어진 얼굴을 하고 있었다. 그 뒤로는 '만찬'에 어울리지 않는 가라앉은 분위기가 계속되었다. 식사를 하는 내내 굳은 표정으로 침묵하던 그녀는, 결국 속이 좋지 않다는 이유로 식사 도중에 자리를 떠나 버렸다.

"후, 역시… 아직인가……."

나지막하게 혼잣말을 내뱉은 아르제스는 멀어져 가는 엘레나의 뒷모습을 복잡한 심경으로 바라보았다. 괜히 그녀를 떠본 것이 아닌가 하는 후회가 밀려왔다.

"쫓아가 봐야 되지 않겠니?"

코넬리아가 걱정스런 말투로 말했지만 아르제스는 가볍게 고개를 저었다.

"엘레나님도 머릿속으로는 이해하고 있을 것입니다. 다만 현실을 받아들이는 데는 시간이 좀 걸리겠지요."

하지만 이렇게 말하는 아르제스 자신도 스스로의 말이 핑계에 불과하다는 것을 알고 있었다. 막상 그녀를 쫓아간다고 해도 무슨 말을 해줄 수 있단 말인가? 하지만 아르제스의 이런 속마음을 모르는 코넬리아는 아들의 태도에 씁쓸한 미소를 지었다.

'여자의 마음을 너무 모르는구나.'

인간 간의 신뢰는 이해관계에서 비롯되기보다는 일방적인 호의에서 출발한다고 믿는 그녀이다. 특히 남녀 간의 관계는 일의 옳고 그름으로 따질 수 있는 성질의 문제가 아니다. 하지만 속으로는 아들의 무신경함을 탓하면서도 입 밖으로 꺼내지는 않았다. 결국은 당사자인 두 사람이 알아서 해결해야 할 문제였다.

그에 비해 티투스에 얽힌 또 다른 당사자인 발가르는 그나마 담담한 표정이었다. 라인 제국에서 추방당한 몸이라는 것은 발가르도 마찬가지였지만, 엘레나와는 근본적인 처지가 달랐다. 하지만 내심 스스로를 엘레나의 보호자라고 생각해 온 그의 입장에서도 그녀에 대한 걱정이 없을 리 없었다.

"엘레나도 속은 복잡하겠지. 부모를 죽인 것은 해적이지만, 그 원인을 제공한 것은 티투스와 무기력한 원로원이었으니까. 게다가 눈앞에서 부모의 죽음을 직접 보았으니 말이야."

하지만 이어지는 한마디는 차마 입에서 뱉지 못하고 속으로만 생각했다.

'그리고 자네는 그 해적들마저도 아군으로 이용했지.'

발가르의 말에 아르제스는 멍하니 고개를 끄덕였다. 이번 에레냐드 파병에 관해서 생각할 때마다 항상 가슴 한편을 짓눌렀던 것이 바로 엘레나의 존재였다. 혹시나 하는 마음에 일부러 티투스의 이름을 꺼내어본 것인데, 결과는 우려한 그대로였던 것이다.

엘레나가 자리를 비운 후 저녁 만찬에 어울리지 않는 지루하고 무거운 분위기가 이어졌다. 먹는다는 행위를 제외하면 아무런 의미도 없는 저녁 식사였다. 아르제스는 끝까지 침묵을 지켰다. 이미 그의 머릿속은 자신이 해결할 수 없는 문제에 곤혹스러워하고 있었다. 때로는 한 사람과의 관계가 수만 명의 적을 상대하는 것만큼이나 어려운 법이었다. 특히 상대가 감정으로 얽혀 있는 이성(異性)일 때는 더욱더.

3야경시가 끝나갈 무렵, 풀벌레마저 울지 않는 적막한 밤이었다. 복잡한 생각에 잠을 이루지 못한 아르제스는 고민 끝에 침상에서 몸을 일으켰다. 그리고는 엘레나의 침실로 무거운 걸음을 옮겼다. 하지만 주렴이 걷혀진 그녀의 침대는 잘 정돈된 침구가 놓여 있을 뿐, 방의 주인은 자리를 비우고 있었다. 아르제스는 그녀가 어디에 있는지 쉽게 알 수 있었다. 그는 그녀가 있는 곳으로 향했다.

  '엘레나님…….'

  포도밭이 보이는 뒤뜰로 나온 그는 어스름한 달빛 속에 앉아 있는 가냘픈 여인의 뒷모습을 발견할 수 있었다. 굳이 인기척을 숨기지 않았음에도 불구하고 엘레나는 등 뒤로 다가오는 사람의 정체를 확인하려 들지 않았다. 그런 그녀 곁으로 아르제스가 어깨를 나란히 하며 앉았다. 맞은편에도 자리가 있었지만 지금은 차마 그녀의 얼굴을 직시할 용기가 나지 않았다. 그녀와 같은 곳을 바라봐 주는 것이 지금의 아르제스가 할 수 있는 최선이었다.

  "옷이 너무 얇습니다."

  아르제스는 자신의 체온으로 데워진 겉옷을 벗어 유난히 허전해 보이는 그녀의 어깨를 감싸주었다.

  "그래도 차가운 공기를 맞다 보면 기분이 좋아지는걸요."

  머리카락 사이로 드러난 선이 고운 옆얼굴이 반쪽짜리 미소를 만들었다. 하지만 아르제스가 덮어주는 외투를 거절하지는 않았다. 아니, 오히려 가슴 위에서 손을 교차시키며 더욱 옷깃을 여미고 있었다. 머리카락 사이로 드러난 그녀의 귓불은 이미 추위에 붉어져 있었다. 아마 상당히 오랫동안 이러고 있었으리라.

순간 안쓰러운 생각이 든 아르제스는 손을 들어 얼굴을 가릴 듯 흘러내린 그녀의 머리카락을 귀 뒤로 넘겨주었다. 그리고 두 사람은 밤의 일부가 된 것처럼 오랫동안 침묵의 미덕을 실천하였다. 때로는 침묵이 천 마디의 말보다 많은 것을 말해주는 법이었다.

그리고 얼마의 시간이 흘렀을까? 오랜 침묵을 깨고 엘레나가 말문을 열었다.

"가이우스 가에 몸을 의탁한 처지로서 제 개인의 감정이나 원한이 아르제스님에게 방해가 되어서는 안 되겠지요. 그건 저도 잘 알고 있어요."

습기 가득한 그녀의 음성이었지만, 말끝을 흐리지는 않았다.

"엘레나님……."

"하지만 잊혀지지가 않는걸요."

순간 부모의 비극적 최후가 생각난 듯 터져 나오려는 감정을 겨우 참은 엘레나의 여린 두 손은 그녀의 감정을 대변하듯 옷을 찢어버릴 듯 힘이 들어가 있었다.

"아버지는… 어머니는… 그렇게 돌아가셔야 할 분이 아니었어요. 누구보다 라인을 걱정하고, 그렇게 떳떳하고 명예롭게 살아오신 분인데… 그런데……."

결국 그녀는 차마 말을 잇지 못했다.

그녀에게 닥친 비극이 시대의 산물이라면, 시대는 그 시대를 살아간 사람들의 산물이다. 모든 것이 얽혀 있는 세상에서 원인과 결과는 명확히 구분되는 것이 아니다. 이 순간 아르제스는 엘레나를 위한 어떠한 답도 내놓을 수가 없었다. 그는 그저 그녀가 이토록 무용한 고통에서 벗어났으면 하는 심정뿐이었다.

"후, 그 증오와 슬픔은 엘레나님 스스로를 갉아먹을 것입니다."

복수할 수 없는 원한이면 그것은 더 이상 원한이 아니다. 이케니아 민족에게는 오랫동안 내려오는 격언과도 같은 말이었다. 하지만 그녀의 대답에는 자조마저 담겨 있었다.

"저는 이렇게 염치없이 살아남았으니까요. 대가치고는 참으로 보잘것없는 고통이지요."

증오와 슬픔은 머리에 존재하는 것이 아니라 가슴에 자리 잡는다. 머리에 존재하는 것은 쉽게 잊어버릴 수 있지만, 가슴에 존재하는 것은 시간이 지날수록 바위에 음각된 비석의 글귀처럼 쉽사리 지워지지 않게 된다.

그녀에 대답에 아르제스는 가슴 한편이 아파왔다. 그는 그제야 그녀의 분노가 향해 있는 대상이 누구인지 알게 되었다. 대상은 다름 아닌 그녀 자신. 그녀는 그 누구보다 스스로를 증오하고 있었던 것이다. 하지만 도대체 왜?! 그녀는 그저 무력한 여인일 뿐이었다. 시간을 수만 번 되돌릴 수 있다 하더라도 그녀가 부모를 구하기 위해서 할 수 있는 일은 아무것도 없을 것이다. 하지만 잘못된 시간에 잘못된 장소에 있었다는 것을 이유로 모든 것을 불운으로 돌려 버리기엔 엘레나가 겪은 사건은 너무나 비극적인 일이었다. 어쩌면 그녀에게서 이러한 감정마저 빼앗는다는 것은 잔인한 일일지도 모른다는 생각이 들었다. 그녀의 아픔은 평생 동안 짊어져야 될 마음의 빚일지도 몰랐다.

아르제스는 서글픈 운명의 이 여인에게 깊은 연민과 함께 부끄러울 정도의 죄책감을 느꼈다. 평상시에는 지나치다 싶을 정도로 밝은 그녀이지만, 자신은 정말 그녀의 깊은 상처를 몰랐던 것일까? 아니었다. 자신은 그저 그녀의 이런 아픔을 애써 외면해 왔던 것이다. 이러한 감정들은 열정이 되어 아르제스의 가슴을 뜨겁게 했고, 뜨거운 감정은 격한 포옹으로 터져 나왔다.

"아!"

숨이 막힐 정도로 껴안아오는 아르제스의 행동에 가벼운 탄성을 터뜨린 게 그녀가 보인 반응의 전부였다. 거부하지도 마주 안지도 못한 그녀의 표정은 복잡한 감정으로 얼룩져 있었다. 하지만 복잡한 감정은 그다지 오래가지 못했다. 아르제스의 한마디가 그녀의 정신을 깨웠기 때문이다.

"저와 결혼해 주십시오. 더 이상 기다리지 않겠습니다."

청혼을 하기에는 시간도, 장소도, 그리고 상황마저도 적절치 못했다. 하지만 자신의 대답을 기다리며 어색하게 굳어버린 그를 느끼며 그녀는 오히려 미소를 지을 만한 여유를 찾을 수 있었다. 그녀는 무릎 위에 어색하게 놓여 있던 손을 들어 아르제스를 가만히 마주 안아주었다. 지금 자신이 어떤 대답을 해야 할지 그녀는 너무나도 잘 알고 있었다.

*　　　　*　　　　*

라인의 신년은 '축제의 나라'인 이케니아에 비하면 경건하다 싶을 정도로 조용하다. 각각의 신들은 자신들만의 축일(祝日)을 가지고 있기에 새해라고 따로 참배가 이루어지는 것도 아니었다. 따라서 12월부터 공직 선거가 시작되는 이듬해 3월까지의 기간은 긴 휴일과도 같은 시간이었다. 하지만 한 인물에게는 해당되지 않는 말이었다. 그는 이별을 슬퍼하는 가족들을 두고, 수행인들을 대동한 채 라인을 떠나 먼 길을 가야만 하는 입장이었기 때문이다.

티아나에서 관용 쾌속선에 올라탄 섹티우스는 이케니아의 동부 해상 관문인 우티카 항으로 향했다. 플라베니아에 기착했다가 오르피스 해역을 지나 우티카로 향하는 항로였는데, 중앙해 북서부 해안을 따라 우회하던 기존의 항로에 비하면 상당히 항해 시간을 단축할 수 있었다. 오르피스 군도의 해적이 사라진 덕분이었다. 군용 갤리선이긴 하지만 단 한 척의 배만 이용한 것도 해적에게 습격당할 위험이 사라졌기 때문이다. 다만 그에게 배속된 라인 기병 200기는 가도를 통해 남토르카 지방을 경유, 육로로 이동하도록 되어 있었다.

섹티우스가 우티카에 도착해 처음 받은 느낌은 '새롭다'는 것이었다. 하지만 그 새로움은 이국의 문물을 처음 접한 사람들이 느끼는 일반적인 감정과는 차이가 있었다. 다르다는 말이 아닌, 말 그대로 '낡지 않았다'는 의미였으니까 말이다. 그도 그럴 것이 우티카 방어전 당시 전부 소실되다시피한 항만 시설이 최근에야 대부분 복구되었기 때문이다.

라인 제국의 깃발을 매단 배가 선착장에 정박하자 선원이 바쁘게 움직였다. 섹티우스는 오랜만에 밟아본 땅이 그렇게 편할 수가 없었다. 지휘관의 신분이라 내색할 수는 없었지만, 그는 배를 타고 이처럼 긴 항해를 한 것이 이번이 처음이었다. 다행히 뱃멀미를 심하게 한 것은 아니었는데, 그래도 바다에 대한 두려움을 떨쳐 버리는 데는 아무 도움이 되지 않았다.

10분쯤 지나자 일단의 병사들과 함께 이케니아 장교로 보이는 한 사내가 나타났다. 가볍지만 예의에 어긋나지 않는 정중함으로 인사를 한 장교는 능숙한 라인 어로 말했다.

"라인 제국에서 오신 감찰관 섹티우스님이십니까?"

"그렇습니다. 파비우스 섹티우스라고 합니다."

고개를 끄덕인 섹티우스는 오히려 이케니아 어로 대답했다. 라인 제국의 명문 귀족이라면 중앙해 북부의 공용어인 이케니아 어를 어려서부터 필수 과목으로 배우게 된다. 섹티우스에게 있어서 2개국어를 구사하는 것은 그리 대단한 일이 아니었다.

"우티카에 오신 것을 환영합니다, 파비우스 섹티우스님. 저는 우티카 해군 장관인 크라티누스님의 부관입니다. 장관님이 급한 일로 부재중이시라 이렇게 제가 마중을 나오게 되었습니다. 무례를 용서하시길 바랍니다."

"아닙니다."

"짐은 제 부하들에게 맡기시고 이 말을 타시지요. 시내의 숙소로 안내하겠습니다."

"아, 그리 멀지 않은 곳이라면 걷고 싶습니다만……."

타는 것은 배만으로 충분했다. 비록 기존 항로에 비하면 상당히 짧아진 항로였지만, 계절이 겨울이다 보니 아무래도 편안한 항해는 아니었던 것이다. 그런 이유로 비록 뛰어난 기마술을 자랑처럼 삼아온 섹티우스였지만 지금은 좀 걷고 싶었다. 하지만 부관은 가볍게 웃으며 다시 한 번 말을 권했다.

"그리 멀지 않은 곳이 아니라서 그러는 것입니다. 시내는 저 언덕을 넘어서 한참이나 가야 하니까요."

"아! 그렇군요."

항구 도시치곤 참으로 특이하다는 생각이 들었다. 도시와 항구가 멀다는 것은 항구 도시로서는 치명적인 약점이다. 배를 타본 경험이 얼마나 되느냐와는 상관없는 상식 수준의 이야기였다.

"그런데 왜 도시와 항구가 떨어져 있는 것입니까? 저로서는 이해가 되지 않는군요."

"우티카 항구는 우티카가 자리 잡은 후 한참 후에 건설된 계획 항구입니다. 일반적인 해안도시의 항구들과는 그 역사를 달리하지요. 그리고 우티카 항구는 근본적으로 군항이니까, 도시와 떨어져 있다고 해서 그리 불편하지는 않습니다."

"그렇군요."

납득했다는 듯 고개를 끄덕인 섹티우스는 말에 올라 부관의 안내를 받으며 길을 재촉했다. 밤이 일찍 찾아오는 겨울인 탓에 항구는 이미 적막함에 잠겨들고 있었다. 화려한 밤을 자랑하는 상항과는 다른 군항만의 독특한 풍경이었다.

우티카 시내에서 하루를 묵은 섹티우스는 아침부터 길을 재촉했다. 목적지는 연맹 수도인 내륙 도시 카라카스였다.

*　　　*　　　*

네모에서 가족들과의 시간을 보내면서도 아르제스의 머릿속은 파병 준비에 관한 문제들로 가득 차 있었다. 우여곡절 끝에 에레냐드 파병안은 귀족회의를 통과하였지만, 거기에 따르는 제반 사항들은 무엇 하나 재대로 결정된 것들이 없었고, 그런 문제들은 대부분 아르제스가 해결해야 할 몫이었다.

아르제스 스스로도 지금의 이케니아를 지탱해 주고 있는 것은 경제력이 아닌 법이라고 말했을 만큼 이케니아의 모든 공무는 법으로 시작해서 법으로 끝난다. 특히나 절대권력자가 없는 이케니아의 연맹의 특성상, 법제화되지 않으면 어떤 일도 시작할 수 없는 것이 현실이었다. 적들과 싸우기만 하면 충분했던 세노아 전쟁 때와는 달리 이제는 적과 싸우기 이전에 먼저 법과 싸워야 하는 것이 아르제스의 현재 상황이었다.

아르제스가 생각한 선결 과제는 크게 2가지였다. '군제 재편성', 그리고 '병사들의 급료 문제' 가 그것이었다. 굳이 따지자면 군제 재편성의 문제는 외형적인 문제이고, 병사들의 급료문제는 내형적인 문제이다. 그러나 이 문제들은 개별적으로 하나하나 떼어놓고 생각할 수 있는 성질의 것이 아니었다.

군제 편성 문제는 용병(用兵)의 단위를 개혁하는 문제, 즉 군대의 구성을 개혁하는 문제와 그에 맞는 새로운 지위(계급)

를 설정하는 문제로 귀결될 수 있었다. 아르제스가 원하는 군대의 구성은 당연히 백인대를 최소 전투 단위로 하고 대대를 전술의 중심에 두고 움직이는 라인 제국식 군단 체계였다.

물론 라인식 군단 체계가 무조건 좋다는 뜻은 아니었다. 아무리 좋은 체계라도 적용되는 대상에 따라 그 효율성은 크게 차이가 나기 때문이다.

라인식 군단의 장점이라면 무엇보다도 백인대─대대─군단으로 이어지는 명확하고 유기적인 구조이다. 단위가 명확하기 때문에 명령 전달도 일사불란할 뿐 아니라 전투에 있어서 책임 소재도 명확해지기 때문이다. 하지만 이러한 구성은 용병을 주력으로 하는 국가에는 적합하지 않다. 군단은 어디까지나 시민병이라는 전제하에서 출발하고 발전해 온 체계이다.

군단 체계가 효율성을 발휘할 수 있는 조건은 '명확히 규정된 수칙'과 '병사와 지휘관, 그리고 국가 사이를 단결시켜 주는 신뢰감'이다. 용병들에게 이러한 덕목을 요구하긴 힘들다. 하지만 이케니아 군은 라인 제국과 징집 방식에서는 차이가 있어도 어디까지나 시민병이라는 점에서는 차이가 없다. 아니, 라인 제국은 시민이 아니더라도 군대에 지원하는 것이 가능하니까 오히려 이케니아 쪽이 순수한 시민병이다.

하지만 근본적인 문제는 단순히 군대의 구성을 라인식으로 짠다고 해서 해결되는 것이 아니었다. 그렇게 해결될 문제였으면 굳이 법제화할 필요 없이 세노아 전쟁 때처럼 사령관의 직권으로 재편해 버리면 그만일 터였다. 세노아 전쟁 때에는 백인대장, 대대장이라는 직위는 있었어도 직위(職位)에 따른 급료의 차등은 없었다. 어디까지나 지위(地位)에 의한 차등만 존재했을 뿐이다.

다만, 노베에서 약탈한 자금을 아르제스가 보너스의 형식으로 분배했을 때 지휘관을 담당했던 병사들에게 조금 더 지급했을 뿐이었다. 이것은 큰 차이라고 보기 힘들었다. 하지만 '정식으로' 군대의 구성이 재편된다면 상황은 달라진다. 직위에 맞는 차등 대우가 필요한 것이다.

그리고 차등 대우 문제는 자연스럽게 사회적 계급의 문제로 이어진다. 왜냐하면 아르제스는 대대장 급 이하의 중하급 지휘관들을 귀족 출신의 참모들이 아닌 실전 경험이 풍부한 시민병으로 채울 구상을 하고 있었기 때문이다. 즉, 아르제스의 구상이 실현된다면 평민 출신의 장교들이 대거 생겨나게 되는 것이다.

물론 이전에도 평민 출신의 장교가 없었던 것은 아니다. 하지만 '장교'라는 계급의 숫자 자체가 제한적일 수밖에 없었던 이케니아 전통의 용병술에서는 당연히 평민 출신의 장교도 보기 드물었다. 그러나 소수는 흐름을 만들 수 없지만 다수가 되면 이야기가 달라진다. 군대를 매개로 시민들이 권익과 발언권이 한층 더 강화될 수 있는 여지가 생기는 것이다.

특히 네모 시민일 경우 아르제스가 통과시킨 '군 경력의 공직 출마 조건 인정에 관한 법률'에 의거, 고위 공직으로의 진출 가능성도 열리게 된다. 이것은 아르제스의 입장에서는 무척이나 바라는 효과였지만, 오히려 그렇기에 걱정되는 면도 있었다. 군제 재편 문제가 사회적 계급 간의 갈등으로 비화될까 봐 우려되었기 때문이다. 따라서 군제 재편 문제는 단순히 군대에 관련된 문제가 아닌 정치적·경제적 분야에 미칠 파장도 미리 고려해 두지 않으면 안 될 사안이었다.

　병사들의 급료 문제는 중앙 정계에서도 무척이나 논의가 활발하게 이루어지고 있는 문제이면서도 그에 비하면 좀처럼 진전이 없는 문제였다. 근래에 취해진 조치라고는 아르제스가 우여곡절 끝에 통과시킨 '장기 군 복무자에 대한 퇴직금 지급 법안'이 고작이었고, 이마저도 네모 시민권을 가진 병사에게만 한정되는 법안이었다. 하지만 아르제스에게는 느긋하게 기다릴 시간이 없었다. 무엇보다 내년으로 다가온 파병에 대비해 당장 군대를 조직해야 하는 현실적인 문제가 걸려 있는 것이다.
　아르제스가 구상한 대로 대대장 급 이하의 지휘관들을 실전 경험이 풍부한 병사들로 채우려면 무엇보다 세노아 전쟁에서 자신과 싸웠던 고참 병사들의 참여가 절실하다. 그러려면 아르제스와 크라티누스가 사령관이었을 당시 이루어졌던 해적 토벌전 때처럼, 징병의 형식이 아닌 지원병을 모집해야 했다. 당시에 지원병이 몰렸던 이유들 중에는 아르제스의 군사적 명성도 한몫을 했지만, 무엇보다 해적 토벌전 이후에 발생할 전리품(특히 노예)에 대한 기대감이 컸었다. 아르테우스가 공약으로 내세웠던 병사들의 급료 인상 문제는 지금까지도 법제화되지 못하고 있지만, 당시에는 전리품만으로도 그 이상의 이득을 챙길 수 있는 상황이었고, 따라서 급료 문제로 불평을 제기한 병사들은 아무도 없었다. 게다가 당시의 해적 토벌전은 1개월 안에 끝나는 단기 복무라는 이점도 있었다.

하지만 에레냐드 파병군의 경우에는 이러한 이점들이 없었다. 무엇보다 전리품을 기대할 수 있을지도 불투명한 상태인 데다가, 최소한 3년이 넘어갈 장기 복무이다. 아무리 아르제스 밑에서 승리의 기쁨을 맛보았던 병사들이라도 쉽사리 종군을 결심할 수 없는 상황이다. 속칭 '아르제스 군단'이라고 불리었던 병사들도 이럴진대 징집될 병사들의 사기는 불을 보듯 뻔했다.

병사들의 전투력은 단순히 개인이 가진 전투 기술이나 체력 혹은 지휘관의 전술 능력에 의해서만 좌우되는 것이 아니다. 때로는 심리적 문제가 사기에 중대한 영향을 미치고, 심리적 문제에 영향을 끼치는 요인 중 가장 중요한 것은 바로 미래에 관한 문제, 즉 사회적 지위와 경제적 안정에 관한 문제인 것이다. 전장에서 잘 싸우는 것만으로는 진정으로 훌륭한 지휘관이 될 수 없다. 아르제스가 유난히 병사들의 처우 문제에 신경을 쓰는 것도 이러한 사실을 깊이 이해하고 있었기 때문이다. 그래서 아르제스는 이번 파병을 계기로 '군제 재편성'과 '병사들의 급료 문제'라는 사안을 어떠한 방식으로든 해결하고 싶었다.

먼저 군제 재편성에 관해서는 이번 에레냐드 파병에 한정된 일회성 법안이라는 형태로 실현시키려 했다. 아르제스는 이렇게 함으로써 혹시나 있을지 모르는 기득권 층의 지나친 확대해석을 경계하려고 했다. 네모에서도 처리해야 할 문제가 있어 당장은 카라카스로 갈 수 없는 입장이라 법안은 아르제스의 이름으로 토르피우스가 대신 상정해 주도록 조치해야 했다.

궁극적으로는 라인식 군단 편제를 정착시켜야 된다고 생각하면서도 지금은 일회성 법안으로 만족한 것에는 나름대로의 계산이 있었다. 법안 통과를 위해 허비할 시간이 없다는 현실적 이유도 있었지만, 어차피 한 분야의 체계를 완전히 변화시키려면 기존 체계를 대체할 신체계가 검증되어야 하며, 검증에는 시간이 필요하다. 군단 체제는 세노아 전쟁을 통해서 이미 효율성을 발휘하였지만, 세노아 섬을 탈환해 전쟁에 종지부를 찍은 것은 결국 아르제스가 아닌 크라티누스가 이끄는 기존 편제의 구원군이었다. 그리고 아르제스가 등장하기 이전에도 수십 년간 벌어져 왔던 메디아와의 전쟁에서 이케니아를 지켜온 것은 다름 아닌 그 '구편제'였다.

딱히 눈에 띄는 약점이 드러나지 않은 기존 체제를 바꾸는 일은 대중적인 동의를 이끌어내기 힘든 법이다. 그래서 아르제스는 시간을 두고 군단 체제의 효율성을 몸소 입증하기로 마음먹었다. 이번 에레냐드에서의 활동이 그 시험 무대가 될 터였다. 일단 효율성만 입증된다면 일회성 법안을 영구적인 법안으로 바꾸는 것은 그리 어렵지 않은 일이다. 일회성 법안이라도 일단 통과된 법은 전례가 되는 까닭이다.

병사들의 급료 문제에 있어서는 무엇보다 아르테우스가 선거공약으로 내세웠지만 아직도 법제화되지 못한 병사들의 임금 인상 법안을 통과시키는 것이 중요했다. 이 문제야말로 아르제스가 당면한 가장 시급하면서도 난해한 문제였다. 하지만 벌써 2년째 표류하고 있는 법안이다. 이제 5개월 남짓 남은 파병 시간 안에 통과되리라는 보장은 전혀 없었다. 그리고 귀족회의의 의원이 아닌 아르제스로서는 입법에 직접적으로 개입할 방법조차 없었다. 따라서 이 문제만은 아르제스도 최악의 경우를 생각해 둘 수밖에 없었다.

아르제스와 넬로스 간의 회동이 잦아졌고, 카라카스에 있는 융과 토르피우스와도 매일같이 서신을 주고받았다. 이처럼 최선을 다하고 있는 아르제스였지만 지금 당장 믿을 수 있는 것은 말 그대로 아르제스의 '군사적 명성' 밖에 없었다. 어찌 되었든 군대에 참가하길 원하는 지원병들은 2월 5일 카라카스 동쪽 외곽에 있는 대광장으로 집결되게 되어 있었다. 지금으로서는 결과를 기다릴 수밖에 없었다.

$$*\qquad*\qquad*$$

아무리 계절을 탓한다고 해도 제4야경시를 갓 넘긴 시점은 새벽이라고도 부를 수 없는 너무나 이른 시간이다. 제빵업자들이나 겨우 잠자리에서 일어나 화덕에 불을 지폈을 법한 시간이지만 가이우스 별장의 정원 앞에는 많은 사람들이 모여 있었다.

"건강하거라. 그리고 항상 용기와 신념을 잃지 말거라."

깊은 포옹 후 이마에 입맞춤을 해준 코넬리아는 차마 놓을 수 없다는 듯 마지막까지 아들의 손을 놓지 못했다. 공인의 신분이 되어 공무를 수행하러 가는 명예로운 길이었지만, 아직은 어리게만 느껴지는 아들이 걱정되는 것은 어쩔 수 없는 어미의 마음이었다.

"걱정하지 마십시오. 자주 편지하겠습니다."

아르제스를 떠나보내는 가이우스 별장의 풍경은 항상 이랬다. 아무것도 확실하지 않던 우티카행 때나 명예로운 사령관이 되어 떠나가는 지금의 시점이나, 달라진 것은 아무것도 없었다. 공직에 어울리는 위엄이나 화려함과는 거리가 먼 가족들과의 소박한 이별이 있을 뿐이었다.

"집사 영감, 집안 식구들을 잘 부탁한다."

"걱정하지 마십시오, 도련님. 마님과 엘레나님은 제가 잘 보필할 것입니다."

"음."

이제 네모를 떠나는 아르제스의 표정은 무척이나 담담해서 몇 년이 될지도 모르는 파병길에 오르는 사람 같지 않았다. 집사에게 마지막 당부의 말을 건넨 그는 조금 망설이다가 털빛이 고운 갈색마 위로 가볍게 몸을 실었다. 그때 코넬리아 옆에서 말없이 서 있던 엘레나가 조용히 그에게로 다가왔다.

"아……."

아르제스의 짧은 탄성 후에 이어진 두 사람의 침묵은 횃불이 드리워진 그들의 그림자의 길이만큼이나 길었다. 어둠 속에서 한동안 아르제스를 응시하던 엘레나는 오른손에 꼭 쥐고 있던 작은 가죽 주머니 하나를 내밀었다. 얇은 주머니 안으로 딱딱한 무언가가 만져졌다. 하지만 선물의 정체를 묻는 말보다 엘레나의 작별 인사가 먼저였다.

"항상 목에 걸고 다니세요. 유피테르신의 가호가 함께하길……."

신에 가호를 비는 것으로 작별인사를 대신한 엘레나는 환하게 웃으며 뒤로 물러섰다. 이제는 떠날 시간이라는 것을 알려주기라도 하듯이. 그런 그녀를 조금은 슬픈 눈으로 바라보던 아르제스는 쓸쓸한 심정으로 시선을 돌리고 말았다. 아직은 아니라며 아르제스의 청혼을 거부한 그날 이후로, 자신을 피하는 기색이 역력했던 그녀와 이런 식으로 헤어지긴 정말 싫었다. 하지만 말에 오른 순간부터 자신은 개인이 아닌 공인의 신분이다. 더 이상 개인의 문제로 길을 망설일 수는 없었다.

"출발하자."

여느 때와 다름없는 짧은 출발 명령이었지만 목소리에는 미련과 아쉬움이 섞여 있었다.

고삐를 틀자 말들의 요란한 투레질 소리가 새벽의 적막을 깼다. 횃불을 든 근위병들을 선두로 해서 아르제스와 발가르, 그리고 몸종인 마르쿠서스가 그 뒤를 따랐다. 집 앞의 가로수 길을 벗어나 네모 시 동문으로 이어지는 길로 접어들었을 때, 아르제스는 고개를 돌려 별장 쪽을 바라보았다. 하지만 한숨을 가볍게 내쉬고는 곧바로 말의 발걸음을 재촉하고 말았다.

"그 아이가 준 주머니에 뭐가 들어 있는지 아는가?"

아르제스의 뒤에서 한동안 바라보기만 하던 발가르가 앞으로 나와 어깨를 나란히 하며 말문을 열었다.

"모르겠습니다."

아르제스는 가만히 고개를 가로저었다.

"목각 인형들이 들어 있을 것이네."

발가르의 말에 아르제스는 목에 걸린 주머니를 만져 보았다.

"아!"

과연 그랬다. 엘레나가 건네준 주머니에는 섬세하게 조각된 엄지손가락만 한 3개의 목각 인형이 들어 있었다.

"이것이 무엇입니까, 발가르님?"

"라인 민족의 풍습이라네. 먼 길을 떠나는 사람은 가족들이나 소중한 사람의 모습을 조각에 새겨 항상 몸에 지니고 다니지. 그 아이다운 선물이구먼. 아마 서투른 솜씨로 직접 조각했겠지."

"아!"

주머니를 건네주는 그녀의 손가락에 왜 붕대가 감겨 있었는지 이제야 알 것 같았다. 요리하다가 다친 상처가 아니었던 것이다. 아르제스는 여인의 모습을 한 목각 인형을 엄지손가락으로 한참이나 쓰다듬었다. 마치 연인의 머리카락을 쓸어주듯이 말이다. 그런 아르제스의 모습을 보면 발가르는 옅은 미소와 함께 말했다.

"그 애와 자네 사이에 어떤 일이 있었는지는 모르겠지만, 그런 선물은 정말 소중한 사람에게만 하는 법이지. 이왕 사랑을 할 거면 상대를 완전히 신뢰하고 할 줄도 알아야 하는 법이라네. 믿고 기다려 보게. 어떤 사랑은 오랜 시간이 지나서야 결실을 맺으니까 말이야."

남녀 간의 애정 문제와는 전혀 관계없을 것 같은 발가르의 입에서 나온 이야기였지만, 이상하게도 전혀 어색함이 느껴지지 않았다. 중년의 연륜이랄까? 그런 종류의 무거움이 느껴졌기 때문이다.

"하하, 제가 발가르님에게 연애에 대해 충고받을 줄은 꿈에도 생각지 못했습니다. 결혼도 하지 않으신 분이 어찌 그리 잘 아십니까?"

"흥! 날 너무 무시하는군. 결혼하지 않았다고 여자를 모르겠는가? 이래 봬도 라인 시내를 지나가다 보면 내게 들러붙는 여자들이 부지기수였다네."

"애욕의 여신을 모시는 신전 주위의 여자들이나 그랬겠지요."

창녀를 말하는 것이었다. 애욕의 신전 주위에는 집창촌이 들어서는 것이 보통이었다.

"크큭! 그녀들이 어때서 그런가! 독신의 군단병들에게는 여신이나 다름없는 여인네들이지. 자네도 결혼하지 말고 딱 10년만 기다려 보게. 내 말을 정확히 이해할 테니."

"절대 사양하겠습니다."

"하하하."

단호한 표정으로 고개를 가로젓는 아르제스를 보며 발가르는 유쾌한 듯 웃었다. 그런 그를 바라보는 아르제스의 시선에는 고마움이 가득 담겨 있었다. 하지만 이렇듯 유쾌하게 떠나는 그들의 앞길에 얼마나 험난한 여정이 펼쳐져 있는지 그들은 아직 모르고 있었다.

제2장

브로타 해전

　　지원병들의 집결지는 카라카스로 되어 있었지만, 징집병들의 집결지는 카라카스가 아닌 디시움이었다. 이케니아 연맹의 항구 도시들 중 유일하게 판테아 대해를 접하고 있는 이 도시는, 8개의 도시국가 중 최북단에 위치하고 있었다. 그리고 약 150년 전에 있었던 토르카 인들의 침략에서 살아남은 유일한 북부 도시이기도 했다.

　　아르제스의 요청에 의해 징집은 각 도시국가 별로 3천500명씩 차출하기로 되어 있었는데, 세노아 시민만은 징집에서 제외되었다. 세노아 전쟁의 후유증을 감안한 연맹 차원의 배려 덕분이었다. 지원병을 제외하고 약 2만 4천 명의 병사가 징집된 셈이었다. 하지만 이들 모두가 중장보병은 아니었다. 이들 병사들 중에는 중장보병 이외에도 경장보병과 기병, 기술병, 기수병, 나팔병을 모두 포함한 숫자였다. 지원병들의 숫자를 예측해 보더라도 전부 합해도 3만에 조금 못 미치는 숫자였다. 아르제스가 병사의 수를 3만 이하로 제한한 것은 보급과 전투 지휘의 효율성 문제 때문이었다.

파병군의 수마저 제한한 상황에서 보급 부대를 따로 운영할 여유는 없었다. 그래서 생각한 것이 종군 상인의 동행이었다. 아니, 사실 이 방법을 제안한 사람은 법무관 루시우스였고, 아르제스는 그의 생각을 적극 수용한 것이었다. 루시우스의 조부는 라인 제국을 무대로 무역업에 종사하던 사람이었다. 무역업은 그야말로 사농공상(士農工商)의 사회인 라인에서도 유난히 평판이 좋지 않은 직종이었지만 그래도 확실히 돈은 되는 일이었고, 루시우스도 이런 조부의 재산을 바탕으로 상류사회에 진입할 수 있었던 것이다.

이런 루시우스의 조부가 바로 군대를 상대로 무역업을 펼쳤던 사람이다. 이케니아에서는 전례를 찾아보기 힘든 종군 상인의 방식을 루시우스가 생각해 낸 것도 이런 이유에서였다. 그리고 전례가 없다고는 하지만 상인의 나라 이케니아에서 종군 상인으로 동행할 인물들을 찾는 것은 그리 어렵지 않을 터였다. 위험이 있는 곳에는 이익이 따른다는 것이 일반적인 상인들의 상식이다. 이번 파병이 성공하기만 한다면 조차

지 일대의 로메르 평원은 밀의 산지로서 거대한 상업의 중심지로 떠오를 터였고, 파병안이 통과된 이후로 눈치 빠른 상당수의 상인들이 이미 적극적인 관심을 보이고 있었다.

종군 상인의 역할은 군대에 필요한 보급품을 공급하는 역할이 주가 된다. 또한 전투에서 발생한 전리품을 본국으로 운송하는 역할도 담당하게 된다. 물론 이런 방식이면 물품에 일종의 '프리미엄'이 붙기 때문에 직접 운반하는 것보다 보급품의 구입 비용은 늘어난다. 하지만 수송과 보관 비용이 전혀 들지 않는다는 점을 생각해 보면 그리 나쁜 거래 조건은 아니다. 하지만 이번 종군 상인들은 이런 기존의 역할만을 하는 것이 아니었다. 그들의 또 다른 역할은 일종의 '은행원'이었다. 이것은 기존의 급료 체제인 후불제의 폐단을 개선하기 위해 아르제스가 생각한 방법이었다. 1년에 한 번씩 후불제로 지불되던 급료를 월마다 지불하는 것이 목적이었다.

방식은 이랬다. 먼저 종군 상인들과 사령관인 아르제스가 계약을 맺는다. 아르제스는 상인들에게 매월 월급을 지불할 병사들의 명단을 넘기고, 각 도시국가의 상인들은 본국의 병사 가족들에게 상단의 돈으로 대신 급료를 지급한다. 상인들이 지불한 돈은 파병이 끝난 후 사령관이 지불한다. 일종의 대부(貸付)이지만 이자는 없다. 대신 상인들은 파병군에 관련된 모든 거래에 대해 독점권을 가지게 된다. 이 계약은 넬로스가 보증하며, 대신에 종군 상인에 대한 추천권은 넬로스가 독점하도록 한다. 이렇게 되면 병사들은 가족들에게 급료를 매월 보낼 수 있다. 파병 기간 동안에 병사 가족들이 겪어야 할 경제적 부담이 사라지는 것이다. 종군 상인들은 독점권을 보장받아서 좋다. 그리고 넬로스는 추천권을 이용해서 이익을 챙길 수 있다. 게다가 중계자로서의 정치적 명성도 얻게 된다. 서로의 이익이 절묘하게 맞아떨어진 계약이었다.

이 조치의 영향인지 임금 인상 법안의 통과 여부가 불투명한 상태임에도 불구하고 2월 5일 날 카라카스의 대광장에 모여든 지원병의 숫자는 7천여 명이나 되었다. 아르제스의 예상을 훨씬 넘어선 숫자였지만, 종군 경험자를 중심으로 3천 명만을 선발한 아르제스는 나머지 지원병들은 해산 조치했다. 지원자가 얼마가 되든 전체 병력 규모가 3만을 넘게 할 생각은 없었던 것이다. 단, 귀향 조치된 병사들에게는 1인당 10데르의 여비가 주어졌는데, 4천 명분이니 4만 데르나 되는 큰돈이었다.

징집은 의무이니까 징집병의 여비까지 국가가 책임질 이유는 없었지만, 아르제스에게는 이것도 일종의 정치 활동인 셈이었다. 하지만 국가의 의무가 아닌 만큼 이 비용은 고스란히 아르제스 개인의 책임이 되었다.

병력 구성이 해결되자 다음으로 신경 쓴 부분은 병사들의 무장에 관한 것이었다. 비록 병사들의 무장 지급은 각 도시국가들의 책임이었지만 모양의 차이만 있을 뿐, 기본 장비들의 목록은 통일되어 있었다. 중장보병의 경우, 투구, 흉갑, 글라디우스류의 짧은 검, 테두리와 가운데가 금속으로 보강된 사각 혹은 타원형의 방패, 가죽으로 된 정강이 보호대, 그리고 밑창이 두꺼운 군용 샌들 2짝이 그것이었다.

투구의 경우, 전체가 청동이나 철로 만들어진 이케니아 전통식 투구와 뺨 받이와 겹층식 뒷목 보호대가 있는 라인식 투구가 섞여 있었는데, 발가르의 의견에 따라서 전부 라인식 투구로 통일되었다. 이유는 2가지였는데, 하나는 라인식 투구가 훨씬 가볍고 편하다는 점이었다. 얇게 편 금속판을 여러 장씩 덧대어 만든 이케니아 전통식 투구와는 달리 철로 뼈대를 만들고, 거기에 질긴 가죽을 씌운 후 다시 중요 부위마다 철로 덧댄 라인식 투구는 상대적으로 가벼우면서도 우수한 방호력을 가지고 있었다. 또 다른 이유는 군대의 통일성을 드러내기 위해서였다. 발가르는 복장의 통일성이 군대의 기강에 미치는 영향을 간과하지 않았고, 그 일환으로 투구만은 통일하고자 했던 것이다. 다만 투구는 경장보병의 기본 장비는 아니었다.

일반적으로 흉갑이라고 불리는 갑옷은 중장보병과 경장보병의 것이 차이가 있었다. 중장보병의 갑옷은 투니카처럼 한 벌로 이루어진 것이 아니라 가슴받이와 등받이가 쌍을 이루고 있었고, 이 한 쌍의 갑옷은 가죽끈이나 금속재 걸쇠로 결합되게 되어 있었다. 그에 비해 경장보병의 갑옷은 가슴받이 만으로 이루어져 있었다. 재질은 질긴 가죽이나 얇게 편 금속 판으로 되어 있었는데, 이케니아 군의 것은 대부분이 질긴 소 가죽으로 되어 있었다. 금속보다는 가죽이 흔한 이케니아의 사정이 영향을 미친 셈이었다. 상급 지휘관이 입는 갑옷은 건 장한 남성의 벗은 몸을 정교하게 본뜬 가죽 몸체에 은이나 금 으로 돋음 새김을 해서 화려하게 장식되어 있었는데, 실용적 방호력을 둘째 치고라도 갑옷 자체가 예술 작품에 가까운 가 치를 지니고 있었다. 하지만 아르제스의 경우는 너무 눈에 띈 다며 전장에서는 한 번도 입지 않은 갑옷이기도 했다.

검의 경우는 도시국가마다 길이는 제각각이지만 손잡이를 포함해서 80센티미터를 넘는 경우는 절대 없었다. 물론 이것 은 근접전을 수행하는 중장보병의 경우였고, 경장보병의 경 우는 장검을 기본 장비로 삼는 경우도 흔했다.

방형이냐 타원형이냐의 차이는 있지만 방패의 재질이나 제작 방법은 똑같았다. 목재 뼈대에 질긴 가죽을 씌우고 금속 으로 보강하는 방법은 이케니아나 라인 제국에서는 보편화된 방식이었다.

문제가 된 것은 창이었다. 경장보병의 대부분은 창을 기본 장비로 하고 있지만, 중장보병이 창을 기본 장비로 하는 도시 국가는 우티카가 유일했다. 그것도 라일락 잎사귀 모양의 날 이 달린 고전적인 형태의 창이었다. 하지만 이런 창은 투창으로 적의 선두를 제압하는 라인식 군단병에게는 어울리지 않았다. 결국 세노아 주둔 때와 마찬가지로 창은 새롭게 제작되어야 했다. 그 당시보다 많은 창이 필요하긴 했지만 그다지 문제될 것은 없었다. 이 라인식 창(필름)은 날, 소켓, 몸체의 3부분으로 이루어진 일종의 조립식 무기였다. 즉, 각 부분 별로 따로 생산해 끼워 맞추기만 하면 되는 것이다. 규격만 통일한다면 얼마든지 대량 생산이 가능했다. 실재로 150명의 대장 조합 장인들이 2만 자루의 창을 만드는 데 걸린 시간은 불과 한 달이 채 되지 않았다.

그밖에 기본 장비로 지급된 것은 두터운 피풍(皮風)이었다. 에레냐드 북부 지방은 겨울마다 눈이 내리는 땅이다. 평생 눈 구경 한 번 하기 힘든, 유난히 추위에 익숙하지 못한 이케니아 병사들임을 감안할 때 피풍은 그 어떤 장비보다 필수적인 품목이었다.

2월 중순이 되자 대략적인 파병군의 체제가 갖추어졌다. 지휘부를 중심으로 휘하에 4개 군단이 편성되었고, 각 군단의 병력은 중장보병 5천과 경장보병 1천을 합친 6천의 병력으로 이루어져 있었다. 기병은 1천 기에 불과했지만 이케니아의 사정을 고려하면 결코 적은 숫자는 아니었다. 기술대는 투석기 등의 공성 병기를 제작·운영하고 기타 가교 건설 등 기술적 토목공사의 실무를 책임지는 부대로서 숫자는 약 250명이었다. 기병대와 기술대는 군단에 속하지 않은 지휘부 직속 부대였다. 그리고 군단과는 별도로 2천 명의 경장보병을 하나의 부대로 편성시켰는데, 기동성을 살리기 위한 일종의 별동대였다.

귀족회의에서 선임할 한 명의 부장과 라인 제국의 감찰관을 제외하면, 참모의 선임권은 전적으로 사령관인 아르제스에게 있었다. 전직 군단장이었던 메텔로는 물론이고 기병대장이었던 게릭토스도 아르제스의 부름에 흔쾌히 응했다. 융은 서무관이자 기록관으로 동행하게 되었고, 재무관은 토르피우스가 추천한 '아드리오 카라카스 피소'라는 인물이 임명되었다. 가문명이 '피소'인 것에서 알 수 있듯이 아르펜 가문에 속한 인물은 아니었지만 그래도 아르펜가가 속한 카라카스 씨족의 일원이었다. 비록 재무관으로 임명되긴 했지만 재무뿐 아니라 외교적 교섭 능력도 인정받고 있었고, 그래서 토르피우스도 자신있게 추천한 43세의 능력 있는 수완가였던 것이다. 그리고 아르제스의 피보호자이자 토르피우스의 아들인 마르켈루스는 귀족 자제의 관습대로 기병대에 배속된 참모로서 종군하게 되었다.

하지만 이래서야 상급 지휘관이 턱없이 부족하다. 이렇게 되자 아르제스는 감찰관으로 온 섹티우스마저 끌어들였다. 4개 군단 중 제2군단의 지휘를 그에게 맡겨 버린 것이다. 즉, 섹티우스는 감찰관과 부장과 군단장을 겸하게 된 셈이었다. 어차피

44

군대의 편제는 동일하고 서로 간의 '외국인'이라는 느낌이 적은 이케니아와 라인 민족이다. 자신을 감시하러 온 사람에게 군대를 맡기는 것이 흔한 일은 아니었지만 상리에 어긋나는 일은 아니었다. 그리고 섹티우스 자신도 이런 의무를 마다할 인물은 아니었다.

전투를 거듭할수록 자연스럽게 양질의 실전 지휘관이 양성되는 군단 체계와는 달리 이케니아 전통의 용병술은 밀집 방진을 기본으로 한 집단 전투 체제이다. 이런 군대에서는 고참병은 있어도 중·하급 지휘관은 양성되지 않는다. 부대 전체가 하나의 전투 단위로 움직이기 때문이다. 그나마 다행인 것은 세노아 전쟁에서 아르제스와 함께 종군한 병사들의 상당수가 지원병으로 합류했다는 점이다. 이들은 격전을 이겨낸 고참병들이었고, 무엇보다 군단 체계에 익숙한 것이 최대 강점이었다.

아르제스는 이들을 백인대장과 대대장에 임명했다. 아르테우스의 공약에 명시된 일반 병사의 급료를 기준으로 백인대장은 5배, 대대장은 10배의 급료를 약속했으니 엄청난 출세라고 할 수도 있었다. 하지만 백인대장과 대대장의 전사 비율이 일반 병사들의 비해 월등히 높다는 점을 감안하면 지위와 위험에 걸맞은 정당한 대우를 해주는 것에 불과했다.

그에 비하면 새로이 징병된 병사들의 절반 이상은 군무 경험이 전무한 신병들이었다. 징집병들의 집결지가 디시움으로 정해진 것도 3만의 병사들을 훈련시킬 만한 공터가 존재하기 때문이었다. 또 다른 이유는 디시움이 이케니아의 항구들 중 에레냐드와 뱃길로 가장 가까운 곳에 있다는 점이었다. 아르제스는 육로가 아닌 해로로 병사들을 이동시킬 생각이었다.

사실 출발에서 도착 시간까지 정확히 예측할 수 있는 육로에 비하여 바다를 통한 이동은 정확한 시간을 예측하기가 힘들다. 실례로, 우티카에서 티아나까지 전령선이나 군용 갤리선을 타고 가면 5일이면 도착하지만 바람이 도와주지 않는 상태에서 범선으로 가려면 20일 이상 걸리기도 하는 것이다. 하지만 라인 민족과는 달리 이케니아 민족은 해운국의 전통이 강하다. 따라서 바다를 두려워하지도 않고 항해술도 뛰어났다. 여러모로 해로를 이용하는 편이 유리했던 것이다.

하지만 아무리 서두른다고 해도 출병은 4월이 넘어야 가능했다. 종군 상단이 완전히 꾸려진 것도 아니었고, 보급품도 아직은 완전히 갖추어지지 않았다. 그리고 무엇보다 3만에 가까운 병력을 수송할 배가 마련되지 않았다. 판테아 대해는 내륙해인 중앙해와 달라서 갤리선이 장거리 항해를 하기에 적합한 바다가 아니다. 더구나 군용 갤리선은 노 구멍과 흘수선 사이의 간격이 좁아 거친 파도를 만나면 침수되기 일쑤였다. 우티카에 정박 중인 수백 척의 군용 갤리선은 그다지 쓸모가 없었다.

*   *   *

　카라카스에서부터 디시움까지 아르제스 일행과 동행하면서 느낀 섹티우스의 놀람은 한두 가지가 아니었다. 19살의 나이에 가히 '베테랑'이라고 불릴 만한 경력을 가진 사령관도 그랬고, 라인의 군단과 거의 흡사한 체계와 장비를 갖춘 파병군의 구성도 그랬다. 하지만 그를 가장 놀라게 한 것은 젊은 사령관도, 라인식 체계를 갖춘 이케니아의 군단병들도 아니었다. 그것은 뜻밖의 한 인물 때문이었다.

　디시움 남쪽으로는 해안과 이어진 꽤나 넓은 평지가 펼쳐져 있다. 한때 디시움을 침공했던 토르카 부족의 숙영지가 있기도 했던 곳인데, 지금은 아르제스 군의 월동지로 바뀌어 있었다. 목책으로 둘러쳐진 가로세로 120미터의 정방형 진지가 네 곳에 건설되었고, 각 숙영지마다 1개 군단이 머물고 있었다. 다만 지휘부의 막사는 전부 1군단 진지에 모여 있었다.
　다른 부장급 지휘관과 마찬가지로 감찰관으로 라인에서 파견된 섹티우스에게도 개인 막사가 배당되었다. 대양에서 불어오는 거친 바람 때문에 두터운 아마포(亞麻布)로 만들어진 그의 천막이 심하게 펄럭거리고 있었다. 그때 무거운 나무

토막으로 고정시켜 놓았던 천막의 문이 젖혀지면서 한 인물이 거침없이 막사 안으로 들어왔다.

"이봐, 섹티우스!"

라인 제국의 감찰관 파비우스 섹티우스를 이렇게 부를 수 있는 사람은 군 전체에서도 딱 한 사람뿐이었다. 수도로 보낼 첫 번째 보고서를 작성하고 있던 섹티우스는 발가르의 목소리에 반사적으로 몸을 벌떡 일으켰다.

"아! 발가르님."

"나와서 날 좀 도와라. 병사들을 훈련시킬 교관이 부족해."

훈련이나 부대 운영에는 이골이 난 발가르도 이번 훈련만은 머리에서 연기가 날 정도로 답답했다. 우티카나 세노에서 병사들을 훈련시킬 때는 그나마 군무 경험이 있는 주둔군이 대상이었다. 하지만 이번에 징병된 2만 명이 넘는 신병들은 칼 잡는 방법부터 하나하나 가르쳐야 할 정도로 수준이 엉망이었고, 세노아 전쟁의 고참병들만으로는 교관이 턱없이 부족했다. 이런 상황에서 고급 인재인 섹티우스를 그냥 내버려둘 발가르가 아니었다.

"네?! 저도 말입니까?"

원래 신병들의 훈련 임무는 하급 지휘관의 몫이다. 최소한 라인 군단에서는 그랬다.

"그래, 투덜거리지 말고 얼른 나와라. 여기가 라인 군단인

줄 알아?!"

발가르는 그의 심중을 정확히 꿰뚫어 보고는 버럭 소리를 질렀다. 그는 평상시에는 무뚝뚝한 성격이지만 군사에 관련된 일이라면 상당히 열정적인 인물이었다.

"네, 곧 나가겠습니다."

발가르에 일갈에 어린 양마냥 순순히 대답한 그는 몸종을 불러 자신의 흉갑을 가져오게 했다. 그러면서 카라카스에서 있었던 발가르와의 첫 만남을 떠올렸다.

카라카스에 도착한 후 처음 열흘가량은 연맹의 환대 속에 나름대로 즐거운 날들을 보낼 수 있었다. 동방 지역 왕국들처럼 방탕과 사치가 보편화된 것은 아니지만, 금욕적인 관습이 강한 라인 제국에 비하면 즐기는 문화가 잘 발달한 이케니아이다. 유력자들의 저택에서는 밤마다 연회나 만찬이 벌어졌고, 섹티우스는 어김없이 손님으로 초대되었다. 그는 공복으로서의 자질과는 상관없이 꽉 막힌 인물은 아니었고, 즐길 수 있을 때는 충분히 즐길 줄 아는 사람이었다. 더구나 그에게 주어진 임무는 매달 원로원으로 보고서를 보내는 것뿐이었고, 나머지는 개인의 재량에 맡겨져 있었다.

그러던 그가 네모에서 도착한 파병군 사령관 일행과 만나게 된 것은 1월 21일의 일이었다. 성인으로서의 대부분의 시간을 전장에서 떠돌았던지라 사령관인 네모 가이우스에 대해서는 카라카스에 도착한 후에야 자세히 알 수 있었지만, 처음 치고는 위화감없는 만남이었다. 친숙하면서도 가볍지 않은 느낌이랄까? 어찌 되었든 아르제스에 대한 섹티우스의 첫인상은 일단 합격점이었다. 아르제스와 만난 섹티우스는 황제와 원로원의 이름으로 된 서류를 정식으로 전달했다. 다름 아닌 아르제스를 에레냐드 속주의 총독 대행관으로 임명한다는 임명장과 라인 제국의 제1시민권을 부여한다는 문서였다. 이로써 라인 제국은 아르제스의 요구에 최대한의 성의를 보인 셈이 되었고, 그는 이러한 라인 제국의 조치에 깊은 감사를 표했다.

하지만 아르제스의 측근이자, 이번 파병군의 선임 부장인 발가르와의 만남은 조금 특별했다. 다름이 아니라 발가르는 섹티우스가 익히 알고 있던 인물이었기 때문이다. 처음에는 섹티우스도 왠지 낯이 익다는 정도의 느낌밖에 없었다. 하지만 그의 팔에 새겨진 늑대 문신을 봤을 때는 그야말로 깜짝 놀라고 말았다. 세월이 지나 상당히 흐려지긴 했지만 그 문신은 분명 3군단의 '4인의 문신'임이 틀림없었다. 이미 자신은 알고 있다는 듯 묘한 미소를 짓는 발가르를 바라보며 섹티우스는 그때서야 기억을 떠올릴 수 있었다.

군인으로서의 섹티우스의 첫 출발은 5군단에 소속된 기병대 일원이었다. 기병대는 사령부의 참모와 마찬가지로 귀족 자제들이 경험을 쌓고 견문을 넓히기 위해 흔히 지원하는 곳이었다. 그리고 이듬해 선거에서 대대장의 지위를 보장받은 그는 2년 후에 테레니우스 황제의 친정을 따라 에레냐드로 갔고, 그 당시에는 5군단 10대대의 대대장을 맡고 있었다. 비록 대대장 중의 말석인 10대대의 장이었지만, 그의 자부심은 대단했다. 군단에 번호를 매기기 시작한 후부터 군단 번호가 20을 넘어간 적도 있었지만, 그중 1군단에서 10군단은 전통과 자부심이 남달랐다.

특히 수도방위군이란 이름으로 별격으로 취급되던 1, 2군단을 제외하고, 군단 번호의 숫자가 낮을수록 정예군단이라는 자부심이 강했다. 그런 자부심은 군단의 상징에서도 드러난다. 1, 2군단은 황금 독수리를 상징으로 하고, 3군단은 늑대, 4군단은 뱀, 5군단은 말이 군단기를 장식한다. 이처럼 독립적인 군단 상징을 가지는 부대는 1군단부터 10군단까지만이다. 이후의 군단들은 모두 은 독수리를 군단의 상징으로 한다.

그 당시 발가르는 2, 3, 4대대를 지휘하는 3군단의 선임 부군단장이었다. 섹티우스와는 군단이 다르기 때문에 전체 참모 회의에서나 볼 수 있었지만, 발가르는 파르티스와 더불어 정예 3군단을 상징하는 인물로 유명하였다. 이후 내전의 과정에서 3군단이 해체되어 행방이 묘연했던 그를 먼 땅인 이케니아에서 보게 된 것이다. 비록 발가르가 라인 제국 탈영병 출신이지만 지금은 이미 가이우스 가의 가신이자 아르제스가 임명한 부장이다. 라인 법상 타국으로 도망치거나 망명한 범죄자는 처벌 대상이 아닌 데다 처음부터 아르제스가 임명한 지휘관들에 대해서는 라인 제국에서도 일절 간섭하지 않기로 약속된 상태였다. 그리고 발가르 스스로도 자신을 죄인이라고 생각하지 않았다. 이런 점은 '정치범'의 일반적인 특징이기도 했지만 말이다. 하여간 발가르로서는 주눅 들 이유가 없었고, 섹티우스로서도 트집 잡을 거리가 없었다.

인간 사이의 사회적 관계를 규정 짓는 데는 첫 만남이 어떻게 이루어졌느냐가 무척이나 중요하다. 군단은 달랐지만 상관과 부하로 시작되었던 그들의 관계는 시간과 장소와 지위마저 달라진 지금의 시점에서도 그대로 적용되었다.

"휴우."

갑옷을 입혀주는 몸종의 의아해하는 표정에는 아랑곳하지 않고 섹티우스는 크게 한숨을 내쉬었다. 아무리 생각해 봐도 이번 파병길이 순탄하지만은 않을 것 같았다.

*　　　*　　　*

2월 말인 데도 디시움의 월동지는 여전히 겨울이었다. 반도 남단의 네모였다면 성급한 나무들이 새싹을 틔워낼 만한 시기였지만 대해에서 불어오는 차가운 바람 덕에 이곳만은 겨울이 굳건히 자리를 지키고 있었다.

사령관이라고 하지만 아르제스의 생활도 다른 지휘관들과 다를 것이 없었다. 가끔 대장 조합의 공방에 들러 무기 제작의 과정을 점검하는 것 이외에는 대부분 병사들의 훈련에 매달리고 있었다. 발가르도 혀를 내두른 방식이었지만, 아르제스식 훈련법은 병사들에게는 무척이나 가혹한 편이다.

다른 지휘관들과는 달리 아르제스는 병사들을 훈련시키는 동시에 자신도 같이 훈련을 받는다. 처음에는 그저 '솔선수범하는 지휘관' 정도로만 생각하던 병사들은 시간이 지날수록 자신들의 생각이 틀렸음을 알게 되었다. 방만한 귀족의 삶과는 거리가 먼 아르제스의 체력은 발가르의 단련까지 더해져 엄청난 지구력을 자랑했다. '괴물'이라고 불릴만한 마르쿠서스가 항상 곁에 있었던 탓에 스스로는 자각하지 못하지만, 군사 훈련이라고는 이번이 처음인 신병들이 쉽게 감당할 수 있는 체력이 아니었다.

그럼에도 불구하고 훈련은 아르제스가 지칠 때까지 계속된다. 중간에 나가떨어지는 병사들이 부지기수이지만 아르제스는 그들을 쉬게 하고 남은 병사들로 훈련을 계속한다. 이렇게 되면 훈련받는 분위기가 묘해지기 시작한다. 중간에 훈련에서 낙오한 병사들 사이에서는 자괴감을 넘어선 투지와 오기가 생긴다. 끝까지 남은 병사들을 대하는 사령관의 태도가 무한한 신뢰로 일관되기 때문이다. 그때부터는 훈련의 분위기가 말 그대로 장난이 아니게 된다. 결국은 병사들 스스로가 강도 높은 훈련을 한마디의 불평없이 묵묵히 수행하고 만다. 집단 전체의 분위기가 그렇게 흘러가기 때문이다.

3월의 첫째 날 아침. 1군단 선임 대대장이 읽어 내려가는 아침 점호 보고를 듣는 것으로 사령관의 업무가 시작되었다. 선임 대대장의 옆에는 수십 개의 목판이 허리 높이만큼이나 쌓여 있었는데, 각 목판에는 각 대대장이 작성한 인원 보고에 대한 내용이 적혀 있었다. 비록 대중화되었다고는 하지만 종이의 가격은 여전히 만만치 않은 편이었고, 중요한 공문서 작성이 아닌 일반 업무에는 반영구적으로 사용할 수 있는 밀랍 먹인 목판에 철필을 사용하는 것이 일반적이었다. 인원 보고의 내용은 사망자를 제외한 전체 대대 인원, 병이나 기타 부상을 당한 인원, 탈영 인원, 그리고 그들을 제외한 전투 가능 인원을 적도록 되어 있었다. 세노아 전쟁 때와는 달리 평상시 부대 운영이 중요시되는 파병길이었기 때문에, 보통 때였다면 발가르에게 일임했던 부분까지도 아르제스가 직접 챙기는 형편이었다.

하지만 대대장이 읽는 것을 듣기만 하는 것이니까 몸이 바쁘다거나 할 것은 없었다. 이상한 점이 있으면 손을 들어 말을 멈추게 한 후 물어보거나 하면 그만이었다. 따라서 아침 점호 시간은 아르제스의 아침 일상과 겹치는 것이 보통이었다. 손을 씻고 빵과 과일로 간단한 아침 식사를 한 후 세면과 면도를 하다 보면 어느새 보고는 끝나가기 마련이었다. 그날도 올리브기름을 손에 바를 때쯤에 선임 대대장의 보고가 거의 끝나 있었다. 자그마치 2만 8천5백 명에 대한 인원 보고를 단숨에 끝낸 선임 대대장은 조금은 붉어진 얼굴로 숨을 몰아쉬었다.

"끝인가? 수고했다."

희극적인 모습이었지만 차마 웃을 수는 없었다. 군례를 마치고 돌아서는 선임 대대장이 조금은 안쓰러워 보였기 때문이다.

"내일부터는 보고를 돌아가면서 시켜야겠군."

혼잣말을 내뱉은 아르제스는 서탁 모서리에 걸터앉아 올리브기름이 묻은 손을 얼굴에 가볍게 문질렀다. 야전 생활, 특히 겨울에는 손이 거칠어지거나 갈라져 터지기가 쉽기 때문에 기름을 발라두는 것이 일반적이었다. 병기와 마찬가지로 손에도 기름을 먹여두어야 하는 것이다. 그때 사령관의 막사로 문사복을 입은 인물이 들어왔다.

"안녕히 주무셨습니까."

웃는 낯으로 사령관에게 인사를 건넨 융은 탁자에 놓여 있는 올리브기름 병을 집어 올렸다.

"역시… 그래도 사령관쯤 되면 대우가 다르군요."

융은 자신의 손에 기름을 바르며 부럽다는 투로 말했다. 확실히 올리브기름은 병사들에게 지급되는 기본 보급 품목은 아니었다.

"기름 축내지 말고 용건이나 말하지 그래?"

아르제스는 시선을 보고 있던 서류에 둔 채 대답했다.

"기다리시던 배가 도착했답니다. 전령이 소식을 전한 것이 한 시간 전이니까 아마 선단은 새벽에 도착했을 것입니다."

배가 도착했다는 말에 그제야 서류에서 눈을 뗀 아르제스는 융을 바라보며 가볍게 고개를 끄덕이며 말했다.

"음, 알았어. 나가면서 지휘관들 좀 소집해 줘."

"알겠습니다. 그런데… 정말 가실 겁니까?"

"나밖에 갈 수 있는 사람이 없으니까. 게다가 내가 없다고 군단이 돌아가지 않는 것도 아니지 않은가? 너무 걱정은 하지 않아도 될 것이다. 어차피 4월이 지나기 전까지는 돌아올 터이니까."

"훗, 누가 감히 사령관님을 걱정한답니까. 그나저나 아르제스님 밑에서 훈련받던 병사들은 좋아하겠군요."

"하하하, 역시 그렇겠지?"

동의할 수밖에 없는 융의 말이었다.

*   *   *

전체 회의를 소집한 아르제스는 지휘관들에게 자신이 파병 지역 순시를 떠날 것임을 밝혔다. 동행하는 인원은 근위병들과 1군단 1대대의 선임 백인대장이 이끄는 1백 명의 고참 병들이었다.

아르제스가 떠나기 전 결정해야 할 가장 중요한 문제는 지휘권의 위임이었다. 이틀 전, 전령을 통해 파병군의 부사령관으로 칼쿨루스가 선임되었다는 소식이 전해졌다. 아르제스로서도 대충은 예상했던 인선 결과였다. 확실히 자신과 토르피우스를 견제하려는 카시우스와 바렌 가문의 입장에서는 칼쿨루스가 명분과 실익을 동시에 챙길 수 있는 최선의 카드인 셈이었을 것이다.

하지만 자신의 부재 기간 중 부대 운영의 전권을 위임받을 사람으로 선택된 것은 나흘 후 도착할 예정인 칼쿨루스가 아니라 발가르였다. 이것은 신뢰나 정치적인 힘 싸움의 문제가 아니라 단지 효율성의 문제였다. 칼쿨루스도 아르제스 스스로가 인정했던 훌륭한 지휘관이지만 군단 체계에 관해서는 문외한이란 점을 감안한 조치였다. 그리고 칼쿨루스도 충분히 이해할 것이라고 생각했다. 물론 성격상 속으로는 자존심 상해하겠지만, 아르제스가 알기로 칼쿨루스는 그런 굴욕감을 긍정적으로 승화시킬 줄 아는 사람이었다.

지휘권과는 별도로 융과 재무관 아드리오에게는 항구를 가진 도시국가와의 교섭을 통해 병력 수송에 필요한 수송선들을 확보하는 임무를 맡겼다. 군용 갤리선은 적합하지 않았음으로 상용 갤리선이나 대형 범선이 그 대상이었다.

지휘관들에 대한 나머지 지시 사항은 일반적인 것들로 채워졌다. 아르제스 휘하의 상급 지휘관들은 임기응변 능력은 검증되지 않았지만, 최소한 현상 유지 능력만은 충분한 인물들이었다. 비록 몇 달간 자리를 비워야 하는 입장이었지만 아직 에레냐드에 도착하지도 않은 상황에서 아르제스가 걱정할 만한 부분은 없었다.

　회의를 통해 지시 사항의 전달을 마친 아르제스는 백인대를 이끌고 곧바로 디시움의 시내로 들어갔다. 대부분의 항구 도시들이 그렇지만 항구로 진입하는 길은 항상 시가지를 거치게 되어 있었다. 평상시에는 병사들의 시내 출입을 엄격히 금지해 왔기에 아르제스 일행을 신기한 눈으로 쳐다보는 시민도 적지 않았다. 관청에 잠시 들러 최고 행정관을 예방한 그는 이후 곧바로 항구 쪽으로 발길을 옮겼다.

　아르제스가 기다린 배는 다름 아닌 세바노프가 이끄는 켈라바르의 선단이었다. 많은 배들이 정박해 있는 항구였지만 켈라바르의 배를 발견하는 것은 어렵지 않았다. 까마득히 높은 돛대에 선체가 검은 대형 범선들은 어느 항구에 세워놓더라도 눈에 띄는 존재임이 분명하였다. 하지만 그런 것이 아니더라도 미리 사절을 보내어 아르제스의 도착 시간을 알린 터라 선착장에는 이미 세바노프가 마중을 나와 있는 상태였다.

　"승선을 환영합니다, 네모 가이우스님."

　두 달여 만에 다시 만난 세바노프의 태도는 유달리 정중했다. 아르제스가 사령관의 복장을 하고 배에 오른 이상 더 이상 개인 대 개인의 만남이 아니라고 생각한 까닭이었다.

"환대에 감사드립니다. 그런데……."

세바노프의 인사에 정중하게 답례하던 아르제스는 조금은 이질적인 느낌에 주위를 둘러보며 말했다.

"선원들은 전부 어디로 갔습니까?"

네모 항에 정박한 배를 방문했을 때는 갑판과 선실에 선원들이 가득했다. 오랜만에 뭍에 도착하면 답답한 배에서 뛰어내리고 싶은 것이 뱃사람의 이치인데, 네모 항에서는 전혀 그러지 않았던 켈라바르의 선원들이었다. 하지만 지금의 배에는 묵묵히 갑판을 청소하는 일꾼을 제외하고는 선원들의 모습이 거의 보이지 않았다.

"부둣가 시장에 들러 입맛에 맞는 것들을 마음껏 먹고 있을 것입니다. 이케니아 도시들 중 저희들이 마음대로 돌아다닐 수 있는 곳은 이곳 말고는 그리 흔치 않으니까요."

그의 말에 아르제스는 씁쓸한 표정을 지었다. 네모 항에서 겪었던 모욕이 아직도 앙금이 되어 남아 있었나 생각이 들어서였다. 디시움은 켈라바르와 네모를 오가는 켈라바르의 선단이 기착하는 몇 안 되는 보급항 중 하나였다. 켈라바르 인들을 이방인으로 여기는 네모 사람들과는 달리 이곳 디시움의 주민들은 켈라바르 인들을 배척하지 않았다. 같은 이케니아라도 내륙해인 중앙해를 접하고 있는 사람들과 대해를 접하고 있는 사람들은 타고난 기질이 달랐다. 토르카족에게 침략당했던 가슴 아픈 역사를 가진 주민들이었지만 다른 민족을 배척하는 분위기는 어디에도 없었다.

선원들을 기다리는 동안 백여 명의 아르제스 일행은 3척의 배에 나눠 탔다. 켈라바르의 배는 거대한 몸체에 비해 배를 조작하는 데 필요한 승무원이 모두 합해도 40명을 넘지 않았다. 군용으로서는 가장 작은 편인 3단층 갤리선만 해도 최소한 130명 가까운 선원과 노잡이가 필요한 것과 비교해 보면 소수의 승무원들만 탑승하는 편이다. 덕분에 승무원이 두 배 가까이나 늘었음에도 배는 전혀 좁게 느껴지지 않았다.

오후가 되자 외출했던 승무원들이 저마다 보급품을 가득 들고 되돌아오기 시작했다. 세바노프의 배려로 기함을 제외한 2척의 배에도 이케니아 어에 능숙한 사람들이 배치되어 있었고, 아르제스도 지휘관과 선임병들에게 켈라바르의 선원들에 대해 각별히 예의를 갖추라고 엄명을 내려놓은 상태였다. 긴 항해가 될 터였기 때문에 사소한 오해로 분쟁이 벌어져서는 곤란했다. 이런 종류의 일에는 무엇보다 서로 간의 신뢰가 가장 중요했다.

모든 준비가 끝나자 세바노프는 밤인 데도 출항을 서둘렀다. '바람의 친구'라고 불리는 세바노프 일족의 선원들은 항해를 하는 데 있어서 밤낮을 가리지 않았다. 제2야경시의 시작을 알리는 항구의 종소리와 함께 어둠과 동화된 3척의 배가 고요한 바다를 미끄러지듯 나아갔다.

*　　　*　　　*

　선착장에 정박한 배를 눈으로 보던 느낌과 움직이는 배에 직접 탄 느낌은 확연히 달랐다. 중앙해에서도 순수하게 바람의 힘만으로 운항하는 범선은 갤리선만큼이나 흔한 배이다. 하지만 켈라바르 범선은 모든 면에서 중앙해의 것을 압도하고 있었다. 게다가 지금은 겨울이다. 내해(內海)라 파도가 낮고 바람의 약한 편인 중앙해에서도 겨울철의 항해는 무척이나 위험하다. 그런데도 켈라바르의 배들은 마치 순풍 속을 항해하는 듯한 여유마저 보이고 있었다. 이것은 아르제스에게도 상당한 문화적 충격으로 다가왔다.

　"후우… '순수한 범선이 갤리선보다 빠를 수는 없다' 는, 중앙해에서는 진리와 같은 말이 이 배에서는 편견이 되어버리는군요."

　아르제스가 켈라바르의 선원들에게 표할 수 있는 최대의 찬사인 셈이었다.

　"하하하, 중앙해를 오가는 배들과는 비교할 수가 없지요. 우리 민족은 그 뿌리를 서부 대륙에 두고 있으니까요. 대양에서의 항해술과 조선술은 중앙해의 것들과는 근본을 달리

61

합니다."

뱃사람다운 자부심이 가득한 말이었다.

아르제스도 우티카에 주둔하면서 배에 대한 많은 지식을 익혔고, 해군을 지휘한 적도 있다. 하지만 이런 방식으로 운항하는 배들은 처음이었다. 가장 큰 놀라움은 돛과 그것의 운영이었다. 아르제스 일행이 탄 3척의 배는 모두 15미터 높이에 이르는 3개의 돛대를 가지고 있었다. 그러나 돛의 종류는 달랐다. 아르제스가 타고 있는 기함은 세로돛, 다른 2척의 배는 가로돛 위주로 달려 있었다. 그 까닭이 궁금해진 아르제스가 세바노프에게 이유를 물어본 적이 있는데, 세바노프의 대답은 '선장의 취향 차이'라고 대답할 뿐이었다. 범선에서 가장 중요한 돛을 '취향'에 따라 달 수 있다는 것은 어떤 돛이든 항해에는 지장이 없다는 자신감의 표현이라고밖에 생각할 수 없었다.

선원들이 '쪽돛'이라고 부르는 삼각형 돛은 이물과 돛대 사이에 걸린 팽팽한 밧줄에 고정되어 있다. 이 돛은 모두 3장이었는데, 배의 세로 방향으로 비스듬히 걸려 있었다. 즉, 이 돛은 추진을 위한 돛이기보다는 옆 바람을 이용하기 위한 것임에는 분명했다.

첫 번째 돛대에는 3개의 작은 가로돛과 한 개의 큰 세로돛이 고정되어 있었다. 2번째, 3번째 돛에는 한 개의 커다란 세로돛만 매달려 있는데, 12미터 정도 되는 높이에는 세로로 삐친 가로대가 걸려 있어서 돛이 바람을 더 잘 받을 수 있도록 받쳐 주고 있었다. 기함 이외에 가로돛을 단 배는 돛대마다 3개의 가로대가 걸려 있었다. 즉, 총 9개의 가로돛을 사용하는 것이다. 중앙해의 범선은 아무리 많아도 3장을 넘어가는 수의 돛을 사용하지 않는다. 조작이 필요없는 보조 돛이 아닌 다음에야, 돛대 하나에 여러 장의 돛을 거는 방식은 상상할 수도 없었다. 조작이 불가능하기 때문이다. 하지만 켈라바르의 선원들은 태연히 그것을 해내고 있었다. 복잡하게 얽힌 밧줄과 도르래를 통해 불과 20여 명의 갑판원이 이 수많은 돛을 움직이고 있었다.

인정하기 싫었지만 해양 민족으로서의 우수성은 이케니아 민족보다 켈라바르 인들이 한 수 위였다. 단, 교역에 소질이 없다는 것만 빼면 말이다. 그런 면에서 보면 켈라바르 인들은 조금은 기형적인 해양 민족이었다.

항해 3일째. 수시로 거칠어지는 대해의 난폭함에도 불구하고 뱃멀미에 고생하는 이케니아 병사들을 제외하면 무척이나 평온한 여행이다. 선상 생활 중 가장 마음에 드는 부분은 역시 '음식'에 있었다. 아르제스보다 마르쿠서스가 더 좋아한 부분이긴 했지만 켈라바르의 배에는 상당한 규모의 조리실이 있었다. 갑판 밑 2층 선두(船頭) 쪽에 위치한 이 조리실에는 흙과 벽돌로 만든 화덕까지 있어서 웬만한 요리들은 쉽게 만들 수 있었다.

아침 식사를 마친 아르제스는 어김없이 갑판으로 나왔다. 몇 마디 배운 어색한 켈라바르 어로 선원들과 대화를 나누거나 손짓, 발짓해 가며 돛을 조작하는 방법 등을 물어보았다. 마르쿠서스는 그런 도련님의 모습을 신기한 듯 쳐다보았다. 자신이 아는 아르제스는 결코 붙임성이나 사교성이 좋은 사람이 아니었다. 이는 동년배의 친구가 아무도 없다는 사실만 보아도 잘 알 수 있다.

뱃사람들은 미신에 민감하고 타인과 낯선 것들에 대해서 배타적이다. 더구나 켈라바르의 폐쇄적 민족성이 더해진 이 배의 선원들은 그 정도가 더 심했다. 하지만 아르제스는 이들과 불과 며칠 만에 친해지고 말았다. 술을 탄 양젖을 나눠 마시며 서슴없이 서로의 어깨에 손을 둘렀다. 이 모습에는 세바노프마저 혀를 내둘렀다. 지독히 자긍심 높기로 유명한 일족의 선원들은 자신들이 납득하지 않으면 세바노프의 명령이라도 절대 듣지 않는다. 물론 해코지를 하는 것은 아니지만 무시와 방관으로 일관해 버리는 것이 보통이다.

"너의 주인은 참으로 신기한 사람이구나."

세바노프는 갑판 구석에 앉아 있는 마르쿠서스를 향해 시선을 옮기며 말했다. 또 다른 이유로 선원들에게, 특히 요리사에게 사랑받고 있는 마르쿠서스는 쥐고 있던 음식을 놓으며 입안에 있던 음식을 급히 삼켰다.

"아, 네. 10년 넘게 모신 도련님이지만 그 속을 알 수 없을 때가 한두 번이 아닙니다. 특히 큰주인님이 돌아가신 이후로는 말수도 부쩍 줄었지요. 하지만 자기 자신에게는 절대 거짓말을 하지 않으시는 분입니다. 아마 선원들을 대하는 태도도 진심일 것입니다."

'그렇겠지.'

조금의 가식이라도 있었다면 저 노련한 부하들이 납득할리 없다. '천부적 항해꾼'이라 칭송받던 자신도 일족의 선원들에게 인정받는 데는 한 달이라는 시간이 걸렸다. 최소한 인간적 매력은 아르제스가 자신보다 한 수 위인가 하는 생각에 조금은 씁쓸한 기분이 들었다.

오후가 되자 선원들의 손길이 바빠졌다. 아르제스가 그 이유를 묻자 보급항인 '브로타' 항구에 정박하기 위해서라고 했다. 보통이라면 수주일 정도의 뱃길은 중간 보급 없이 항해가 가능한 범선이지만, 처음부터 보급을 염두에 둔 채로 출항을 서둘렀기에 디시움에서 보급품을 최대한 가득 싣지 않았던 것이다. 카나이족의 동맹 부족인 브로타족의 항구인 '브로타' 항은 에레냐드 서쪽 해안에 위치한 몇 되지 않는 보급항 중 하나였다. 하지만 분주한 선상의 분위기와는 다르게 바다를 바라보는 세바노프의 미간은 주름을 만들어내고 있었다.

"음, 조금 이상하지 않은가?"

겨울의 바다치고는 유난히 고요해만 보이는 전방을 바라보면서 세바노프는 의문에 찬 자문을 던지고 있었다. 날씨가 화창하다는 것은 바다에 목숨을 걸고 사는 뱃사람들에게는 축복과도 같은 일임에 분명하지만, 보급항 주변의 바다가 이처럼 어선조차 없이 조용하다는 것은 문제가 있는 것이다. 그리고 그런 세바노프의 직감은 정확하게 맞아떨어졌다.

"전방에 범선 출현! 수는 20여 척! 상당한 대형선들입니다!"

아찔한 높이를 줄 하나에 의지해 매달려 있던 관측 선원이 큰 소리로 외쳤다. 유난히 시력이 좋은 켈라바르 인들은 보통 사람이 보지 못하는 거리의 물체까지 볼 수 있었다.

"웅?!"

브로타 앞바다는 지나쳐 가는 배들은 흔하지만 대형선들이 진을 치고 있을 곳은 아니었다. 즉시 뱃머리 쪽으로 향한 세바노프는 가늘게 눈을 뜨며 점같이 보이는 배들을 주시했다.

"무슨 일입니까?!"

무언가 다급한 음성이 오고 간 것 같지만 켈라바르 어로 이루어진 대화라 완전히 알아들을 수는 없었다.

"아무래도 한판 드잡이를 해야 할 듯합니다."

그는 태연하게 전투를 말했다. 그리고는 큰 소리로 선원들에게 명령했다.

"돛잡이의 수를 늘려라! 동료함에 수기 신호를! 전투 준비다!!"

세바노프의 외침과 함께 5장의 수기 신호가 돛대로 연결된 밧줄을 따라 올라갔다. 이케니아 군이 사용하는 수기 신호는 깃발의 색깔과 움직임만으로 명령을 전한다. 당연히 미리 약속된 행동이 아니라면 자세한 명령 전달은 힘들다. 하지만 켈라바르의 수기 신호는 일종의 '언어 체계'가 있다. 각기 다른 색깔과 문양을 지닌 수기들로 복잡한 명령도 전달 가능하다. 사용되는 수기의 종류만 해도 70여 가지가 넘는데, 이것들을 자유자재로 사용하는 것이다. 유달리 시력이 좋은 켈라바르인이기에 적용 가능한 방법이었다.

수기가 오르자 1열로 길게 늘어서서 항해하던 배들의 간격이 좁아졌다. 선두함인 기함이 약간 속력을 늦췄고, 동료 함들이 기함의 좌우로 따라붙었다. 측풍을 받고 있는 상태에서 돛이 큰 배들이 수평으로 늘어선다는 것은 위험하기 이를 데 없는 기동임에도 불구하고 배를 조작하는 선원들의 표정에는 일말의 동요조차 없었다.

"어! 어!"

아르제스는 이 아찔한 광경에 저도 몰래 탄성을 내어지르고 말았다. 기함의 좌우측으로 다가온 것으로도 모자라 동료 함이 기함을 중심으로 급격히 간격을 좁혀왔기 때문이다. 거대한 돛에 그림자가 기함을 덮쳐 올 때쯤에는 저도 모르게 손발에 힘이 잔뜩 들어갔다.

'제길! 부딪친다!'

아르제스의 이성은 그렇게 말하고 있었다. 하지만 실제로 그런 일은 일어나지 않았다. 간격을 좁히면서 급히 돛을 접은 동료함들이 기막힌 조함 솜씨로 기함과 수평 침로를 잡았던 것이다. 아르제스의 입장에서 보면 마치 곡예와도 같은 일을 이 켈라바르의 선원들은 능숙하게 해내고 있었던 것이다.

이렇게 좁혀진 함선들 간의 거리는 고작 3미터. 거친 바람 속에서도 대화가 가능한 거리였다. 아르제스는 다리에 힘이 풀릴 정도로 놀랐다. 죽음이 난무하던 전쟁터에서도 침착했던 그였지만 이것은 공포의 종류가 달랐다. 자신이 통제할 수 없는 종류의 공포였기 때문이다. 하지만 눈 하나 깜짝하지 않은 세바노프는 침착한 어조로 말했다.

"아르제스님, 지금 브로타 항의 입구를 켈리족의 함대가 포위하고 있습니다. 그런데 그쪽에서 우리를 보았는지 포위를 풀고 저희를 향해 항로를 돌리고 있는 상황입니다."

"켈리족의 함대?! 그들이 우리를 공격하려고 한다는 말씀입니까?"

갑작스런 상황에 아르제스는 머릿속이 복잡해졌다.

"그렇습니다. 아무래도 저희 쪽과 켈리족은 사이가 좋지 않으니까요."

세바노프는 아르제스를 향해 어깨를 으쓱하며 어색한 웃

음을 지었다.

"음."

충분하지 못한 세바노프의 설명이었지만, 급박한 상황에서 일단 그런 의문들은 뒤로 접어 두었다. 그보다는 쓸데없는 분란만은 절대 피하고 싶은 것이 아르제스의 솔직한 심정이었다.

"교섭으로는 해결할 수는 없는 문제입니까?"

사령관의 신분으로 켈라바르의 배를 빌어 직접 항해에 나선 것은 어디까지나 정세를 파악하기 위해서였다. 하지만 세바노프의 대답은 부정적이었다.

"힘들 겁니다. 원래 바닷사람들은 자존심이 강하니까요. 사실 저들을 피해가는 것은 어렵지 않습니다만, 그렇게 되면 브로타 항구를 지나쳐 가야 합니다. 게다가 구름과 바람의 상태를 보니 아마 오늘 밤부터 내일 새벽까지는 꽤나 심한 폭풍이 불어올 것입니다. 안전을 위해서라면 아무래도 항구에 머무르는 게 좋지요. 그리고 브로타 항을 그냥 지나치게 되면 최소한 나흘간은 마땅히 보급이 가능한 항구가 없습니다."

"그렇군요."

바다 날씨는 선원들이 가장 잘 아는 법이다. 지금은 비록 화창하기 이를 데 없는 날씨라지만 일단은 세바노프의 말이 맞을 터였다. 하지만 굳이 폭풍 때문에 피할 수 있는 싸움을 해야 할 것인가? 아르제스는 이 점이 쉽게 이해가 가지 않았다. 모르긴 몰라도 켈라바르의 배라면 폭풍도 견딜 수 있을 것이다. 그리고 물만 있다면 나흘 정도의 식량 부족은 아껴먹는 것으로 어느 정도 해결이 가능하다. 그런데도 세바노프는 정면 돌파를 결정한 것이다. 자신의 눈으로는 상대의 규모를 파악할 수 없었지만, 자신만만한 세바노프의 태도로 보아 간단한 분쟁이라고 생각한 아르제스도 결국은 고개를 끄덕였다.

그리고 그러한 이유가 아니더라도 총독 대행관으로서 속주 부족 간의 불법적인 분쟁은 막아야 했다. 상대가 노골적인 적의를 드러내고 덤벼드는 데야 분쟁을 해결하는 데 동원할 수 있는 수단은 실력 행사뿐이었다. 아르제스는 전투에 동참하기로 결정했다.

"알겠습니다. 제 부하들에게도 전투 명령을 내리겠습니다."

"부탁드립니다, 아르제스님."

3척의 배는 불과 몇 미터의 간격을 두고 수평 항해를 하고 있었기에 배의 측면 난간에 서는 것만으로도 의사소통이 가능했다. 아르제스는 난간에 몸을 의지한 채 동료선의 지휘관들에게 명령을 전달했다.

"너희들도 들었겠지? 전방에 보급항을 막고 있는 함대가 출현했다. 우리는 전투를 통해 강행 돌파할 것이다. 무장은 최대한 가볍게! 선장의 지시를 잘 따르도록 해라!"

"네! 사령관님!"

명령을 전달받은 수석 백인대장과 고참병들은 무장을 갖추고 병력을 소집하기 위해 급히 선실로 내려갔다.

아르제스의 명령 전달이 끝나자 기함이 돛을 전개했다.

"돛을 펴라! 침로는 이대로 유지한다!"

순풍을 받은 기함은 순식간에 앞으로 튀어나갔고, 곧이어 동료함들도 거리를 벌리며 돛을 전개해 뒤따라 붙었다. 하지만 불과 5분도 지나지 않아 아르제스가 본 모습은 포위 진형을 형성하고 다가오는 20여 척의 범선이었다.

"아니!! 저 많은 배를 상대하시겠다는 말씀이십니까?"

소수 정예라도 정도가 있다. 아무리 생각해도 3대 20의 싸움은 말이 되지 않았다.

"네?! 저는 상대의 규모가 소수라고 말한 적이 없습니다만??"

그랬다. 소수라고 생각한 것은 아르제스 혼자만의 생각이었다. 하지만 6배도 넘는 수의 적을 눈앞에 둔 사람치고는 너무나도 태연한 세바노프였다.

"자신이 있으신가 보군요."

아르제스는 조금은 기가 질려 버릴 것 같은 기분이 들었다. 세바노프의 입장에서 아르제스는 중요한 손님이다. 그런데도 태연히 전투를 감행할 생각을 한 것은 어지간한 자신감이 아니면 감히 생각도 할 수 없는 일일 터였다.

"하하, 이케니아의 병사들이 없었으면 아슬아슬할 뻔했지만 지금이라면 꽤나 승산이 있습니다. 오히려 지금이 저 녀석들을 손봐줄 절호의 기회일지도 모르지요."

"하지만 우리 함대는 겨우 3척입니다. 단 한 척이라도 당해버리면 전세는 급격히 기울 것입니다."

"걱정하지 마십시오. 혹시라도 지게 될 것 같으면 도망가버리면 그만이니까요."

하지만 이렇게 말하는 세바노프의 표정에 도망갈 것이라는 말을 믿을 만한 근거는 아무래도 찾아볼 수 없었다. 바다 위는 다가올 전투를 예감한 듯 숨 막일 듯한 긴장감으로 뒤덮이고 있었다.

*　　　*　　　*

관측병의 시력은 켈라바르 쪽이 훨씬 좋았지만 12미터나 되는 돛대에 매달린 흰 돛 역시 검푸른 바다에서는 유난히 눈에 띄는 존재였다. 켈리족과 세바노프의 함대를 비슷한 시간에 서로의 존재를 알아차렸다.

브로타 항구를 포위하기 위해 함대를 지휘하던 '베르고브레트(판관)'는 켈라바르의 함대를 발견하자마자 함대의 뱃머리를 남쪽으로 돌리도록 명령했다. 브로타같이 작은 보급항 따위는 언제라도 공략이 가능했다. 그보다는 켈라바르 인들

을 향하고 있는 개인적, 그리고 부족 전체의 증오와 불만이
더 강했다.

사실 켈라바르 인과 켈리족은 불과 십여 년 전만 해도 거의
왕래가 없던 사이였다. 켈라바르 인은 내륙해인 켈라 해를 중
심으로 활동했고, 켈리족의 주요 활동 무대는 에레냐드 북동
부의 해역이었기에 서로의 주요 활동 범위가 달랐던 것이다.
그런데 켈라바르 인들이 식량 문제로 이케니아의 도시들과
무역을 시작하게 되면서 사정이 달라지기 시작했다.

켈라바르의 무역 선단이 1년에 몇 번씩이나 이케니아와 본
국을 오가게 되면서 자연히 켈리족의 해역을 정기적으로 운
항하게 된 것이다. 켈리족은 일대의 해역과 항구를 장악한 부
족이었기 때문에 그들의 영해를 운항하는 사람들은 공물을
바치는 것이 당연시 되어 있었다. 하지만 켈라바르 인들만은
그러한 켈리족의 권위를 인정하지 않으며 전혀 공물을 바치
지 않았다. 아예 켈리족의 항구는 이용도 하지 않았고, 보급
항으로는 브로타 항구를 사용해 버린 것이다.

이것은 자존심의 문제이기도 했지만 일대 해역을 지배하
고 있는 켈리족의 권위에 대한 도전이기도 했다. 켈리족의 입
장에서는 절대 좌시할 수 없는 문제였던 것이다. 게다가 켈라
바르 인들은 광산업으로도 유명해 일대에서는 부유한 부족으
로 알려져 있었다. 판관의 입장에선 브로타 항구를 협박해 공
물을 뜯어내는 것보다 켈라바르 인들을 볼모로 잡아 몸값을

받아내는 편이 자존심도 회복하고 경제적으로도 훨씬 이득이 되는 장사라고 생각한 것이다.

"침로를 남서쪽으로 돌린다! 신호를 올려라!!"

베르고브레트—토르카 인들에게는 행정관도 되고 법무관도 되며 사령관도 되는 직책의 이름이었다. 일반적으로는 판관(判官)이라고 해석할 수 있다—의 명령과 함께 켈리족의 함대가 거대한 원을 그리며 선회하기 시작했다. 그리고는 전형적인 해전 진형인 반달형 포진을 완성한 후 비스듬히 불어오는 바람을 타고 켈라바르의 함대 쪽으로 전속으로 전진했다.

'이번에야말로 본때를 보여주마!'

그는 표정을 굳히며 전의를 다졌다.

"활과 창! 그리고 갈고리 밧줄을 준비해라! 한번에 쓸어버리자!!"

육안으로 적선의 돛의 수를 셀 수 있는 거리까지 접근하자 베르고브레트는 전투 준비 명령을 내렸다. 기함에서는 길쭉한 삼각형 모양의 교전기가 올랐고, 갑판으로 몰려나온 켈리족 전투원들은 저마다 병기를 쥐고 흥분된 시선으로 전방을 주시했다. 더구나 적의 배가 3척뿐임을 확인하자 자신감에 찬 켈리족 선원들의 사기는 하늘을 찔렀다.

양측의 배들은 전혀 침로를 변경하지 않고 서로를 마주 본 채 전속으로 항진하고 있었다. 굳이 교전기가 오르지 않았더라도 서로에 대한 적대감을 여실히 드러내고 있는 상황이었다. 갑작스럽고도 의문스러운 해전의 시작이었지만, 아르제스는 일단은 전투에만 집중하기로 했다. 하지만 이번 해전은 누가 봐도 세바노프가 주인공이었다. 아르제스는 이 자신만만한 켈라바르의 함장이 어떠한 전투를 벌이는지 똑똑히 지켜볼 생각이었다.

"침로는 북서쪽!"

"침로 북서! 앞 돛을 접어라!!"

세바노프의 명령은 갑판장의 복창으로 선원들에게 전달되었다. 그와 동시에 깃발 신호가 올랐고 2척의 동료함들은 돛을 전개한 채로 침로를 유지했다. 3척의 불과한 함대가 2갈래로 나누어진 것이다.

'바람이 좋지 않다!'

아르제스가 가장 걱정스럽게 생각하는 부분이었다. 자신이 알기로 이 해역의 바람은 서풍과 북풍 사이로 한정된다. 즉, 켈리족의 함대는 비스듬하나마 어떤 식이든지 바람을 등지게 되고, 반대로 켈라바르의 함대는 바람을 거슬러 행동해야만 한다. 범선 간의 전투에 있어서 바람을 거슬러야 한다는 것은 치명적 약점인 것이다. 하지만 그런 아르제스의 우려를 비웃기라도 하듯, 세바노프의 조함은 거침이 없었다.

"꽉 잡으십시오!"

아르제스에게 경고의 말을 내뱉은 세바노프는 조타수에게 큰 소리로 외쳤다.

"지금이다! 꼬리 흔들기!!"

촤악!

왠지 재미있게 느껴지는 조함술의 이름이었지만 그 조함의 결과는 과격할 정도로 극적이었다. 앞 돛을 접어 바람의 저항을 최대한 줄인 기함은 한껏 꺾어지는 키의 조작과 함께 좌측으로 크게 기울었다. 돛대 높이만 12미터에 이르는 거대한 기함은 쓰러질 듯 기울어 아슬아슬한 모습을 연출했다. 단한 번의 기동으로 북서에서 북동으로 항로를 바꾸어 버린 후에도 세바노프의 명령은 멈추지 않았다.

"앞 돛을 전개!"

한껏 기울어진 선상에서도 접혀져 있던 거대한 돛이 다시 펴지는 데는 불과 10초도 걸리지 않았다. 숙련된 돛잡이들의 손길은 돛을 살아 움직이는 생명체로 승화시키고 있었다.

펄럭!

느슨해져 있던 돛이 북서풍을 한껏 머금으며 팽팽해졌다. 직각에 가까운 동선을 그린 기동으로 잠시 주춤해졌던 함선은 이내 제 속력을 찾았다. 기함이 지나온 바다 위는 배가 만든 흔적이라고는 믿기 힘든 어지러운 포말이 이어져 있었다. 켈라바르 선원들이 이 조함술을 '꼬리 흔들기'라고 말하는 것도 포말의 모양에서 따온 이름이었다. 하지만 꼬리 흔들기는 한 번으로 그치지 않았다. 바람이 북쪽으로 돌고 있음을 느낀 세바노프는 한 번 더 꼬리 흔들기를 명령했다.

"침로는 북서쪽! 지금이다!"

펴는 데는 10초가 걸리지만 접는 데는 5초 남짓이었다. 순식간에 앞 돛이 접어졌고, 한계까지 꺾인 키의 조작과 함께 배는 처음의 침로를 회복했다.

아르제스는 이 모든 조작들이 꿈과 같이 느껴졌다. 만약 급선회를 한 후에 빠르게 돛을 조작하지 못한다면 배는 옆으로 쓰러져 버린다. 배가 쓰러지지 않는 것은 쓰러지려는 힘보다 순풍을 받아 전진하려는 힘이 강하기 때문이다. 즉, 이 모든 것은 돛을 얼마나 빨리 펴고 접느냐에 달려 있는 것이다. 하지만 선원들의 손길에는 전혀 망설임이 없었다. 이런 위험한 기동을 태연하게 명령하는 선장이나, 선장의 명령을 한 치의 착오없이 수행하는 돛잡이들이나 아르제스의 눈에는 하나같이 사람으로 보이지 않았다.

하지만 놀란 것은 아르제스만이 아니었다. 포위 진형을 형성하며 다가오던 켈리족의 함대도 크게 당황한 것이다. 다수의 아군으로 소수의 적을 포위하는 것은 육지와 바다를 가리지 않는 필승 전략이다. 반달형 진형으로 넓게 포진한 켈리족 함대는 빠르게 진격해 적선을 포위할 생각이었다. 더욱이 자신들은 바람을 등지고 있는 상태였기에 포위를 위해서는 더없이 좋은 조건이었다. 하지만 믿어지지 않는 움직임으로 바람을 거슬러 올라오는 켈라바르 기함의 속력은 켈리족의 예상을 훨씬 넘는 것이었다.

중앙에 포진해 있던 켈리족의 기함에서도 이 광경은 선명하게 눈에 들어왔다. 하지만 상대의 놀라운 조함술을 본 베르고브레트의 반응은 비웃음이었다.

"크크, 부하들을 내던지고 자기 배만 도망치겠다는 것이냐?! 자부심이라고는 눈곱만큼도 없는 녀석들이구나!"

그에게 있어 세바노프의 저런 기동은 아무리 보아도 필사적으로 도망치려는 행동으로밖에 여겨지지 않았기 때문이다. 그동안 저런 형편없는 놈들에게 농락당해 왔다고 생각하니 울화통이 치밀어 올랐다. 베르고브레트는 한 척도 놓칠 생각이 없었다.

"우익 함대에 신호를 보내라! 끝까지 추격해서 제압해야 한다!"

"예! 우익에 신호! 뿔나팔을 불어라! 신호기를 올려라!"

신호가 내려지자 켈리족 함대의 우익이 분리되면서 3척의 배가 대열을 벗어났다. 포위망을 바깥쪽으로 침로를 잡고 있는 세바노프의 배를 추격하기 위해서였다. 신호와 함께 적함대의 우익이 분리되는 모습은 세바노프의 눈에도 똑똑히 들어왔다.

"크! 겨우 3척으로 날 잡겠다는 건가!"

베르고브레트가 자신을 비웃었다는 것을 알기라도 하듯 세바노프도 비웃음으로 응수하고 있었다. 그러는 사이에 세바노프와 적의 우익 함대 간의 거리는 점점 가까워져 이제는

500미터 앞까지 다가와 있었다.

"침로 좌측으로! 노궁를 장전하라!"

능숙한 돛잡이들의 조작과 함께 세바노프의 기함은 좌측으로 기울었고, 추적하는 3척의 적함이 배의 옆구리에 장착된 노궁의 시야에 들어왔다. 탑승전을 주요 전술로 하는 중앙해의 갤리 군선들은 다수의 병력을 실어야 하기 때문에 노궁을 장착할 공간이 없다. 그래서 노궁은 공성 병기나 수성 병기의 일종으로 사용될 뿐 해상에서는 거의 사용되지 않는 것이 중앙해 지역의 현실이었지만, 켈라바르의 배들은 노궁을 기본 장비로 비치하고 있었다. 하지만 세바노프는 성급하게 발사를 명령하지 않았다. 노궁은 장전만 한 채 계속 침로를 서쪽으로 유지하고 있었다. 그러자 추적함들이 먼저 반응을 보였다. 침로를 서쪽으로 바꾸면서 세바노프의 기함과 나란하게 위치한 것이다. 옆구리를 마주한 상태가 되자 곧바로 추적함들의 공격이 시작되었다.

"방패를 겹쳐 들어라! 선원들을 보호해라!!"

아르제스는 병사들에게 방어를 명령하며 자신도 몸을 낮추었다. 곧이어 바람 가르는 소리와 함께 수많은 화살들이 날아왔다.

퉁! 퉁! 퉁!!

한 무리의 화망(火網)을 이루며 날아온 화살의 일부가 기함을 덮쳤다. 화살의 형태로 보아 석궁은 아니었다. 바람을 등지고 날아온 화살임을 감안해도 150미터나 되는 먼 거리를 날아올 정도면 탄력 좋은 장궁에 의한 사격이라고 보는 편이 옳았다. 하지만 매서운 화살의 공격도 돛에 박혀들었을 뿐, 사람을 상하게 하지는 못했다. 밧줄에 몸을 고정시킨 이케니아 중장보병들이 촘촘한 대열로 두터운 방패벽을 형성했기 때문이다. 그러나 적의 화살 공격도 한 번으로 끝나진 않았다. 몇 번의 공격이 이어졌지만 세바노프는 반격을 명령하지 않았다.

'이제 곧 불어온다!'

세바노프는 바람을 기다리고 있었다. 이 해역의 바람은 서풍과 북풍 사이를 오가며 수시로 바뀐다. 하지만 언제 어느 바람이 불지는 노련한 선원이라도 좀처럼 알 수 없는 일이다. 하지만 세바노프만은 예외였다. 그는 일족 중에서도 유일하게 '바람을 보는 자'로 불리고 있었다. 그것은 타고난 재능이었다.

계속되는 추적 함대의 화살 공격도 기함의 속력을 늦추지는 못했다. 일단 바람을 마주 보는 침로에서의 기동성은 가로돛을 장착한 켈리족 함대보다 세로돛을 장착한 세바노프의 기함이 훨씬 뛰어났다. 어느덧 배 두 척의 길이만큼 앞서 나간 세바노프의 기함은 추적 함대와 일렬로 서게 되었다. 언뜻 본다면 꽁무니를 내어준 불리한 위치였다. 그러나 세바노프의 공격은 이때부터가 시작이었다.

"뱃머리를 오른쪽으로 돌려라! 노궁은 시야에 들어오는 대로 적의 선두함만 노려라!!"

뱃머리가 북쪽으로 향하자 맞바람을 받은 배는 순간 속력이 줄었다. 하지만 그 때문에 노궁이 표적을 잡기는 훨씬 쉬웠다. 좌우가 아닌 정면으로 다가오는 적선과의 거리는 불과 50여 미터에 불과했다.

"발사!"

2미터나 되는 활대에 장착된 창과 같은 화살은 거의 일직선에 가까운 궤적을 그리며 적의 선두함을 노려갔다. 3가닥으로 갈라진 쇠뇌의 끝은 날카롭게 날이 서 있었고, 날의 폭은 50센티미터에 가까웠다. 쇠뇌는 선원들이 아닌 돛을 노리고 있었다. 발사된 것은 총 4개였는데 하나는 빗나갔고, 나머지 3개는 돛을 꿰뚫고 건너편 바다로 떨어졌다. 적 선두함의 돛은 거대한 발톱에 찢긴 듯 당장에 너덜너덜해졌고, 바람을 머금지 못한 돛은 힘없이 시들어 버렸다. 선두함이 기동성을 잃어버리자 뒤를 따르던 2척의 배는 충돌을 피하기 위해 급히 침로를 좌측으로 틀었다. 오른쪽으로 돌려 북풍을 마주하느니 차라리 빠르게 좌측으로 우회하여 꼬리를 잡겠다는 심산이었다. 하지만 그 선택은 치명적인 실수가 되고 말았다.

"침로 좌측! 꼬리 흔들기!"

적 선두함의 기동성을 무력화시키자 세바노프는 다시 한

번 꼬리 흔들기 기동을 명령했다. 절묘한 돛의 조작으로 바람을 차고 오른 세바노프의 배가 위치 역전에 성공한 것은 한순간이었다. 바람을 거스르는 것을 포기하고 좌측으로 돌아간 켈리족 함대는 세바노프의 기함보다 바람의 아래쪽에 서게 된 것이다.

그때 세바노프의 명령이 터져 나왔다.

"서풍이 온다! 돛의 방향을 바꿔라! 모든 돛을 전개한다!"

세바노프의 말이 끝나기가 무섭게 북쪽에서 불던 바람이 순식간에 서쪽으로 돌았다. 돛이 팽팽하게 부풀어 오르며 기함은 튕겨 나가는 것 같은 기세로 전진하기 시작했다. 완전한 역전이었다. 게다가 일단 서풍으로 바뀐 바람은 이제 북쪽으로만 돌아간다. 세바노프보다 남쪽에 위치하게 된 추적 함대가 위치를 바꿀 만한 여지는 당분간 없었다. 그리고 한번 풍상측(風上側)을 잡은 세바노프의 배는 절대 자리를 내주지 않았다.

"노궁을 쏴라! 돛을 노려라!"

충각 공격을 제외하면 전함의 공격력은 통상적으로 배의 측면에 집중되어 있으며, 그것은 범선이라도 예외는 아니다. 즉, 측면에서 적선을 시야에 두지 못하면 아무리 가까이 있는 배라도 공격은 거의 불가능하다. 하지만 켈리족 추적 함대의 측면은 쉽사리 세바노프의 배를 시야에 두지 못했다. 그리고 겨우 배를 돌릴 여유가 생겼을 때는 노궁의 쇠뇌 공격으로 돛이 너덜너덜해진 상태였다.

"배를 접근시켜 주십시오! 나머지는 저와 저의 병사들이 알아서 하겠습니다!"

이런 멋진 싸움을 보고 아르제스가 흥분하지 않을 리 없었다. 기동성을 잃어버린 배는 탑승 전술의 손쉬운 먹잇감이었다.

"하하하! 좋습니다. 배를 붙여라!!"

세바노프의 명령과 함께 돛이 접혀졌고, 속도를 줄인 배는 관성의 힘만으로 적선에 다가가기 시작했다.

"투척 준비!!"

방패를 든 자세로 갑판 측면에 도열한 이케니아의 병사들은 밧줄을 잡아 균형을 유지하면서 뛰어나갈 준비를 했다. 켈리족 선원들이 창과 활로 필사의 저항을 했지만, 갑판의 높이가 훨씬 높은 세바노프의 배에게는 큰 위력을 발휘하지 못했다. 그리고 거리가 10미터 이내로 좁혀지자 아르제스의 투척 명령이 내려졌다.

"투척!!"

퍽!

"커억!!"

높은 곳에서 낮은 곳으로 2미터나 되는 육중한 철제창이 내리꽂혔다. 명중률은 놀랍도록 높았고, 허름한 갑옷조차 걸치지 않은 선원들은 창의 희생양이 될 뿐이었다.

"충돌한다!!"

끼끼긱!!

두 함체가 옆구리를 부닥치면서 만들어낸 충격에 목재가 뒤틀리며 비명을 질렀다. 하지만 육중한 세바노프의 기함은 비명을 흘릴지언정 결코 부서지지 않았다. 이케니아 병사들은 서로의 허리끈을 잡아주며 흔들림을 이겨내었다. 충격이 가시자 순식간에 갈고리들이 걸렸고, 두 척의 배가 단단히 엮이자 탑승용 널빤지가 고정되었다.

"돌격! 항복하는 자는 죽이지 마라!!"

흔들리는 배 위였지만 시야에 방해가 되는 투구는 벗어버린 채였다. 능숙하게 적선으로 뛰어오른 이케니아의 병사들은 저항하는 적들을 손쉽게 제압해 버렸다. 적선에는 선원을 제외하고 전투원만 20여 명이 넘었지만 근접 전투에서 중장보병을 당할 수는 없었다. 다만 아르제스와 세바노프에게는 시간이 없었다. 이곳을 빠르게 정리한 후 나머지 켈리족 함대와 맞서고 있는 동료함들을 지원해야만 했다. 다행히 범선을 무력화시키는 것은 쉬운 일이었다. 돛 줄을 모조리 잘라 버리고, 무장은 해제시켜 바다에 던져 버렸다. 예비 돛과 예비 밧줄도 마찬가지였다. 이런 식으로 3척의 배를 무력화시키는 데는 15분도 걸리지 않았다. 적의 우익을 완전히 제압한 세바노프의 기함은 다시 한 번 전선으로 뱃머리를 돌렸다. 단 한 척이지만 완벽한 후위 공격의 시작이었다.

세바노프가 3척의 배를 무력화하고 있는 사이, 켈라바르의 다른 2척은 20분째 7배가 넘는 적함을 상대하고 있었다. 아니, 정확하게 말하면 기막히게 잘 도망치고 있었다. 세바노프의 심복들이 지휘하는 이 배들은 적함에 결코 30미터 이하의 거리를 내주는 법이 없었다. 아무리 무한정 넓은 바다라지만 17척이나 되는 함대가 단 두 척의 배를 전혀 어쩌지 못하고 있었던 것이다. 켈리족 함대의 반달형 포위망은 깨진 지 이미 오래였고, 복잡하게 얽혀 버린 배들의 동선은 바다 위로 어지러운 포말을 그리고 있었다.

"젠장!! 뭐 하는 것이냐!!"

함대를 지휘하는 베르고브레트는 귀에서 연기가 날 지경이었다. 화살을 쏘면 방패를 든 낯선 병사들이 철저하게 막아 버린다. 그리고 화살로는 돛을 상하게 할 수 없어 기동성도 뺏을 수 없다. 자신의 배에 설치된 노궁을 쏠라치면 교묘하게 뱃머리를 돌려 시야에서 벗어나 버린다. 압도적인 수적 우세가 전혀 효과를 발휘하지 못하는 것이었다. 인정하기 싫었지만 이것은 명백한 실력 차였다. 이렇게 되면 적선을 멈추기 위해서 쓸 수 있는 방법은 딱 하나뿐이었다.

"신호를 올려라! 적선과 부딪쳐서라도 물고 늘어지라고 말이다!"

베르고브레트의 명령은 단순한 접현을 지시하는 것이 아

니었다. 적선이 거리도 주지 않고 저처럼 빠르게 움직이는 데야 접현할 여지 자체가 없는 것이다. 그의 명령은 말 그대로 배를 이용한 육박전이었다.

"네?! 하지만!"

범선을 모는 사람들에게 적선과 부딪쳐 배를 상하게 하는 것은 큰 치욕이다. 게다가 뱃머리가 짧아서 용골에 장착된 충각이 뱃머리보다 전방으로 더 돌출해 있는 군용 갤리선과는 다르게, 범선은 군용이라도 충각이 없다. 자칫 잘못했다간 돛줄이 연결된 선수사장(船首斜檣)이 부러져 버릴 수도 있고, 그렇게 되면 침수와 항해 불능은 피할 수 없는 일이 된다. 하지만 베르고브레트의 의지는 단호했다.

"네놈에게 다른 방법이라도 있단 말이냐?! 아니라면 침묵하여라! 네놈의 목숨을 위해서 말이다!"

이미 자부심은 짓밟힐 대로 짓밟혔다. 이 일대 해역의 패자(覇者)라 자처하는 입장에서 고작 2척의 배 때문에 17척의 배가 쩔쩔맨다는 것 이상의 치욕적인 일이 어디 있겠는가?! 항해술과 조함술에서의 승부는 이미 켈라바르의 승리였다. 하지만 전투에서의 승부는 아직이었다. 어떤 식으로라도 이기기만 한다면 이 치욕은 얼마든지 되돌려 줄 수 있는 것이다.

베르고브레트의 기함에서 붉은색 깃발과 검은색 깃발이 동시에 올랐다. 켈리족 신호로 붉은색은 '공격'을, 검은색은

'자신의 배'를 의미한다. 평상시라면 절대 같이 올라서는 안 되는 깃발이었다.

"추격하라! 가장 먼저 부딪치는 배의 선원들에게는 말과 노예를 포상으로 내리겠다!!"

"와아아!!"

때로는 치욕이 사기로 승화되는 경우가 있는데, 지금이 바로 그런 경우였다. 악에 받친 켈리족 선원들은 거칠게 배를 몰아 켈라바르의 배를 추격했다.

"위험하다! 키는 왼쪽으로! 꼬리 흔들기!"

세바노프의 좌장(左將) 아우로비츠가 다급한 목소리로 외쳤다. 거침없이 침로를 교차해 오는 적선들의 움직임은 도저히 정상이라고 볼 수 없었다.

"켈리족 놈들! 미쳤군!"

겨우 적선과의 충돌을 피한 그의 목소리에는 당황스러움이 묻어 있었다. 자신들이 압도적인 수의 적을 상대로 이렇게 버티고 있는 것은 배가 계속 움직일 수 있어서였다. 하지만 이제는 아니었다. 적선들이 침로를 교차하기 시작한 이상 빠르게 전역을 빠져나가야 했다. 그리고 슬슬 세바노프의 기함이 모습을 드러낼 시간이 다가오고 있었다.

"침로는 동쪽으로!! 돛은 모두 전개!"

이렇게 된 이상 도망칠 곳은 동쪽뿐이었다. 비록 그쪽이 해안 방향이라도 말이다. 적의 중앙을 돌파한다면 더 좋겠지만,

가로돛이 장착된 함선으로 바람을 거스르는 것은 한두 번의 꼬리 흔들기로는 불가능한 일이었다. 아우로비츠가 뛰어난 함장이긴 했지만 세바노프처럼 바람을 미리 읽는 능력은 타고나지 못한 탓이었다.

그래도 한 가지 이점은 있었다. 동쪽으로 침로를 잡으면 비스듬하게나마 순풍을 받을 수 있다. 조함술과 배의 성능이 월등한 켈라바르 측으로서는 거리를 벌릴 수 있는 좋은 기회였다. 해안으로 몰리기 전에 빠르게 빠져나갈 수만 있다면 한동안 시간을 벌 수 있을 터였다. 하지만 불행히도 아우로비츠의 생각은 북쪽에서 선회 중이던 한 적선에게 읽히고 말았다. 선회한 후 순풍을 받아 대번에 속력을 높인 그 적선은 주저없이 침로를 교차했다.

"제길!"

아우로비츠의 입에서 짧은 욕설이 터져 나왔다. 자신의 배로 돌진해 오는 적선과의 거리는 불과 80미터. 이 속도라면 충돌을 피할 수 없다. 급히 배를 멈춘다면 가능하겠지만, 그것은 자살 행위다. 좌측에서는 적선들이 따라붙고 있고, 우측은 3번함이 자신의 2번함과 침로를 수평으로 잡고 있다. 말그대로 전후좌우가 모두 막혀 버린 상황이었다.

어느새 적선과의 거리가 50여 미터로 좁혀졌다. 그때 아우로비츠가 목이 터져라 외쳤다.

"침로를 동쪽으로!! 여유있는 놈들은 전부 키에 달라붙어!"

순간적으로 불어오는 서풍을 놓치지 않은 아우로비츠는 침로의 변경을 명령했다. 오른쪽으로 배가 기울면서 2번함의 선수가 3번함의 옆구리에 닿을 듯 말 듯 기울었다. 이렇게 되자 적선의 침로는 정확히 2번함의 옆구리를 향하게 되었다. 2번함이 일부러 측면을 내어준 셈이 되었기 때문이다. 하지만 다시 한 번 아우로비츠의 명령이 내려졌다.

"침로 최대로 좌측!! 이대로 꼬리 흔들기다!!"

"침로 최대로 좌측!! 키잡이 놈들!! 죽어도 키를 놓치지 마라!"

잔뜩 긴장한 선원들의 외침이 터져 나왔고, 선체는 크게 기울며 왼쪽으로 급격하게 돌았다. 2번함의 기동을 눈치 챈 3번함은 거리를 벌리며 공간을 확보해 주었다. 그리고 그때는 이미 적선의 그림자가 2번함 전체를 뒤덮고 있었다.

"충돌한다!! 꽉 잡아!"

쿠지직!!

귀가 멍해질 정도의 나무 부러지는 소리와 함께 배가 크게 흔들렸다. 적선의 선수는 당장에 부서졌고, 나무 조각과 함께 로프가 튀어 올랐다. 독보적인 튼튼함을 자랑하는 켈라바르의 배도 일부가 부서져 나가며 목재 특유의 연갈색 속살을 드러내었다. 하지만 적선이 들이받은 곳은 배의 측면이 아닌 후미였다. 급격한 선회기동으로 측면 대신 후미를, 그것도 직각이 아닌 예각(銳角)으로의 충돌을 강제한 것이었다. 켈라바르의 선원들만이 할 수 있는, 그야말로 대담하고도 훌륭한 조함이었다. 그러나 이것으로 끝이 아니었다. 정작 중요한 것은 지금부터였다.

"키를 놓치지 마라!! 후미의 돛을 수평으로! 앞 돛을 최대한 왼쪽으로 기울여라!"

선체끼리의 충돌이라는 엄청난 혼란 속에서도 아우로비츠의 명령을 끊이지 않았다. 적선의 충돌을 예각으로 받아넘기긴 했지만, 좌측에서 후미를 강타당한 탓에 자칫하면 배가 좌측으로 크게 선회해 버릴 수가 있었다. 만약 선수(船首)가 풍향의 좌측으로 넘어가 버린다면 완벽하게 맞바람을 받게 되고 배는 멈추어 버린다. 그렇게 되면 조금 전의 기막힌 조함술도 모두 허사가 되어버릴 터였다.

끼이이익!

관성과 풍력이라는 상반된 두 개의 힘이 대립하며 선체는 비명에 가까운 소음을 쏟아내었다.

"견뎌라!!"

비단 돛잡이와 키잡이들에게만 하는 말이 아니었다. 난간을 부여잡은 아우로비츠는 2번함에 자신의 생명력이라도 불어넣고 싶은 심정이었다. 전투의 승부를 떠나 조함에 실패한다는 것은 자존심이 용납하지 않는 일이었다. 그리고 그의 염원이 통해서일까? 비틀거리던 2번함의 몸체는 한계점 직전에서 회전을 멈추었고, 뱀이 기어가는 듯한 흔적을 남기며 힘겨우게나마 전진을 시작했다.

"와아아!!"

켈라바르 선원들에게서 대번에 함성이 터져 나왔다. 선수가 부서진 채로 침수되어 가는 적선을 바라보며 켈라바르의 선원들은 심장이 터질 듯한 쾌감을 맛보았다. 더없이 훌륭한 선원이면서도 고지식한 그들에게 이처럼 우아하고 고상한 승리도 없었다. 하지만 진정한 전투는 이제부터였다. 그리고 켈리족 함대의 후미를 노리며 다가오는 세바노프는 켈라바르 선원 특유의 고상함과는 거리가 먼 인물이었다.

"침로 좌측! 노궁 장전!"

바람을 등지고 순식간에 거리를 좁힌 세바노프의 기함은 어느덧 적의 본대를 노궁의 사정거리에 두고 있었다.

"발사!!"

투—웅!

하프의 긴 현을 튕기는 것 같은 중저음의 울렸다. 긴 날을 번뜩이며 날아간 쇠뇌는 먹이를 노리는 갈매기처럼 적선을 향해 내리꽂혔다.

"명중 확인! 4발 중 2발이 돛에 적중!!"

관측 선원의 외침이었다. 100미터도 더 되는 거리에서, 그것도 움직이는 배 위에서 쏜 노궁을 절반이나 적중시킨다는 것은 보통 솜씨가 아니었다. 하지만 급히 선회한 켈리족의 전함들도 옆구리를 맞대며 이빨을 드러내기 시작하였다. 전부는 아니었지만 중앙에 포진했던 켈리족의 배들은 대부분 노궁이 장착되어 있었던 것이다.

"온다!!"

관측 선원의 눈에는 쇠뇌를 장전하고 있는 켈리족의 모습이 선명하게 들어왔다.

"침로 우측! 급선회!"

움직이는 표적을 쏠 때는 이동 경로의 전방으로 예측 사격을 하기 마련이다. 세바노프는 그 예측 사격을 피하기 위해 급선회를 지시했다. 모든 기물들이 한쪽으로 쏠리면서 예리한 각도로 침로가 꺾였다. 그러나 모든 쇠뇌들을 피할 수는 없었다.

피―잉!

촤―악!

몇 발은 선체에 꽂혔고, 몇 발은 돛을 찢었다. 한 발이 방패를 뚫고 이케니아 병사를 덮쳤지만 다행히 팔이 찢어진 정도였다.

"서둘러! 뚫린 돛을 접어라!"

날카롭게 찢어진 돛을 그대로 방치하면 바람을 받아 더 크게 찢어지게 된다. 돛잡이들은 빠르게 돛을 내린 후 예비 돛을 달았다. 기함의 속도는 전혀 줄지 않았고, 불규칙적인 선회 기동을 동반하며 켈리족 함대의 한가운데를 파고들었다. 소수로 다수를 제압하는 방법 중에서 적의 우두머리를 사로 잡는 방법만큼 좋은 것도 없다. 그야말로 켈라바르의 항해 능력과 이케니아의 전투 능력이 동시에 힘을 발휘해야만 하는 순간이었던 것이다.

"적의 기함을 노린다!!"

세바노프는 명령을 내리면서도 한시도 눈을 침로에서 떼지 않았다. 적의 기함은 붉은 교전기로 분명히 식별이 가능했지만, 적 기함으로 접근하기 위해서는 적어도 기함 주변에 있는 2척의 호위함을 돌파해야 했다. 하지만 적 전력의 대부분이 2번, 3번함을 추적하는 데 투입되고 있는 지금이 적 기함을 제압하기에 가장 좋은 때임을 세바노프는 알고 있었다.

"전속력! 키는 수평으로 고정!!"

그야말로 돌진이었다. 쪽돛을 포함한 9장의 돛이 팽팽히 부풀어 올랐고, 날렵한 유선형으로 만들어진 세바노프의 기함은 바다를 찢듯 쇄도해 나갔다.

"침로를 가로막아라!!"

세바노프의 의도를 눈치 챈 호위함의 선장들은 크게 당황하면서도 기함끼리의 탑승전은 피해야 한다는 생각에 자신들의 배로 침로를 가로막았다. 하지만 그 모습을 본 세바노프의 입에서는 조소가 피어올랐다.

"하하하!! 어설프구나!!"

바람을 등지고 오는 배는 쉽게 방향을 전환할 수 있다. 그 점을 우려한 호위함이 세바노프의 침로에 뱃머리만 걸쳐 둔 채 넓게 포진해 버린 것이다. 되도록 넓은 면적을 가로막기 위해서였다. 하지만 이것은 세바노프가 가장 바라던 대응이었다.

"침로 유지! 충돌에 대비해라!!"

침로에 적선의 일부가 걸쳐져 있음에도 불구하고 세바노프는 전혀 침로를 수정하지 않았다. 침로가 막혔으니 급선회를 할 것이라는 적들의 예상을 깨고 강행 돌파를 선택한 것이다. 세바노프의 배는 켈리족 배에 비해 선체는 1.5배 정도 크지만 무게는 2배 이상 무거웠다. 게다가 재질과 제작법의 차이로 선체 강도에서는 비교가 되지 않았다. 또한 뱃머리가 유난히 높아 충돌에도 선수사장이 부러질 염려는 없었다. 정면 충돌을 각오했다면 모를까 어설프게 머리만 들이민다고 막을 수 있는 돌격이 아니었던 것이다.

"충돌한다!!"

충돌을 알리는 세바노프의 육성을 마지막으로 모든 사람의 음성은 배들이 만들어내는 굉음에 묻혀 버렸다.

콰광!

끼이이잉!!

충돌음에 이어 선체가 뒤틀리는 소리가 이어졌다. 침로를 막아섰던 적선의 선수사장은 선수와 함께 통째로 뜯겨져 나갔다. 세바노프의 배가 받은 충격도 만만치는 않았다. 선원들은 순간적인 충격에 호흡이 막힐 정도였다. 그러나 정신을 잃은 자는 아무도 없었고, 진정한 승부는 지금부터였다.

"접현을 준비하라!!"

적선을 돌파한 후 마지막 기동력을 쥐어짠 세바노프의 기함은 당황하고 있는 적 기함을 향해 옆구리를 들이밀면서 접근하고 있었다. 이 순간만큼은 대담하기 이를 데 없는 세바노프도 바짝 긴장하고 있었다. 이미 적함대의 한가운데로 돌입한 마당에 집중사격을 받은 돛은 너덜너덜해져 바람을 받을 수 없는 상태였다. 적 기함을 빠르게 제압하지 못한다면 중과부적의 곤란한 상태에 놓여질 수밖에 없었다.

쿵!!

세바노프의 기함이 적 기함의 옆구리로 거칠게 파고들면서 묵직한 충돌음이 일었다. 그리고 그 충돌음은 치열한 백병전의 시작을 알렸다. 낫 갈고리가 던져지고 못 박힌 널빤지가 걸쳐졌다.

"전우들이여!! 그대들의 용맹의 보여라!"

사령관이 자신들을 전우라고 불러주는 것만으로도 병사들의 사기는 하늘을 찔렀다. 마르쿠서스와 선두에 어깨를 나란히 하고 선 아르제스는 방패로 몸을 가린 채 제일 먼저 적선으로 뛰어들었다.

"돌격하라!!"

창과 화살이 난무하는 난전에서도 방패를 나란히 하고 진격하는 중장보병의 기세는 독보적이었다. 군단병들은 찔러

오는 창을 방패로 밀어젖히며 갑판 위에서도 신속히 전투 대형을 이루었다.

이 모습을 본 베르고브레트는 병사들을 독려하며 악에 바쳐 외쳐 대었다.

"막아라!! 절대 자리를 내어주지 마라!!"

그는 선미의 지휘 갑판에서 방패를 든 호위병들에게 둘러싸여 있었다. 급박한 상황치곤 침착하게 지휘하고 있었지만 그의 가슴속은 의혹과 놀라움으로 가득 차 있었다.

'대체 이놈들은 누구란 말인가!!'

언뜻 보면 라인 제국 군단병 같아 보이기도 하지만 미묘하게 달랐다. 특히 저들이 쓰는 말은 라인 어가 아닌 이케니아 어이지 않은가? 하지만 베르고브레트의 의문과는 상관없이 전투는 점점 치열해져 갔다. 켈리족 함대의 기함답게 이 배에는 많은 수의 정예 병력이 탑승하고 있었다. 그래도 전황은 이케니아 병사들 쪽이 유리했지만, 문제는 시간이었다. 기함의 변고를 알아챈 다른 배들이 급히 선회한 후 몰려오고 있었기 때문이다.

"쳇!"

쓰러뜨려도 끊임없이 몰려나오는 적을 보며 아르제스는 불만 어린 표정을 지었다. 이미 갑판은 적들이 흘린 피로 미끄러워져 서 있기도 힘들 정도였다. 그때 선미 지휘 갑판 위에 있는 한 인물이 눈에 들어왔다. 다름 아닌 적 함대의 수장

베르고브레트였다.

"마르! 저쪽이다! 뚫어라!!"

"에에?! 또 접니까?! 그만 좀 부려먹으시면 안 되겠습니까?!"

말을 이렇게 한 마르쿠서스였지만, 그의 몸은 이미 지휘 갑판으로 움직이고 있었다.

"비켜라! 비켜! 네놈들을 죽여봐야 월급도 안 나온단 말이다!!"

무거운 방패를 한 손으로 가볍게 휘두르며 돌진한 마르쿠서스는 혼자의 힘으로 단숨에 포위망을 뚫어버렸다. 그리고 그 뒤를 아르제스가 바짝 따라붙었다. 몸종을 따라 민첩하게 지휘 갑판으로 오른 아르제스는 마르쿠서스로 하여금 갑판에서 이어진 유일한 통로인 계단을 막아서게 했다. 이렇게 되자 지휘 갑판은 완전히 고립되어 버렸고, 아르제스와 베르고브레트 일행만이 대치하는 상태가 되었다.

"승부는 끝났다! 무기를 버리고 항복하라!"

아르제스는 칼을 겨눈 채 엄숙한 목소리로 말했다.

"뭐라고?! 이 건방진!"

수염도 안 난 새파란 젊은이가 항복을 명령하자 흥분한 베르고브레트는 칼을 뽑아 들고 뛰쳐나왔다. 이미 잔뜩 얼어 있던 호위병들은 그를 말릴 엄두도 내지 못했다.

"홋! 성급하긴."

그 모습에 가볍게 웃은 아르제스는 방패를 놓아버리며 마주 안 듯 거리를 좁혀 버렸다.

"윽!"

우드득!

짧은 신음 소리와 더불어 관절이 뒤틀리는 소리가 났다. 아르제스의 왼손은 베르고브레트의 오른손을 뒤로 꺾어버렸고, 오른손에 든 글라디우스는 베르고브레트의 목을 겨누고 있었다. 그야말로 한순간, 아르제스는 절묘한 기술로 피 한 방울 흘리지 않고 적의 우두머리를 제압해 버렸다. 흥분해서 달려들긴 했지만 전투 기술의 관점에서 볼 때 베르고브레트는 별 볼일 없는 노인에 불과했던 것이다.

적 수장의 신병을 손에 넣은 아르제스는 목청을 높여 큰 소리로 외쳤다.

"전투를 멈추어라!! 너희들의 수장은 이미 제압되었다!!"

       *   *   *

치열했던 3대 20의 해전은 켈리족의 기함에서 교전기가 내려지고 백기가 올라가는 것으로 막을 내렸다. 켈라바르 선원들과 이케니아 병사들이 환호성을 질렀지만, 이 승리에 기뻐하는 사람들은 그들만이 전부가 아니었다.

켈라바르의 배가 선착장에 도착하자 브로타의 주민들이

환호성을 지르며 뛰쳐나왔다. 기함이 제압당하자마자 도망쳐 버린 5척과 전투로 침몰된 2척을 제외한 나머지 켈리족 함선은 무장해제당한 채 브로타 항으로 견인되었다. 선원들을 포함해 9백 명에 가까운 켈리족이 포로로 잡혔다.

아르제스의 공식적 신분은 이케니아 파병군 사령관이자 에레냐드 북부지역 총독 대행관이었다. 그리고 그에 걸맞게 라인 제국 제1시민권까지 수여받은 상태이기도 했다. 그는 입항 즉시 브로타의 족장을 불러들였다. 엄연히 라인의 영토인 이곳에서 이 일련의 사건들이 왜 일어나게 된 것인지 소상히 알아야만 했다. 세바노프는 이 지역 토착어에 능통했기에 그를 통역으로 내세울 수 있었다.

브로타에 살고 있는 주민들은 도시 이름을 따 스스로를 브로타족이라 부르고 있었는데, 먼 옛날에는 켈리족에 속한 군소 부족이었다. 그러던 것이 일단의 무리가 따로 떨어져 나와 터를 잡았고, 천연 항구인 이곳을 중심으로 나름대로 번영해서 어엿한 독립 부족으로 이어져 왔다. 부족민이 겨우 1만에 불과한 이들이 100여 년 동안 번영할 수 있었던 것은 주위 부족과 우호적인 관계를 유지한 선대 족장들의 지혜와 더없이 훌륭한 조건을 갖춘 브로타 항구 덕분이었다. 하지만 이런 평화가 깨어지기 시작한 것은 약 2년 전부터였다고 한다. 중립적 태도를 취하던 켈리족이 갑자기 공물의 요구량을 늘리기 시작했고, 에레냐드 북부의 최대 부족인 카나이족은 켈리족의 폭주를 저지하지 못했다. 그리고 급기야 지난해 가을부터는 노골적으로 적대감을 드러내기 시작했다. 켈리족은 틈만 나면 군사나 군함을 보내 브로타를 위협했고, 그때마다 브로타족은 부녀자와 아이들을 항구가 내려다보이는 곳(串)에 세워진 요새로 피신시키는 게 고작이었다. 오늘도 켈리족의 함대가 나타나자 항구를 지키기 위해 남은 병사들을 제외한 주민들은 모두 요새로 피신했고, 예상치 못한 해전을 구경할 수 있었던 것도 이 때문이라고 했다.

"음."

단순한 부족 간의 세력 다툼이라면 큰 문제가 될 것은 없었다. 아직은 큰 유혈 사태로 번진 것도 아니었고, 갈등을 사전에 예방하지 못한 라인 제국의 공권력 부재에도 책임이 있었다. 잘만 이야기한다면 두 부족의 중재를 이끌어내는 선에서 마무리될 수 있을지도 몰랐다. 하지만 좋게만 생각하기엔 의문스러운 점이 너무 많았다.

브로타 족장과의 이야기를 마친 아르제스는 곧바로 포로로 잡힌 베르고브레트를 심문하기로 마음먹었다. 다행히 그의 이케니아 어 실력은 상당했기에 아르제스가 직접 심문을 진행할 수 있을 터였다.

그래도 한 부족의 지도자로서 함부로 다룰 순 없었기에 손발을 구속하지는 않고, 다만 4명의 병사들에 의해 독방에서 감시되고 있던 베르고브레트는 아르제스가 들어오자 성난 목소리로 대뜸 질문부터 던졌다.

"그대는 누구인가!!"

"나는 이케니아 군의 사령관이자 라인 제국의 시민이며, 에레냐드 속주의 총독 대행관인 네모 가이우스라고 하오. 이런 식으로 인사를 나누게 되어서 유감이군요."

그래도 심문하는 사람치곤 나름대로 정중한 태도였다. 아르제스의 입장에서 사로잡힌 켈리족들을 전쟁 포로처럼 취급할 수는 없었다.

"나는 켈리족의 베르고브레트 '노비오두스' 다. 이케니아의 사령관이 왜 우리와 켈라바르 인 간의 싸움에 끼어든 것인가?! 그리고 나는 라인에 총독 대행이란 관직이 있다는 소리는 들은 적이 없다."

자신을 노비오두스라고 밝힌 그는 포로치고는 무척이나 당당한 모습이었다. 어찌 보면 억울하고 화난 듯한 표정이기도 했지만 말이다.

"믿으라고 강요하지는 않겠지만, 내가 라인 제국의 황제로부터 에레냐드 북부의 전권을 위임받은 것만은 확실한 사실이오. 그것이 아니라면 이케니아의 사령관인 내가 라인 제국의 속주에 군사를 이끌고 올 이유도 없겠지."

"흐음."

노비오두스는 아르제스 뒤에 도열한 정규군 복장의 병사

들을 보며 신음을 흘렸다. 아무리 생각해도 아르제스의 말이 거짓은 아닌 것 같았기 때문이다.

"켈라바르족의 배에 내가 타고 있었다는 것을 그대가 알았을 리는 없으니 그것에 대한 책임은 묻지 않겠소. 서로 간에 미묘한 상황이었다는 것은 나도 인정하는 바이니까. 하지만 그대들이 법을 무시하고 다른 부족을 침략한 것에 대해서는 그 이유와 책임을 물어야겠소."

속주에 속하는 국가나 부족은 패권국인 라인 제국의 허락 없이는 군사행동이 금지되어 있었다. 아니, 정확하게 말하면 특별한 이유없이 상비군을 보유하는 것 자체가 금지되어 있었다. 그런데 브로타족의 말을 들어보면 이미 지난해 가을부터 빈번히 군사적 위협을 가했다지 않은가? 이것은 명백한 위법이었다.

"브로타족은 우리와 같은 조상을 두고 있다. 우리는 단지 갈라진 부족을 합치려고 했을 뿐이고, 이것은 타국과의 전쟁이 아니다. 켈리족 내부의 문제일 뿐이다."

그는 당연하다는 듯이 말했지만 아르제스에게는 왠지 궁색한 변명처럼 들렸다. 정중한 태도에 대한 보답치고는 너무 뻔뻔하다는 생각이 들자 아르제스는 정중한 태도를 버리고 위협적인 어조로 선언하듯 말했다.

"그것은 켈리족만의 생각이다. 전쟁이란 것은 혼자서 하는 것이 아니지 않은가?! 나는 총독 대행관의 신분으로서 엄중히 경고하겠다. 다시는 어떠한 형태로든 브로타족의 재산과 안위를 침해해서는 안 된다. 또한, 이 해역을 지나는 켈라바르의 배를 습격하는 것도 금지하겠다!'

그러자 노비오두스가 조금은 당황한 표정을 지었다.

"브, 브로타족에 관한 문제는 부족의 장로님들과 상의해볼 수도 있다. 하지만 켈라바르 인들은 라인 제국과 아무런 관계가 없지 않은가?! 그들은 거대한 배를 몰아 우리의 앞바다를 허가도 없이 지나다니고 있으며, 우리 부족은 그들의 행위에 큰 불안감과 위협감을 느끼고 있다! 그들에게 그러할 권리가 있단 말인가?!"

"켈라바르 인들은 네모와 상업 조약을 맺고 있으며, 네모는 라인 제국과 동맹 관계에 있는 이케니아 연맹의 일원이다. 권리로 따진다면 충분하고도 남음이 있다. 하지만 나는 그대들의 불안감도 충분히 이해하는 바이다. 따라서 켈라바르 인들로부터의 안전 보장은 총독 대행인 내가 책임지겠음을 약속하겠다. 이에 동의한다면 나는 그대들을 아무런 조건 없이 배와 함께 석방하겠다."

아르제스가 이렇게까지 말하자 노비오두스는 마땅한 반론을 찾지 못했다. 실제로도 브로타 침략의 근본적 이유는 카나이족이 묵인하는 틈을 타 세력 확장을 도모하기 위한 욕심 때문이었다. 또한 켈라바르 인들에 대한 적대감도 실체가 없는 막연한 것에 불과했다. 그리고 무엇보다, 자신들의 목숨 줄을 쥐고 있는 것은 아르제스였다. '조건없는 석방' 이란 말은 그에게 자신의 처지를 깨닫게 해주었다.

"나는 부족의 판관일 뿐이지 결정권을 가지고 있진 않소. 하지만 총독 대행의 뜻은 충분히 전달하겠다고 약속하겠소."

기세가 한풀 꺾여 버린 노비오두스는 힘없는 말투로 답했다. 아르제스는 그것만으로 족하다며, 그를 위해 별도의 쉴 자리와 식사를 마련해 주었다. 석방은 내일 아침 동이 트는 대로 이루어질 것이라는 말과 함께. 다만 부하들과의 접촉은 철저하게 제한되었다. 아직은 진정한 심문이 끝나지 않은 까닭이었다.

"그나에우스."

노비오두스가 사라지자 아르제스는 곁에 서 있던 선임 백임대장의 이름을 불렀다.

"네! 사령관님!"

"자네는 브로타 족장에게 켈리족 말에 능통한 사람을 지원받아라. 그리고 지위가 높은 켈리족 선원들을 골라내어 알 수 있는 모든 정보를 캐내라. 켈리족 내부 사정은 물론, 주요 인물과 주변 부족의 상황까지 모두 다 말이다. 단, 서로가 심문을 당했다는 것은 모르도록 철저히 격리시켜라. 말이 새어 나가지 않게 적당히 협박해 두는 것도 잊지 말고."

"알겠습니다."

약간 짓궂은 미소를 지은 그나에우스는 군례를 올리고 곧바로 등을 돌렸다. 그나에우스가 사라지자 옆에서 묵묵히 서 있던 마르쿠서스가 의문을 참지 못하고 입을 열었다.

"도련님, 그럴 바엔 차라리 노비오두스를 끝까지 심문하는 것이 낫지 않겠습니까?"

"음, 물론 정보는 노비오두스가 더 많이 알고 있겠지. 하지만 그는 부족의 지도자야. 자존심도 강하고 나 또한 함부로 다룰 수야 없지. 그의 역할은 나의 의지와 호의를 부족 원로들에게 전하는 것만으로도 충분해. 그에 비해 일반 부하들은 다루기가 쉽지. 전투에 패해 노예로 팔려 가지나 않을까 두려워하고 있는 사람들을 상대로 정보를 캐내기란 그리 어렵지 않은 일이니까."

"흠, 그렇군요. 이런 것도 일종의 정치입니까?"

그리 똑똑하다고 할 수 없는 마르쿠서스였지만 사령관이자 정치가인 주인을 따라다니다 보니 정치나 전쟁이나 다를 바 없다는 것 정도는 깨달을 수 있었다. 다른 점이 있다면 목적을 이루기 위해 사용하는 수단이 다를 뿐이랄까?

조금은 의외인 마르쿠서스의 질문이었지만 아르제스는 유쾌한 기분이 들어 흔쾌히 자신의 생각을 말했다.

"하하, 정치란 공동체를 위한 선의(善意)를 행동에 옮기는 것이니. 그래, 크게 보면 그럴 수도 있겠구나. 하지만 난 그렇게 부르고 싶지 않은걸? 이런 것은 그저 잔머리나 임기응변이라고 하는 게 옳지 않을까? 그런데… 정치에 관심이라도 생긴 것이냐? 작은 관직이라도 하나 맡겨주랴?!"

"천만에 말씀입니다."

농담인지 진담인지 알 수 없는 주인의 말에 대번에 안색을 굳히는 마르쿠서스였다.

제3장

회합

아르제스 전기

저녁부터 근해에 불어닥치기 시작한 폭풍우 때문에 켈리
족의 석방은 이틀 더 미뤄지게 되었다. 이미 폭풍우가 올 것
임을 들어 알고 있던 아르제스였기에, 석방 시간을 그렇게 잡
은 것도 의도된 것이었다. 덕분에 선원들로부터 정보를 얻어
낼 시간이 훨씬 늘어나게 되었다.

다만, 켈리족을 석방한 후에도 아르제스는 며칠을 더 브로
타에 머물렀다. 세바노프도 자신의 가문에 속한 배들만 이끌
고 나왔기에 그다지 시간에 구애받는 입장은 아니었다. 브로
타에 머무는 동안 아르제스는 켈리족들에게 얻은 정보를 취
합하면서 2통의 서찰을 작성했다. 한 통은 에레냐드 속주의

총독 앞으로 보내는 것이었고, 다른 한 통은 카나이족의 수도 우르손으로 보내는 서찰이었다. 더불어 브로타의 족장에게 명해 올해의 밀 파종은 부족민이 먹을 것보다 훨씬 더 많은 양을 하라고 일렀다. 곧 밀을 파종할 시기가 다가오고 있었던 것이다. 이런 조치들은 파병군의 식량 확보를 원활하게 하기 위해서였다. 물론 경작지에 대한 안전과 밀의 수매에 대한 문제는 총독 대행관의 이름을 걸고 보증하기로 하였다.

배의 수리와 보급을 마치고 브로타 항을 출발한 것은 입항한 지 엿새째 되는 날이었다. 이제 목적지는 켈라 해(海)였다. 중앙해 일대를 세계의 중심으로 생각하는 사람들에게 켈라 해는 낯선 이름이다. 당연히 이케니아에서 사용되는 지도에 나와 있지도 않은 이 바다는 디시움에서 직선거리로 따져도 북쪽으로 대략 1천 킬로미터나 떨어진 곳에 위치하고 있었다.

브로타 출항 열흘째. 추상적으로 거리를 가늠해 보지 않아도 완전히 달라진 바람의 방향과 매서운 추위가 이곳이 얼마나 낯선 곳인가를 말해주고 있었다. 이케니아 병사들에게 이런 기후는 가히 '깜짝 놀랄 만한' 것이었다. 하지만 이런 추위도 아르제스의 갑판행을 막지는 못했다.

"후우."

가볍게 내뿜은 숨조차 곧바로 눈에 보이는 수증기가 되었다. 피풍을 파고든 차가운 바람이 온몸을 휘감아왔지만, 그나마 손에 든 2잔의 따뜻한 음료가 위안이 되었다.

"오늘은 이른 새벽부터 갑판에 나와 계시는군요."

세바노프의 등 뒤로 다가간 아르제스는 고개를 돌리는 그를 향해 손에 들고 있던 음료를 내밀었다.

"아! 아르제스님, 마침 잘 나오셨습니다. 그렇지 않아도 부르려고 했는데 잘되었군요."

기쁜 표정으로 음료를 받은 세바노프는 아르제스를 끌어당겨 자신의 옆에 서게 했다.

"뭐, 특별한 일이라도 있습니까?"

"물론이지요. 조금만 있으면 켈라 해에서 뜨는 태양을 대해에서 감상하는 멋진 경험을 하시게 될 것입니다."

"네?"

처음에는 세바노프의 말을 이해할 수 없었다. 하지만 주위의 사물들이 눈에 들어오기 시작했을 때 아르제스의 눈앞에 장관이 펼쳐지기 시작했다.

"아!!"

양안(兩岸)에 서 있는 높은 절벽이 오만하게 물길을 굽어보고 있었고, 물길의 끝으로는 어렴풋이 수평선이 어리고 있었다. 그리고 그 수평선이 붉게 일렁이더니 순식간에 찬란한 빛을 뿜어내기 시작했다. 마, 태양의 신이 어둠의 문을 박차고 세상으로 뛰쳐나오는 모습이랄까?!

"아름답군요!"

눈부신 일출에 눈살을 찡그리면서도 아르제스는 전혀 고개를 돌리지 못했다.

"이 해협은 좁고 긴 통로 같은 모양입니다. 다만 굽어져 있지는 않아서 위치만 잘 잡으면 대해에서도 켈라 해가 바라보이죠. 하지만 켈라 해에서 뜨는 일출을 보려면 이 시기가 아니면 곤란합니다. 게다가 오늘은 신이 도왔는지 날씨마저 좋았군요."

"아! 제가 굉장한 행운을 누린 것이군요."

"하하하, 제 선물이 마음에 드셨다니 다행입니다."

두 사람은 일출의 여운이 사라질 때까지 그렇게 서 있었다. 그사이 선원들은 세바노프의 지시없이도 해협으로 진입할 준비를 착착 해나가기 시작했다. 그러나 해협을 눈앞에 두고도 배는 곧바로 진입하지 않았다. 마치 무엇을 기다리는 듯 배는 천천히 선회만을 할 뿐이었다.

아르제스가 그 이유를 묻자 세바노프는 해류 때문이라고 대답했다. 이 해협은 거대한 두 바다를 이어주는 역할에 비해 너무나도 좁기 때문에 시간대에 따른 해류의 변화가 굉장히 심한 편이라는 것이다. 설명에 따르면, 켈라 해에서 대해쪽으로 해류가 흐를 때는 아무리 훌륭한 배라 해도 대해 쪽에서의 진입은 불가능하였다. 반대로 대해 쪽에서 켈라 해 쪽으로 해류가 흐를 때는 급한 해류에 휘말려 절벽에 배가 부딪칠 위험이 있었다. 그래서 이 해협을 빠져나가기 위해서는 해류의 흐름이 바뀌기 직전, 흐름이 멈추는 시간을 이용해야 된다는 것이었다. 하지만 해류가 잠잠해지는 시간은 겨우 1시간 남짓이어서 해류의 흐름에 익숙하지 못하다면 무척이나 위험했다. 때문에 켈라바르 인들을 제외하고는 능숙하게 켈라 해와 대해를 배로 오갈 수 있는 민족은 거의 없다시피 했다. 켈라 해가 중앙해 사람들에게 잘 알려지지 않은 까닭도 이 때문이었다.

세바노프가 해협으로의 진입을 명령한 것은 정오가 다 되어서였다. 해협은 양쪽이 높은 절벽으로 가로막혀 있는 형태였기에 바람을 받기도 쉽지 않았다. 다만 이 이 해역의 바람은 계절에 관계없이 항상 서풍을 동반하기에 대해에서 켈라 해로 진입하기는 어렵지 않았다. 반대로 켈라 해에서 대해로 나갈 때는 바람에 맞서야 했기에, 그 경우 해류의 흐름을 적당히 이용한다는 것이 세바노프의 설명이었다.

좁은 해협을 빠져나와도 시야의 끝까지 바다가 펼쳐져 있을 뿐이었다. 다만 잔잔한 파도와 방향을 예측할 수 없이 부는 바람이 이곳이 대해가 아닌 내륙해임을 말해주고 있었다. 켈라 해로 접어들자 세바노프는 아르제스가 궁금해할 만한 많은 이야기를 해주었다. 켈라 해와 주변 지역에 대한 그의 지식은 방대할 정도여서 아르제스를 놀라게 하기에 전혀 부족함이 없었다.

켈라 해는 남북으로 650킬로미터, 동서로는 600킬로미터가량 되는 원형에 가까운 형태를 하고 있는데, 해안선의 굴곡은 단조로운 편이며 바다의 깊이는 상당히 깊었다. 단, 항구를 건설할 만한 장소가 무척이나 드물어서 켈라 해 해안선의 1/6가량을 세력권 안에 두고 있는 켈라바르 인들도 단 3개의 대형 항구밖에 가지지 못하고 있었다. 특히 남부 연안의 경우는 정도가 심해서 카나이족 소유의 항구 한 군데를 제외하면 50척 이상의 배를 수용할 수 있는 항구는 단 한 군데도 없었다. 결과적으로 켈라 해 연안에 제대로 된 항구는 6개를 넘지 않는다는 것이 세바노프의 설명이었다.

켈라바르 인의 영토는 켈라 해 북서쪽 연안의 대부분을 포함하고 있었는데, 언덕이 많은 지형이라 밀 농사를 지을 수 있는 곳은 한정되어 있었다. 그래서 켈라바르 인들은 밀과 함께 보리를 주식으로 삼고 있다고 했다. 중앙해 세계에서는 보리를 말의 먹이로 사용된다는 점을 고려하면 농사를 짓기에는 무척이나 척박한 땅임을 알 수 있었다. 대신 어업과 광업은 상당히 발달해 있었는데, 특히 광업의 경우 거대한 철광맥을 보유하고 있어 철기 문화가 무척이나 발달되어 있었다. 대부분의 철광맥은 켈라 해 북단에서 북동쪽으로 뻗어 있는 '카스팔가 산맥' 주위에 밀집되어 있는데, 최근 이 지역으로 아누이족이 세력을 뻗쳐 와 철광맥의 소유권을 두고 신경전이 끊이지 않고 있었다.

목적지에 도착하기까지는 켈라 해로 진입한 뒤로도 꼬박

이틀을 더 항해해야 했다. 그들의 목적지는 켈라바르의 본토가 아닌 켈라 해 북서쪽에 위치한 세바노프 일가 소유의 크지 않은 섬이었다. 하지만 도착해 보니 세바노프의 말과는 다르게 결코 작지 않은 규모를 자랑하고 있었다. 그도 그럴 것이 멀리서 보기에도 대형선 기준으로 50척 이상의 수용 능력을 지닌 항구인 데다가 켈라바르족 특유의 대형 범선이 10여 척이나 정박하고 있었던 것이다.

무뚝뚝하던 선원들도 항구가 가까워오자 무척이나 흥분한 듯 보였고, 선내(船內)는 즐거운 소란으로 가득 찼다.

뿌우우우―!

섬의 가장 높은 곳인 언덕 위 망루에서 긴 나팔소리가 울리며 세바노프의 입항을 알렸다. 부둣가에는 이미 선원의 가족으로 보이는 여러 사람들이 몰려나와 배를 향해 손을 흔들고 있었다. 배가 선착장에 접안하자 닻이 내려지고 돛은 접혀졌다. 부두 일꾼들이 달라붙어 어른 팔뚝만 한 밧줄로 배를 고정시켰고, 곧이어 탑승용 널빤지와 줄사다리가 걸쳐졌다.

배에서 내려 땅에 입을 맞추는 것으로 간단한 입항 의식을 마무리한 세바노프는 정중하고 엄숙한 태도로 아르제스에게 예의를 표했다.

"저의 가문에 방문하신 것을 환영합니다, 네모 가이우스 님."

때때로 처음 보는 사람을 대하듯 예의를 차리는 모습에 조

금은 적응하기 힘들었지만, 이것이 문화적 차이라는 것 정도
는 이해하고 있었다. 아르제스도 정중하게 격식을 갖추어 세
바노프의 환영에 답례했다.

"다시 한 번 환대에 감사드립니다."

아르제스는 근위병을 제외한 병사들에게 모든 무장을 배
에 남겨두도록 지시한 후 약간의 인원을 두어 지키도록 했다.
사령관에 신분상 호위에 필요한 병사들을 데려오긴 했지만,
섬의 주민들에게 쓸데없이 위압감을 주고 싶진 않았다. 그리
고 이러한 아르제스의 배려는 세바노프에게도 깊은 인상을
심어주었다. 손님의 안전에 대한 책임은 어디까지나 주인에
게 있었고, 주인은 그것을 의무이자 영광으로 생각하는 것이
켈라바르 인의 오랜 관습이었기 때문이다.

*　　　*　　　*

어찌 보면 매우 의아해할 만한 일이었지만 아르제스가 세
바노프의 정확한 신분을 안 것은 세바노프 일가의 섬인 '피
라'에 도착하고 난 이후의 일이었다.

켈라바르 인들은 자신들의 영토를 5개의 행정 구역으로 나
누고, 각각에 책임자를 두고 있었다. 책임자는 특정 가문에서
세습되었는데, 특이한 것은 행정구를 나눈 기준이 '직능'에
중심을 두고 있었다는 점이다. 그 직능이라는 것은 군사와 광

업, 종교, 행정, 해운, 농수산업이었다. 수장이 1인으로 한정되지 않는다는 점에서는 과두정치와 유사했지만, 각 가문별로 역할이 세분화되어 있고 의사 결정에 직접적인 영향력을 행사한다는 점에서는 관료 정치와도 비슷했다.

이 중 세바노프의 가문인 '헤르반 가(家)'가 담당한 직능은 해운이었다. 그리고 세바노프는 헤르반 가의 종손으로서 수장 계승권 1위의 인물이었다. 다만 30세가 넘지 못하면 가문을 승계할 수 없다는 규정에 따라 지금은 삼촌이 대리인의 자격으로 가문을 관리하고 있다는 것이었다.

이 이야기를 들은 아르제스는 크게 놀랐는데, 그것은 그의 신분 때문이 아니라 나이 때문이었다. 아무리 보아도 30대 중반으로 보였던 세바노프였는데 실제 나이는 28살에 불과했기 때문이다. 꽤나 선이 굵은 인상 때문에 지나치게 겉늙어 보이는 것이 단점인 켈라바르 인들이었지만, 세바노프의 말에 따르면 좋은 점도 있었다. 나이가 들면 들수록 오히려 젊어 보이는 것이 켈라바르 남성들의 특징이라는 것이다. 실제로 40살 정도 되어 보이는 사람은 대부분 60살이 넘은 것이 보통이었다.

북국(北國)이긴 했지만 날씨는 무척이나 쾌청하고 대해에 비하면 상대적으로 포근한 편이기도 했다. 아르제스가 마음먹은 출항 시점은 3월 말경이었다. 디시움으로 되돌아가는 방법으로 세바노프의 밀 수송 정기 선단을 이용하기 위해서였다. 결과적으로 북에레냐드 지방의 소문과 정보를 수집하는 일을 제외하고는 조금은 시간이 남게 되어서 뜻하지 않게 짧은 휴가를 가질 수 있었다. 그리고 이 '휴가' 기간은 뜻밖에도 마르쿠서스가 유명해지는 계기가 되었다.

켈라바르 인들은 대대로 용맹함을 숭상하는 민족이다. 따라서 축일이나 연회가 있을 때면 격투술과 검투술 시합이 동반되는 것이 일반적이었다. 그날도 예외는 아니어서 아르제스 일행을 환영하는 의미로 주연 겸 검투술 시합이 개최되었고, 세바노프는 아르제스에게 시합에 참여해 볼 것을 적극적으로 권했다. 아르제스의 검투 솜씨가 얼마나 뛰어난지 익히 알고 있었기에, 켈라바르의 용사들과 얼마나 좋은 시합을 할 수 있을지가 궁금했기 때문이다. 하지만 공적인 신분을 이유로 정중히 사양한 아르제스는 대신 몸종인 마르쿠서스를 시합에 참가시켰다.

자신들이 인정한 손님에 대해서는 극도로 정중한 켈라바르 인이지만, 용맹을 겨루는 시합이 되자 이야기가 달라졌다. 맹렬하게 투쟁심과 경쟁심을 불태운 켈라바르의 용사들은 앞 다투어 마르쿠서스와 겨루길 원했다. 결과는 5승 1무로 마르쿠서스의 압승이었다. 그리고 그 1무승부마저도 헤르반 가 최고의 무장으로 이름 높은 인물과의 전적이었다. 두 사람은 자그마치 30분을 맞붙었지만 결말을 내지 못했고, 서로가 다칠 것을 우려한 아르제스의 만류로 시합이 중지되었던 것이다. 이 일로 마르쿠서스는 켈라바르의 용사들에게 크게 인정을 받았고, 세바노프 또한 좋은 검을 선사하여 그의 용맹을 칭송하였다.

* * *

3월 28일, 아르제스를 태운 세바노프의 선단은 피라 섬을 출발하였다. 다음 목적지는 카나이족의 항구 도시인 '오르바나'였고, 그곳에 며칠간 머무른 후 세바노프의 선단은 디시움을 경유해 네모로 향할 예정이었다.

아르제스가 오르바나를 목적지로 삼은 이유는 그곳에서 카나이족의 유력자들을 소환할 생각이었기 때문이다. 그리고 그를 위한 조치도 이미 마친 상태였다. 브로타를 떠나기 전, 아르제스는 2통의 편지를 써서 각각 총독과 카나이족의 수장에게 전달하게 한 적이 있었다. 총독에게 보낸 편지는 자신의 에레냐드 지방 방문을 알림과 동시에 총독 대행으로서의 권리를 확인시키기 위한 목적이었고, 카나이족에게 보낸 편지는 자신이 방문할 것임을 알리고 그와 동시에 에레냐드 일대의 주요 부족들의 부족장 회합을 소집하기 위해서였다. 따라서 이번 오르바나 방문은 아르제스에게 있어서 매우 중요한 일정이 될 터였다.

켈라 해는 그야말로 켈라바르 선원들에게는 안방이나 마

찬가지였다. 바람도 해류도 날씨도 전부 그들의 예측을 벗어나지 못했다. 덕분에 거의 직선에 가까운 항로를 잡을 수 있었고, 출발한 지 3일째 되는 날의 아침에는 일출과 함께 에레나드 북단이 눈에 들어오는 곳까지 도착할 수 있었다.

덩치가 큰 배, 특히 범선류의 선박은 혼자의 힘으로는 항구에 정박할 수 없다. 그래서 오르바나 항구에 켈라바르의 배들이 접근하자 이십여 척의 끌배들이 나와 접안을 도왔다. 근래들어 뜸해지긴 했지만 카나이족과 켈라바르 인들은 오래전부터 교역을 해오던 사이였기에 양측 선원들 간에는 가벼운 인사가 오고 가는 우호적인 분위기가 흘렀다.

배가 선착장에 고정되자 아르제스는 군단병들은 선착장 앞에 도열하도록 명령했다. 다만 전형적인 사열 대형은 아니었고, 병사들이 2열로 길게 늘어서 가운데 있는 아르제스에게 등을 보이는 대형이었다. 그리고 아르제스의 뒤로는 기수병들이 각각 이케니아 연맹기와 라인 제국의 공권력을 상징하는 황금 독수리 기를 들고 미동도 하지 않은 채 서 있었다. 그렇게 대열을 맞추어 선착장에 도열을 지시한 아르제스는 군단병들과 함께 아무 말도 없이 한 발짝도 움직이지 않았다.

하지만 선착장 주위를 오고 가는 주민들만이 낯선 이방인들에게 경계의 눈빛을 내비칠 뿐, 마땅히 나와 있어야 할 관리나 대표자들은 전혀 눈에 띄지 않았다. 마치 무시당한 채

덩그러니 버려진 기분이랄까? 오히려 당황한 세바노프가 자신은 이곳의 유력자들과 친분이 있으니 직접 가서 아르제스의 도착을 알리고 오겠다고 나섰지만, 아르제스는 정중히 만류했다. 이것은 알고 모르고의 문제가 아니었다.

아르제스는 대기하라는 명령 후에는 아무 말도 하지 않았다. 북방의 차가움을 머금은 바닷바람을 그대로 맞으면서 그는 한참 동안이나 서 있었고, 병사들도 영문을 모른 채 사령관과 함께 추위 속에서 몸을 떨어야만 했다. 그런 상태가 지속된 지 세 시간이 지나서야 카나이의 대족장이 보낸 길잡이가 도착했다.

"생각보다는 일찍 도착하셨군요."

시찰 나온 감찰관마냥 조금은 거드름을 피우며 다가온 길잡이가 처음 꺼낸 말이었다. 그 말에 아르제스의 옆에 서 있던 그나에우스는 피가 거꾸로 솟는 것 같은 기분이었다. 불손한 태도도 태도이거니와, 마치 아르제스를 탓하는 듯한 길잡이의 말은 항구에 접안한 지 3시간이 넘어서야 나타난 자 따위가 함부로 내뱉을 만한 말은 아니었다. 하지만 그나에우스의 분노에도 불구하고 아르제스는 부드러운 말투로 응대했다.

"아! 그런가? 미안하게 되었군. 그나저나 자네는 누구인가?"

"네?"

길잡이는 단지 심부름꾼일 뿐이다. 굳이 신분 같은 걸 물을 이유가 없었다. 의아한 기분이 든 길잡이였지만 그렇다고 대답하지 않을 이유도 없었다.

"저는 대족장 아리시오투스님의 가신인 아투카이라고 합니다만……."

"음, 가신이라… 혹시나 족장의 측근이라도 되는 것인가?"

사람 좋은 미소로 물어오는 아르제스의 물음에 괜히 우쭐해진 아투카이는 짐짓 호탕한 웃음을 웃으며 손을 가로저었다.

"하하, 그 정도로 대단하진 않습니다."

그의 대답을 들은 아르제스는 표정과는 전혀 어울리지 않는 말을 태연하게 내뱉었다.

"그래? 그럼 죽여도 별문제는 없겠군. 그나에우스!"

"아?! 네!"

"이자를 죽여라."

평상시에는 일반 병사들과도 농담을 주고받는 사령관이지만 군령에는 농담이 있을 수 없다. 아르제스의 명령을 이해한 그나에우스는 굳은 표정으로 오른손을 오른쪽 허리춤으로 가져갔다.

"하하, 하… 장난이 지나치십니다."

아르제스가 웃는 얼굴로 너무도 태연하게 말했기 때문에 아투카이는 어색한 웃음과 함께 여전히 어리둥절한 표정을 지을 뿐이었다. 하지만 그나에우스가 살기를 뿜으며 칼을 뽑아 들자 비명을 지르며 뒷걸음질을 쳤다.

"어! 왜, 왜들 이러십니까?!"

"정말 이유를 모른다면 그것이야말로 네가 죽어야 할 이유이다!"

그나에우스의 살기는 너무도 노골적이었다. 너무나도 갑작스러운 일에 겁에 질린 아투카이와 다른 수행원들은 뒤도 돌아보지 않고 도망치기 시작했다. 하지만 그렇다고 놓칠 그나에우스가 아니었다.

"창을!"

도열해 있던 부하 병사로부터 빼앗듯 창을 건네받은 그나에우스는 창을 고쳐 쥐고 거리를 가늠한 후 거침없이 팔을 휘둘렀다.

횡!

짧은 파공음을 내며 날아간 창은 여지없이 아투카이의 등을 꿰뚫었다.

"커억!"

창에 가슴을 관통당한 채 팔을 허우적거리며 몇 걸음을 더 내딛던 아투카이는 부대자루마냥 바닥에 엎어지고 말았다. 홍건한 피가 흘러나와 차가운 바닥을 적셨고, 이 광경을 본 다른 수행원들은 뱀을 눈앞에 둔 개구리마냥 두 발이 땅에 붙어버린 채로 한 발도 움직이지 못했다. 하지만 아르제스의 명령은 거기서 그치지 않았다. 죽음을 명령한 것으로도 그치지 않고 그의 목을 잘라오라고 명령했기 때문이다. 그리고 공포에 가득 질린 표정으로 굳어버린 아투카이의 머리는 수행원들 앞으로 내던져졌다.

"환대에 대한 선물이다. 가져가서 대족장이란 자에게 전하거라."

아르제스의 말에 떨리는 손으로 겨우 아투카이의 머리를 주워 겉옷으로 감싸 안은 수행원들은 뒤도 돌아보지 않고 달아나 버렸다.

아르제스의 이러한 행동은 자신을 시험한 것에 대한 일종의 엄중한 경고였다. 때로는 말보다 실력 행사가 더 잘 먹히는 부류들이 있는 법인 것이다. 그리고 이러한 경고는 30분도 못 되어 효력을 발휘했다. 옷차림만으로도 유력자임을 알 수 있는 한 사내가 20여 명의 수행원을 이끌고 나는 듯이 달려왔기 때문이다.

"저는 이곳의 판관인 게브오리쿠스라고 합니다. 저희의 서투른 환대를 용서해 주시길."

50대 초반으로 보이는 사내는 정중하면서도 조금의 두려움도 없는 듯했다. 아직 머리가 없는 아투카이의 시체조차 치워지지 않은 상황에서 부둣가는 피 냄새가 진동하고 있었다. 그에 비하면 그의 태도는 너무도 담담했다.

"이케니아 파병군 사령관이자 에레냐드 속주의 총독 대행관인 네모 가이우스라고 한다. 대족장이 있는 곳으로 안내를 부탁하네."

아르제스는 이제야 말이 통하는 사람을 만났다는 듯 호의를 담은 미소까지 띠며 말했다. 그리고 이런 아르제스를 게브오리쿠스는 이채로운 표정으로 바라보았다.

카나이족의 현 대족장은 아리시오투스라는 자였는데, 50대 중반의 나이에 깡마른 체격과 흰 구레나룻이 인상적인 사내였다. 그는 아르제스가 자신의 가신을 죽였음에도 그에 대해서는 일절 언급하지 않았다. 오히려 아르제스의 단호한 태도를 본 때문인지 그의 요구 사항을 철저하게 이행하겠노라고 몇 번이나 다짐하기까지 했다. 하지만 지나치게 호의적이면서도 그다지 주관이 없는 듯한 대족장의 태도에 아르제스는 그리 좋은 느낌을 가질 수 없었다.

아르제스의 요구 사항은 크게 두 가지로, 첫째 자신의 총독 대행관으로서의 지위를 확인시키는 것과 둘째, 카나이족을 주재자로 하여 북부에레냐드의 주요 부족들이 모이는 전체 부족 회의의 소집이었다. 카나이족을 주재자로 삼은 것은 그들이 대대로 북부에레냐드의 맹주 역할을 해왔음을 고려해서였다. 아르제스는 그들의 전통적 권위를 인정하고 위신을 살려줌으로써 지역의 세력 분열을 막는 것과 동시에 카나이족을 자신의 편으로 끌어들이기 위해 의도했던 것이다. 얼마나 성과를 거둘지는 미지수였지만 일단은 크게 그림을 그려보려는 의도였다.

아르제스가 북부에레냐드에서 주목할 만하다고 여긴 부족은 모두 5개였다. 부족 인원 순으로 나열하자면 카나이족, 베르티손족, 켈리족, 시아노족, 암브로스족이 바로 그들이다.

카나이족은 부족 인원이 50만에 이르렀고, 북부에레냐드 지역의 1/4을 영토로 차지하고 있는 대부족이었다. 라인 제국의 에레냐드 원정 시절에는 남부의 최대 부족인 루마카족과 연합해 라인 제국에 대항했던 주요 부족이기도 했다.

베르티손족은 로메르 평원과 남쪽 경계를 맞대고 있는 부족이었다. 위치로 따지자면 카나이족과 루마카족의 사이에 낀 모양이었는데, 에레냐드 중부를 동서로 가로지르는 '에브로 강'이라는 천연의 경계와 부족의 타고난 용맹성 때문에 오랜 세월 동안 독립을 지키고 있는 부족이었다. 부족 인원은 20만 정도였다.

켈리족은 에레냐드 북서부 해안 지역을 영토로 두고 있는데, 에레냐드에서는 유일하게 해운의 전통이 강한 부족이었다. 부족 인원은 25만에 이르렀고, 넓이로 따지자면 카나이족에 이어 두 번째로 넓은 영토를 소유하고 있었다.

시아노족과 암브로스족은 부족 인원이 10만 정도에 불과한 중간 규모의 부족이었다. 하지만 아르제스는 이 두 부족을 다른 어떤 부족보다도 중요하게 생각하고 있었다. 이유는 2가지였다. 첫째, 이들 부족은 피나세아 산맥을 넘나들 수 있는 '통로'를 보유하고 있었다. 피나세아 산맥은 에레냐드와 토르카를 구분 지어주는 천연의 경계로서 기세가 험하기로 이름나 있었다. 하지만 아무리 험한 산이라도 길은 있기 마련이었는데, 그 두 갈래의 길을 시아노족과 암브로스족이 하나씩 나누어 가지고 있었던 것이다. 즉, 이들은 반쯤은 산악 부족인 셈이었다. 이들 부족을 중요시한 두 번째 이유는, 그들 부족의 영토가 말의 산지(産地)라는 점이었다. 다시 말하면 그들은 에레냐드에서는 드물게 기병을 주력으로 삼는 부족이라는 뜻이었다. 키톨리 평원 전투 이후 기병의 중요성을 뼈저리게 통감하고 있었던 아르제스가 이들 부족을 눈여겨본 것은 어찌 보면 당연한 일이었다.

아르제스는 아리시오투스와 자신의 이름으로 카나이족을 제외한 4개 부족과 브로타족에게 소집에 응하라는 서신을 발송했다. 회의 날짜는 보름 후인 4월 19일로 정해졌다. 이 정도 시간이면 서신을 받은 부족의 족장들이 빠듯하게나마 도착할 수 있는 시간이었다. 회의의 목적은 카나이족에게 한 것과 마찬가지로 아르제스의 지위와 라인 제국에 대한 충성심을 재확인하기 위함이었다.

*   *   *

회담의 장소를 카나이족의 수도 우르손이 아닌 오르바나로 정한 이유는 아직은 카나이족을 신뢰할 수 없었기 때문이다. 게다가 아르제스가 데려온 병사는 정예라곤 해도 불과 100명에 불과하다. 내륙 한복판인 우르손까지 가기에는 너무나 위험했다. 하지만 항구라면 다르다. 일단 세바노프의 배에 올라타기만 하면 바다에서 그의 배를 막을 수 있는 존재는 아무것도 없었기 때문이다. 이것은 지극히 현실적인 문제였던 것이다.

아르제스가 머무는 숙소는 선착장에서 멀지 않은 곳에 위치한 낡은 저택이었다. 넓다는 것을 제외하고는 흉가에 가까운 집이었지만, 아르제스는 서슴없이 이 저택을 숙소로 삼았다. 무엇보다 부하들이 한꺼번에 같은 장소에서 묵을 수 있었기 때문이다. 또한 카나이족이 제공하는 필요 이상의 호의들은 모두 거절했다. 매일 숙소로 보내어지는 무희들이나 각종 선물들이 그것들이었다. 돌려보내지 않고 받은 것이라고는 무화과 몇 상자가 고작이었다.

오르바나 도착 7일째의 늦은 밤. 아르제스는 서탁 앞에 앉아 서신을 작성하는 데 열중하고 있었다. 디시움에 있는 지휘관들이나 네모에 있는 가족들, 그리고 카라카스에 있는 토르피우스가 서신의 수신인들이었다. 그러는 사이 시간은 흘러 거의 자정에 가까워졌다.

"흐음, 오늘은 이 정도로 할까."

서신의 작성을 마무리하고 능숙하게 봉인까지 마친 아르제스는 서탁을 정리하고 작성된 서신을 한곳에 모아두었다. 이 서신들은 내일 출발하는 켈라바르의 선단에 맡겨져 이케니아로 전해질 예정이었다. 밀을 수송해야 되는 이유로 출항을 미룰 수 없게 된 선단이 내일 오전에 출항하기로 되어 있었고, 세바노프는 3척의 배와 함께 남아 있기로 했기 때문이다. 그때 그나에우스가 조심스럽게 막사 안으로 들어왔다.

"음, 무슨 일인가?"

아르제스의 물음에 들어오자마자 군례부터 취한 그는 낮은 목소리로 말했다.

"사령관님, 건물 주위를 순찰하는 도중 한 여인이 몰래 다가와 이 서찰을 사령관님에게 전달해 달라고 부탁하더군요. 아주 중요한 내용이라면서 말입니다."

아르제스는 그 말에 이채를 띠며 그나에우스가 내미는 편지를 받아 들며 은근한 미소를 지었다.

"음?! 여인이라… 연서(戀書)인가? 이거 곤란한데… 아! 그건 그렇고, 아름다운 여인이던가?"

아르제스의 반응에 그나에우스는 조금은 당황한 표정을 지었다. 전투를 지휘할 때는 더없이 명료한 사령관이지만 평상시의 언행은 어디까지가 농담이고 어디까지가 진담인지 좀처럼 분간하기가 어려웠다. 그래서 그는 그냥 느낀 감정 그대로 말할 수밖에 없었다.

"설마요. 아무리 보아도 연서는 아닌 듯합니다만… 어디까지나 심부름 나온 하녀처럼 보였으니까요."

"하하, 네 녀석의 아부 실력으로는 평생 출세는 힘들겠구나."

하긴 엉뚱한 질문에는 조금은 냉정한 대답이 필요한 법이다. 유쾌한 기분이 든 아르제스는 가볍게 웃음을 터뜨렸다. 어떠한 경우라도 여유와 웃음을 잃지 않는 것도 그가 가진 장점 중 하나였다. 하지만 그나에우스가 건네준 서신을 읽어가던 아르제스의 표정은 점점 진지하게, 그리고 결국에는 흥미롭다는 표정으로 바뀌어갔다. 그리고 서신을 다 읽은 후에는 입꼬리를 말아 올리며 밑도 끝도 없는 질문을 던졌다.

"지난번에 카나이족이 보내온 무화과는 얼마나 남았는가?"

"네?! 아, 사령관님이 병사들에게도 나누어 주라고 하셔서……."

"그거 잘되었군. 아리시오투스에게 전하게. 지난번에 보내준 무화과가 너무도 감미로워 염치없지만 다시 한 수레 보내어주길 원한다고. 아! 대신에 수레는 우리 쪽에서 보낼 터이니 배달까진 신경 쓰실 건 없다고 말이야."

난데없는 무화과 타령에 어리둥절해하던 그나에우스에게

아르제스는 서신을 건네주었고, 그것을 읽은 그나에우스는 그제야 아르제스가 그렇게 말한 이유를 짐작할 수 있었다. 다만 아르제스의 장난기 어린 표정과는 다르게 무척이나 진지한 얼굴이었다.

"맡겨주십시오. 실수없이 처리하겠습니다."

그는 자신감을 표현하려는 듯 절도있게 군례를 올리며 확신에 찬 목소리로 말했다.

다음날, 새벽같이 아르제스의 거처를 출발한 수레는 정오가 다 될 무렵에 되돌아왔다. 그리고 뒷마당 한적한 곳으로 옮겨진 후 호위병과 그나에우스만을 남도록 했다.

"어서 상자들을 내리도록."

아르제스의 명령에 수레 한가득 실린 무화과 상자들이 내려지기 시작했다. 그러자 수레 가운데에 빈 공간이 드러나는 것이 아닌가? 게다가 그곳에는 한 사내가 망토로 온몸을 가린 채 몸을 웅크리고 앉아 있었다.

"으음."

좁은 곳에 오래 웅크리고 있었던 탓인지 사내는 상자가 치워지자마자 몸을 쭉 펴며 기지개부터 켰다. 이런 방식으로 몰래 들어온 사람치고는 여유로워 보이는 모습이었다. 그나에우스의 도움을 받아 수레에서 내려온 사내는 얼굴을 가리고 있던 모자를 뒤로 젖히며 아르제스에게 정중한 인사를 건

넀다.

"저의 부탁을 들어주셔서 감사합니다, 네모 가이우스님."

"방문을 환영하오, 게브오리쿠스 판관."

비밀스러운 방문자는 다름 아닌 게브오리쿠스였다. 그는 카나이족의 유력자 중 한 사람으로서 이곳 오르바나의 책임자인 판관이자, 부족 내부에서는 공정한 중재자로 이름 높은 인물이었다.

저택 안으로 자리를 옮긴 일행이 자리에 앉자마자 게브오리쿠스는 자신이 아르제스를 만나고자 한 이유를 말하기 시작했다.

"가이우스님도 느끼셨겠지만, 지금의 족장은 그다지 가이우스님의 방문을 좋게 생각하고 있지 않습니다."

"하하, 확실히 그렇더군. 항구에서부터 그토록 성대한 환영식을 거행케 해주었으니 말이야."

아르제스가 조금은 비꼬는 투로 말하자 게브오리쿠스는 조금 난처한 표정을 지으며 고개를 숙였다.

"모든 것이 저의 무능 탓입니다."

그의 말에는 왠지 모를 자괴감이 섞여 있었다. 부족의 판관이라 함은 한 도시의 수장이자 대족장 바로 아래의 지위로, 부족 전체에서도 최고의 유력자이자 명망가만이 맡을 수 있는 공직이다. 그런 지위를 가진 게브오리쿠스가 짐수레 속에

숨어서 아르제스를 찾아온 것이다. 분위기가 심상치 않다는 것은 아르제스도 이미 느끼기 시작했다.

"제가 이렇게 뵙기를 청한 것은 가이우스님이 저희 부족의 평화를 지키는 데 도움이 될 수 있다는 확신이 섰기 때문입니다."

"음, 평화를 지킨다?"

아르제스는 게브오리쿠스의 말을 정확히 이해할 수 없었다.

"후우, 먼저 지난여름, 부족 내에서 있었던 사건에서부터 이야기를 시작해야겠군요."

긴 한숨을 내쉰 게브오리쿠스는 한숨만큼이나 긴 이야기를 털어놓기 시작했다.

작년 여름, 당시의 족장이던 '고르테브로'의 50세 생일을 맞아 부족의 많은 유력자들이 우르손으로 몰려들었다. 그는 온화한 성품으로 부족민들 사이에서 신망이 높았는데, 그 '온화함'을 '비겁함'이나 '무력함'으로 생각하는 사람도 없지는 않았다. 이 고르테브로라는 인물이 티투스의 에레냐드 원정 때 루마카족과의 동맹을 깨고 라인 측과 단독 강화를 맺은 친라인파 인물이었기 때문이다.

족장의 생일을 축하하러 온 자 중에는 '비브오락테스'라는 인물이 있었는데 동부 영토의 유력자이며 현 족장의 형이기도 한 인물이다. 휘하에 둔 피보호자만 2만이 넘는 그는 정략결혼을 통해 주변의 부족들과도 친인척 관계를 맺고 있어서 발언권도 무척이나 강한 자였다.

그는 족장의 생일 연회가 끝나고도 상당한 피보호자들과 함께 오랫동안 수도에 머물렀는데, 그러던 중 족장이었던 고르테브로가 알 수 없는 이유로 죽는 사건이 발생하였다. 부족은 당장 큰 혼란에 빠졌다. 고르테브로의 아들은 라인에 볼모로 잡혀가 있는 상태였고, 50살의 나이면 족장으로서는 한창일 나이라서 명확하게 후계자를 지명해 놓은 것도 아니었기 때문이다. 그때 기다렸다는 듯 비브오락테스가 나섰고, 자신의 주도하에 사태를 수습하기 시작했다.

먼저 고르테브로의 사인을 규명하기 위해 유명한 사제들(카나이족의 사제는 의사의 역할을 겸하는 경우가 많았다)을 불러 모았다. 그리고 얼마 후 발표된 사인은 과음으로 인한 심장마비, 즉 자연사로 결론이 지어졌다. 그리고 무더운 날씨로 시신이 빨리 부패한다는 이유를 들어 고르테브로의 장례식은 관례보다 빠르게 치러졌다. 하지만 게브오리쿠스는 여기에 의문을 품고 있었다. 부검 때 참석한 사제들 중에 그의 매제(妹弟)도 포함되어 있었는데, 매제의 말에 따르면 손톱이 검푸르게 변색된 것으로 보아서 독에 의한 사망일 수도 있다는 것이었다. 다만 사제들 중에서는 연륜과 경험이 부족한 편이라 자신의 의견을 적극적으로 말하진 못했다고 한다. 게다가 비브오락테스가 초빙한 사제들이 강경하고 확신에 찬 태도로 자연사를 주장하기도 했고 말이다.

미심쩍은 분위기였지만 사태는 일단락되었고, 곧바로 차기 족장을 뽑기 위한 회의가 소집되었다. 족장의 선발은 '가부장권'을 지닌 가장[Paterfamilias]들의 지지로 결정되게 되어 있었는데, 큰 잘못과 결격 사유가 없는 한 세습되는 것이 보통이었다. 하지만 후계자를 남기지 못한 고르테브로였기에 전혀 새로운 인물을 선출해야 했고, 그 결과 비브오락테스의 동생인 '아리시오투스'가 새로운 족장으로 선출되었다. 가부장권을 지닌 피보호자를 5,000명이나 데려온 형의 선견지명 덕분이었다.

여기까지 이야기를 들은 아르제스는 차가운 눈빛을 한 채 말했다.

"그대의 의혹은 이해하겠소. 사실이라면 비브오락테스가 전대 대족장의 암살을 지시한 것일 터이겠지. 하지만 설령 그렇다고 하더라도 부족 내부의 문제일 뿐, 내가 간섭할 문제는 아니지 않는가?"

물론 간섭할 여지가 전혀 없는 것은 아니었다. 전대 대족장인 고르테브로는 티투스와의 평화조약에 대한 보상으로 제1라인 시민권을 수여받은 자였다. 하지만 무엇보다 증거가 없다. 게다가 1년도 더 지난 일을 지금 와서 공론화시키는 것도 우스운 일이었다. 하지만 게브오리쿠스는 고개를 끄덕이면서도 여전히 진지한 말투로 말을 이어갔다.

"물론입니다. 하지만 지금부터의 이야기가 중요합니다. 새로이 족장이 된 아리시오투스는 자기 소유의 곡식과 가축을 싼 값으로 매매하여 부족민들의 환심을 사기 시작했습니다. 하지만 문제는 그 액수가 개인의 재산이라고 하기에는 너무나 크다는 것이지요."

"그래서?"

"제 생각에는 아리시오투스, 아니, 비브오락테스 형제가 아누이 왕국과 내통하고 있는 것이 아닌가 걱정됩니다."

"음, 그게 무슨 말이오?"

게브오리쿠스의 입에서 아누이 왕국이 거론되자 아르제스는 놀란 표정을 짓고 말았다. 아누이 왕국이 북부에레냐드에까지 손을 뻗치고 있다는 이야기는 아르제스로서도 처음 듣는 이야기였다.

"제가 비브오락테스 형제를 의심하는 이유를 말씀드리겠습니다. 먼저 비브오락테스는 시아노족과 친인척 관계입니다. 2년 전, 비브오락테스는 자신의 딸을 시아노족 족장의 둘째 아들과 혼인시켰습니다. 게다가 아리시오투스도 시아노족 유력자의 딸을 두 번째 아내로 두고 있습니다. 그리고 몇몇 사람만 아는 사실이지만, 얼마 전부터 항구에 아누이족의 배들이 출입하기 시작했습니다. 아리시오투스의 개인 선박으로 위장하긴 했지만 이곳 토박이인 저의 눈을 속일 수는 없지요."

게브오리쿠스의 말이 사실이라면 이것은 가벼운 문제가 아니었다. 시아노족이라면 토르카 지방과 에레냐드를 이어주는 주요 루트 중 한 곳을 지배하는 부족이다. 말이 토르카 지방이지 시아노족의 루트를 넘으면 그곳은 아누이 왕국의 세력권인 것이다. 즉, 부족의 실권을 장악한 비브오락테스 형제의 결정에 따라 아누이족이 에레냐드로 세력을 넓힐 가능성도 있었다. 그렇게 생각하면 항구를 몰래 드나드는 아누이 왕국의 배도 비브오락테스 형제를 물적으로 지원하기 위한 수단일 가능성이 높았다.

그리고 무엇보다 라인 제국 속주에 속한 카나이족이 라인 제국의 허락없이 외교 관계를 성립하는 것은 중죄이다. 속주 도시에 부여된 자치권은 독자적 외교 교섭권과 군사권을 인정하고 있지 않았다. 따지고 보면 이케니아 군이 파병되는 이유도 이 지역 부족들이 가지지 못하게 되어 있는 자위력을 대신하기 위해, 즉 라인 제국의 군사권을 대행해 주기 위한 파병이었던 것이다.

"확실히 중요한 이야기이긴 하군. 하지만 부족의 판관이나 되는 그대가 이렇게 짐수레에 몸을 숨길 정도였는가?"

"판관이자 장로라는 허울 좋은 이름을 가지긴 했지만 부족의 의사 결정에서 제가 차지하는 위치는 미미합니다. 더구나 비브오락테스의 동생이 눈을 부릅뜨고 있는데 제가 어찌 함부로 입을 열겠습니까. 그것은 용기있는 행동이 아니라 어리석은 만용이지요. 그들 형제를 비판하고 소리 소문 없이 죽어간 유력자들이 한둘이 아닙니다."

이렇게 말하는 게브오리쿠스의 음성에는 비통함마저 서려 있었다.

"흐음."

아르제스는 사태가 의외로 심각하다는 것을 인정할 수밖에 없었다. 카나이족의 최고 유력자들이 타국의 세력까지 끌어들여 가며 도모할 만한 일은 흔치 않다. 아르제스는 비브오락테스 형제의 야망이 스스로 '왕'이 되는 것에 있을 것이라고 생각하였다. 그리고 왕이 되고자 함은 라인 제국에 의한 지배를 정면으로 거부하겠다는 말이 된다. 게다가 겉으로는 아르제스의 권위를 인정하는 듯한 태도를 보이면서 뒤로는 다른 음모를 꾸미고 있다면, 보통 용의주도한 자가 아니다.

아직 전모를 알 수는 없지만 그들의 야심이 의심된다는 것만으로도 아르제스에게는 크나큰 위협이었다. 될 수 있으면 아무런 분쟁에 휘말리지 않고 약속된 3년의 기한을 채우고자 하는 것이 그의 바람이었기 때문이다.

"좋소. 그대가 바라는 대가는 무엇이오?"

침묵을 지켰더라도 게브오리쿠스 개인에게는 아무런 해가 되지 않았을 것이다. 그럼에도 불구하고 위험을 무릅쓰고 아르제스를 방문한 것에는 무언가 원하는 것이 있을 터였다. 그리고 아르제스 자신도 정당한 보상을 하고 싶은 심정이었다. 정보라는 것은 시간이 생명이다. 지금의 시점에서 게브오리쿠스의 말은 그만한 가치가 있었다. 하지만 게브오리쿠스는 단호하게 고개를 가로저었다.

"아닙니다. 저는 부족이 무익한 분쟁의 소용돌이 속으로 빠져들까 걱정되었을 뿐, 다른 개인적 이득을 노리고자 한 것은 아니었습니다. 지금의 카나이족은 라인 제국과의 우호 관계 속에서 앞선 문물을 받아들이고 내실을 다져야 합니다. 부족의 미래를 위해서는 라인 제국과 계속 함께하는 편이 아누이 왕국과 손을 잡는 편보다 훨씬 유익하다고 생각한 것뿐입니다. 그것이 우리 부족의 현실이자 제가 생각하는 신념입니다. 저는 단지 저의 신념을 지켰을 뿐입니다."

아르제스가 가진 이 지방 민족들에 대한 일반적인 평가는 '용맹하며 독립심은 강하지만 일관성과 외교적 신뢰성은 떨어진다'였다. 하지만 이런 일반적 평가가 적어도 게브오리쿠스에게는 해당하지 않는 말임을 아르제스는 흔쾌히 인정할 수 있었다.

'합리적인 사고의 소유자로군.'

아르제스가 게브오리쿠스에 대해 내린 평가였다. 그리고 가치있는 사람에게는 그에 걸맞은 대접을 해야 한다는 것이 아르제스의 신조였다.

"그대는 앞으로도 나와 나눈 이야기를 철저하게 비밀로 지켜주시오. 그리고 비브오락테스 형제가 계속 불온한 움직임을 보인다면 믿을 만한 사람을 통해 나에게 알려주시오. 나도 그대가 원하는 평화를 위해 나의 모든 힘을 다 쏟도록 하겠소."

"물론입니다."

두 사람은 눈을 마주치며 가볍게 고개를 끄덕였다.

*   *   *

아르제스와 게브오리쿠스의 밀담이 있은 지 열흘 후, 회의 날짜인 4월 19일이 되었지만 실제로 족장 회의에 참석한 부족의 수는 카나이족을 합쳐 3개 부족밖에 되지 않았다. 카나이족, 켈리족, 브로타족이 그들이었는데, 브로타족을 부른 것은 차후에 브로타 항구를 이용하기 위한 정치적 고려가 깔려 있었을 뿐, 그들이 중요한 부족이라는 뜻은 아니었다. 그리고 켈리족은 보로타 해전에서 호되게 당한 적이 있는지라 마지못해 참석했다는 기색이 역력했고, 카나이족의 대표인 아리시오투스는 회합 내내 소극적인 태도를 보였다. 그야말로 반쪽짜리 회의가 된 것이다.

시종일관 답답한 분위기가 지속되자 아르제스는 미련없이 회의를 해산해 버렸다. 그러나 소득이 아주 없는 것은 아니었

다. 아르제스의 근본적인 목적은 회합의 내용보다는 회합 그
자체에 있었던 것이다. 이것으로 라인에 대해 어떤 부족이 어
떠한 태도를 취하고 있는지 대략 윤곽이 잡혔다. 그리고 게브
오리쿠스의 비브오락테스 형제에 대한 의심도 어느 정도 근
거가 있는 것임이 확인되었다. 다른 부족은 몰라도 시아노족
이 참석하지 않았다는 것은 비브오락테스 형제가 일부러 불
참하게 만든 것임에 틀림없었다. 그들 형제는 겉으로 협조를
말하면서도 속으로는 아르제스의 목적에 훼방을 놓고 싶었던
것이다.

　오히려 아르제스가 라인 출신의 인물이 아니었기에 부족
들의 속내가 더욱 적나라하게 드러난 셈이었다.

제4장

출병

아르제스 전기

　지난해 가을, 사령관 바로의 사망으로 불거지기 시작한 토르카 지방의 불온한 움직임은 겨울이 닥치자 일단은 수면 아래로 가라앉은 듯 보였다. 하지만 표면적인 군사적 움직임이 없었을 뿐, 근본적 정세가 나아졌다는 말은 아니었다. 전투에서는 졌지만 결과적으로 라인 군단을 몰아내는 데 성공한 둠 노게릭스는 한껏 기세를 올리고 있었다. 그에 편승해 주변 부족들 내부에서도 민족파들이 득세하기 시작했고, 그들은 겨울에도 부족장 회합을 소집하여 라인 제국에 대한 항전 의지를 다지고 있었다.

　그들의 동향은 에레냐드 이북 지방에 대해 촉각을 곤두세우고 있던 원로원과 황제에게도 즉각적으로 전해지고 있었다. 하지만 라인 제국은 별다른 반응을 보이지 않고 겨울이 지나가기만을 기다리고 있었다. 하지만 3월이 되자마자 티투스는 전격적으로 그라나디아 북부 토르카 지방에 대한 친정(親征)을 선포했다. 이미 주둔 중인 7, 8군단을 포함하여 6개 군단 4만 8천여 명이 동원되는 대규모 원정이었다.

라인 제국의 전쟁은 직접적인 전투와 함께 항상 외교적 교섭이 뒤따른다. 당연히 이 '외교적' 임무를 담당하게 된 원로원도 동시에 바빠졌다. 그들이 중점을 둔 일은 두 가지였다. 하나는 우호적 관계를 유지해 오던 기존 부족들의 충성을 재확인하는 것이었다. 이를 위해 원로원은 라인에 볼모로 와 있던 부족 출신의 인사가 포함된 사절단을 파견하였다. 적게는 3년, 많게는 10년 가까이 라인 제국에 머물며 고등교육을 받은 그들은 이미 라인 시민이나 다름없었다.

원로원이 중점을 둔 두 번째 일은 태도를 정하지 못한 부족을 라인 측으로 돌려세우는 것이었다. 원로원은 친(親)라인 부족들로 그라나디아에서 남토르카에 이르는 두텁고 긴 띠를 형성할 생각이었다. 국경 지역을 안정시키고 아티아족 문제에 군사적 총력을 투입하기 위한 포석이었다. 원로원은 이 일에 매우 적극적이고 이례적인 태도를 보였다. 하지만 국경 지방의 토르카 부족을 친라인화하고자 하는 노력은 공화정 시절에도 있었다. 그럼에도 그해의 원로원이 이례적이라는 평가를 받았던 것은 적극적인 시민권 부여를 협상의 무기로 삼았기 때문이다. 원로원이 부여한 시민권은 속주 시민권이 아닌 제1시민권이었고, 그 대상도 부족장을 포함한 수많은 유력자를 망라하고 있었다.

라인 제국의 영향권 안에 사는 타민족에게 라인 시민권의 수여는 무척이나 매력적인 제안이었다. 라인 시민권자가 가지는 최대 이점은 신변을 보장받는 권리에 있었다. 시민권의 소유자는 어떠한 경우에도 공정한 재판 없이 처벌될 수 없었고, 위정자들도 시민들의 안위를 위해 최선을 다할 의무가 있었다. 또한 시민권 부여는 친라인 성향의 인사들에 대한 정치적 약속이기도 했다. 즉, 라인에 대한 충성이 변치 않는 한 라인 제국도 그들의 지위 보장을 위해 최선의 노력을 다하겠다는 의미였다.

하지만 라인 원로원도 바보는 아니었다. 지나친 관용이 불러올 수 있는 오만과 오판에 대해서도 원로원은 충분히 고민하고 있었다. 그래서 취한 조치가 시민권의 세습과 승계를 금지시키는 것이었다. 즉, 이번 조치로 수여된 시민권은 일대(一代)에 한정되며 자녀에게 이어지지 않는 비세습 시민권이라는 이야기였다. 다만, 자녀가 부모의 의무—라인 제국에 대한 신의와 충성—를 계승하겠다고 맹세했을 때는 원로원의 허가하에 세습이 인정되도록 조치했다. 물론 세습을 인정하는 또 하나의 예외가 있었는데, 그것은 정상적인 시민권의 소유자와 결혼을 해 자녀를 낳았을 경우였다. 부모 중 한 명이 시민일 경우 그들의 자녀도 자연스럽게 시민권자로 인정되는 것이 라인의 법이었기 때문이다.

전쟁의 신전에 의뢰해 신탁(神託)받은 출병 날짜는 3월 22일로 정해졌다. 신탁이라고 해봐야 보통 동물(주로 닭이나 비둘기이다. 닭의 경우 모이를 먹는 것을 보고, 비둘기의 경우 날아가는 방향 등을 보고 점을 쳤다)을 이용한 점(漸)에 불과했지만, 신앙심 깊은 라인 민족의 특성상 큰일을 결정하기 전에는 점괘로 길흉을 가늠하는 것이 일반화되어 있었다. 다만, 점을 보기 전에 미리 손을 써두는 것이 보통이었기에 점괘가 나쁘게 나오는 경우는 매우 드물었다.

출병 준비는 빠르게 이루어졌다. 군단병을 소집할 때는 예비 군단도 함께 편성해 두는 것이 일반화되어 있었기 때문이다. 예비 군단이란 군단에 지원한 시민들 중 필요한 인원을 채우고 남은 시민들을 따로 편성해 둔 것을 말하는데, 평상시에는 생업이나 다른 일에 종사하다가 유사시가 되면 가장 먼저 동원되도록 규정되어 있었다. 그해의 라인에는 이렇게 편성된 예비 군단이 이미 3개나 있었다.

수도에서 편성된 3개의 예비 군단을 정규 군단(제17, 18, 19 군단이었다)으로 승격시킨 티투스는 출병 날짜가 되자 그들을 이끌고 그라나디아의 주도(州都) 아르본으로 향했다. 나머지

1개 군단은 총독의 책임하에 그라나디아 속주에서 편성되어 4월이 지나긴 전까지 7, 8군단이 주둔 중인 마리우스 진지로 집결하게 되어 있었다.

아르본에 도착한 티투스는 성급한 군사적 행동을 자제했다. 친정(親征)이라는 초강수를 둔 것에 비하면 의외일 정도로 신중한 모습이었다. 그는 먼저 아티아족의 둠노게릭스에게 사절을 보내어 협상을 제안했다. 티투스가 요구한 평화 협상의 선결 조건은 다음과 같았다.

1. 라인 제국과 외교적 우호 관계에 있는 부족의 영구적 안위를 보장할 것.

2. 타 부족의 볼모를 석방하고, 공정한 사정(査定)을 거쳐 모든 재산의 손실을 보상할 것.

3. 엔트 강 이남에 있는 모든 병력과 거점을 철수하고 다시는 침범하지 않겠다고 다짐할 것.

4. 둠노게릭스는 부족의 수장 자리에서 물러나 더 이상의 영향력을 행사하지 않을 것.

5. 주변 부족들을 규합해 라인 제국에 대항하려는 시도를 전면 중단할 것.

그리고 이와 더불어 이 같은 조건만 수락한다면 바로의 죽음에 대한 둠노게릭스의 책임은 영원히 추궁하지 않겠다는 단서도 붙어 있었다. 바로를 영웅시하는 본국의 분위기를 생각하면 나름대로 파격적인 제안이었다.

하지만 이런 티투스의 요구를 둠노게릭스는 조목조목 반박했다. 먼저 라인 제국과 우호 관계에 있는 부족에 대한 안위 보장 문제에 관해서는 그들 부족은 라인 제국과 관계를 맺기 전부터 아티아족에게 복속을 맹세한 부족이었다는 이유를 들었다. 둠노게릭스는 같은 이유로 두 번째 항목도 거절했다. 그들에게 조공과 볼모를 제공받는 것은 아티아족이 대대로 승계해 온 고유의 권리라는 것이었다.

세 번째 항목과 다섯 번째 항목에 대해서는 전혀 모르는 일이라고 발뺌했다. 자신들은 처음부터 엔트 강 이남으로 세력을 확장한 적이 없으며, 부족들을 규합해 라인에 대항하려 한다는 소문은 사실무근의 허언(虛言)일 뿐이라는 것이 둠노게릭스의 주장이었다.

그리고 네 번째 항목에 대해서는 내정간섭이라는 이유로 단호하게 거부했다. 부족민들의 지지로 선출된 자신이 타국의 명령에 의해 하야(下野)된다면 아티아족 전체의 명예가 손상된다는 것이었다. 게다가 둠노게릭스는 티투스의 제안을 대중에게 공포(公布)하여 부족민들을 자극했다. 부족민들이 모인 자리에서 둠노게릭스는 다음과 같은 연설을 행했다.

"부족민 여러분! 무엇이 우리를 우리답게 합니까? 우리의 존엄은 무엇으로 근거되어집니까? 우리가 이곳에 터를 잡은 것은 저 고목(古木)의 나이만큼이나 오래된 일입니다. 그 오랜 세월 동안 여러분들은 적대적인 타 부족들로부터 가족과 재산을 지켜왔고, 그 피의 대가로 명예와 부를 얻었습니다. 그리고 저는 감히 생각합니다. 이것이 바로 우리를 우리답게 하는 것이라고 말입니다. 우리는 이것을 합당한 권리와 자부심이라고 부릅니다. 하지만 지금의 우리는 그러한 권리와 자부심을 침해당할 심대한 위기에 처해 있습니다. 바로 저 라인 제국의 오만한 황제 티투스가 저와 여러분의 권리를 향해 모욕과 침탈의 칼날을 들이밀고 있는 것입니다. 그는 마치 자신이 성인군자라도 된 듯 이야기하고 있지만 그의 속내는 저에 대한 증오와 여러분에 대한 불신으로 가득 차 있습니다. 묻겠습니다! 이곳이 라인 제국의 영토입니까? 라인 제국의 사령관이 죽어갔던 땅이 라인의 영토였습니까? 우리가 라인의 땅에 한 번이라도 발을 디딘 적이 있었습니까?! 아닙니다! 우리는 합당한 권리를 행사했고, 명예를 지키기 위해 온당한 노력했을 뿐입니다. 우리 아티아족은 현명하고 공정한 민족입니다. 하지만 부당한 압제에 대해서는 당당하게 맞설 줄 아는 용기를 지녔습니다. 그래서 저는 이 자리에서 감히 한 가지 선언을 하고자 합니다. 들어라, 티투스여! 그대가 계속해서 우리의 명예를 훼손하려는 시도를 감행한다면, 약속하건대 그에 합당한 피의 대가를 치러야 할 것이다!"

둠노게릭스의 연설에 부족민들은 열렬한 환호를 보냈다.

그의 인기는 한층 더 높아졌고, 이제 부족 내에서의 영향력은 감히 견줄 만한 사람이 없었다. 다만 몇몇 장로들만이 부족 전체로 번져 가는 호전적인 분위기를 걱정스러운 눈으로 바라볼 뿐이었다.

이런 아티아족의 분위기는 티투스에게도 전해졌다. 이제 타협의 여지는 완전히 사라진 듯 보였다. 그러나 티투스는 한번 더 사절을 파견했다. 이번에는 오히려 강화된 요구 조건을 내세웠다. 아티아족이 분노한 것은 당연했다. 그들은 사절로 파견된 자의 귀를 자르고 오물로 더럽힌 칙서와 함께 돌려보냈다. 이 사건은 라인 군단병들의 분노를 샀다. 볼모와 사절의 신변 보장은 전쟁 시 문명인이 지켜야 할 기본적인 덕목이었다. 하지만 이것을 지키지 않았다는 것은 스스로 문명인이길 포기했다는 말이나 다름없었고, 야만인에게는 야만인다운 대접을 해주는 것이 라인의 전통이었다.

4월 18일. 티투스는 살기등등해진 군단병을 이끌고 마리우스 진지를 향해 출발했다. 모든 것은 황제의 뜻대로 흘러가고 있었다.

*   *   *

게브오리쿠스를 통해 비브오락테스 형제의 야심을 엿본 아르제스는 빠르게 디시움으로 돌아갈 필요성을 느꼈다. 북부

에레냐드에 감도는 불온한 움직임도 아직은 현실화되지 않았고, 지금이라면 직접적인 군사적 행동 없이도 파병군의 도착만으로 군사적 억제력을 발휘할 수 있는 여지가 남아 있었다.

떠나기 전, 아르제스는 회의에 참석하지 않은 3개 부족에게 '부족 간의 힘의 균형을 깰 수 있는 어떠한 행동도 삼가할 것'을 부탁하는 내용의 서찰을 발송했다. '부탁'이라는 표현이 어울리는 정중하면서도 외교적인 격식을 갖춘 서찰이었지만, 어길 시에는 강력한 응징이 이루어질 것임을 명시했다.

아르제스가 오르바나를 출발한 것은 4월 20일 새벽이었다. 갈 때와는 달리 돌아올 때의 항해는 무척이나 안전하고 쾌적한 항해였다. 켈리족의 습격도 없었고, 올 때와는 달리 계절이 봄으로 접어든 터라 날씨도 좋았다. 그리고 계절풍의 영향으로 순풍을 받는 날도 훨씬 많았던 까닭이다. 그리고 항해 11일째인 4월 30일, 아르제스 일행을 태운 세바노프의 함대가 디시움에 도착하였다. 4월이 지나기 전까지 돌아오겠다는 약속을 아슬아슬하게 지킨 셈이었다.

세바노프에게 다시 한 번 진심 어린 감사의 뜻을 표한 아르제스는 그의 우정과 호의를 결코 잊지 않겠노라고 맹세했다. 세바노프도 아르제스의 행운과 안녕(安寧)을 기원해 주었고, 두 사람은 아쉬운 작별을 하였다.

다시 한 번 자신과 복무하게 된 칼쿨루스와 어색하지 않은 인사를 나눈 아르제스는 오랜 항해의 여독이 풀리기도 전에 곧바로 지휘관 회의를 소집했다. 자신이 알아온 정보를 공유하고, 자신의 없을 때 진행된 훈련 및 병참 상황도 점검해야 했다.

사령관이 주제하는 전체 회의는 군단장 급 이상의 고급 장교와 참모는 물론이고, 각 군단의 대대장 및 선임 백인대장까지 참석하게 된다. 일선 지휘관인 백인대장까지 회의에 참석하게 함으로써 실전을 지휘하는 장교들에게 정보를 공유시키고, 자긍심을 높여주려는 방편이었던 것이다.

훈련 책임자인 발가르의 보고에 의하면 훈련 상황은 무척이나 양호한 편이었다. 하급 지휘관부터 부장에 이르기까지 군단 체계와 전투법에 익숙한 모든 인원이 동원된 덕이었다. 병사들의 무장은 약 일주일 정도의 시간이면 모두 완료될 예정이었다. 3만 명에 가까운 병사들의 무장을 통일시키는 것 치고는 진척이 빠른 편이었다. 아르제스는 지금의 무장을 기초로 연맹 수준에서 병사들의 장비와 무장을 법으로 규정할 필요성이 있음을 절감하였다. 하지만 지금 당장 아르제스가 할 수 있는 일은 아니었고, 우선 순위에 둘 수 있는 상황도 아니었다.

회의에서 가장 문제가 된 것은 병력을 수송할 함선과 기병 전력의 확보였다. 3만에 가까운 병사들과 각종 군수품 등을 한꺼번에 운반하려면 수송선을 기준으로 못해도 150척 이상의 배가 필요하다. 하지만 이케니아 해군은 군용 갤리선이면 몰라도 수송선의 수는 그다지 많지 않았다. 수송에 적합한 상용 갤리선이나 범선을 차출하려고도 했지만 4월은 한창 교역이 활발해지기 시작하는 시점이라 상업 조합들의 반발에 부딪쳤다.

상업 조합들의 반발을 강제로 무마할 수 없었던 것은 전시 국채 때문이었다. 국채의 대부분을 상업 조합에서 매입했기 때문이다. 국가의 존망이 걸린 상황도 아닌데, 이케니아 경제의 중추가 되는 상업 조합들에게 이중으로 부담을 지게 할 수는 없었다. 그리고 본격적인 병력 수송은 세바노프를 끌어들일 수도 없는 문제였다. 지난번 항해에서 그의 선단을 이용할 수 있었던 것은 단순히 개인적 호의였을 뿐, 켈라바르 전체의 동의를 구한 것은 아니었다.

상황이 이렇게 되자 아르제스는 에레냐드 방문 중 구상했던 계획을 수정할 수밖에 없었다. 원래는 60여 척 정도의 수송 선단을 구성한 후 몇 번에 걸쳐서 브로타 항구로 병력을 수송할 생각이었다. 즉, 디시움을 출발하여 에레냐드 남부에 삐죽 튀어나온 필라토 반도를 우회한 다음, 그곳에서 브로타로 직선 항로를 잡을 생각이었다. 하지만 필라토 반도를 우회하는 항로는 파도가 거칠어 노와 흘수선의 간격이 좁은 군용 갤리선이 항해하기는 부적합한 항로였다. 때문에 아르제스는 필라토 반도를 우회하려는 계획을 포기할 수밖에 없었다.

대신 대형 군용 갤리선 위주로 구성된 수송 함대를 편성하여 필라토 반도에 상륙하기로 마음먹었다. 이러한 계획에는 2가지 이점이 있었다. 첫 번째는 군용 갤리선도 쉽게 항해할 수 있는 항로가 나온다는 점이었다. 필라토 반도와 이케니아 반도는 하나의 거대한 만(灣)을 형성하고 있는데, 이곳 해안 선을 따라 항해한다면 비록 대해(大海)지만 거친 파도와 바람을 피할 수 있었다. 따라서 상선이 아닌 군선이라도 날씨만 도와준다면 얼마든지 항해가 가능하다.

두 번째 이점은 필라토 반도를 우회하는 것보다 항해 거리를 절반으로 줄일 수 있다는 점이었다. 다시 말하자면, 적은 배로도 빠르게 병력을 실어 나를 수 있다는 이야기였다. 필라토 반도에 상륙한 후로는 로메르 평원의 서쪽 외곽을 따라 5, 6일 정도만 행군하면 브로타 항에 도착할 수 있을 터였다. 결과적으로 현실의 사정에 맞게 육로와 해로를 적절히 조합한 조치였던 것이다.

단, 기병들과 경장보병의 경우는 육로를 이용하기로 했다. 이케니아에서 남토르카 속주까지는 가도가 잘 정비된 상태였고, 남토르카를 벗어나 에레냐드로 진입하더라도 로메르 평원이 펼쳐져 있어 행군이 용이했기 때문이다. 게다가 배를 이용할 경우 1천200기나 되는 기병을 수송할 방법이 없었던 것이다.

병력의 이동 방법이 결정되자 아르제스는 즉각적인 조치에 들어갔다. 칼쿨루스에게는 우티카의 군함 차출을 맡겼고,

섹티우스에게는 라인 가도의 이용을 허락받기 위한 절차를 담당하게 했다. 가진 것은 군사적 명성밖에 없는 아르제스에게 칼쿨루스와 섹티우스의 정치적 힘은 큰 도움이 되었다.

함선의 처리 문제가 결정된 이후로도 기병 전력의 보강 문제는 여전히 미해결의 과제였다. 이케니아 기병 1천 기에 섹티우스가 데려온 라인 기병 2백 기를 합쳐 1천2백 기의 기병을 보유하고 있었지만, 보병의 규모와 비교해 봤을 때는 무척이나 소수였다. 특히 아르제스가 보고받은 북부에레냐드의 지형은 평야와 초지, 낮은 언덕과 곳곳에 산재한 숲으로 정의될 수 있는, 기병의 활용도가 무척이나 높은 지형이었다. 그것이 아니더라도 이케니아 반도의 전체 넓이만 한 에레냐드 북부 지방의 면적을 감안할 때 기동성을 갖춘 기병 전력의 확보는 선택이 아닌 필수였다. 하지만 이 문제만큼은 아르제스로서도 딱히 해결 방법이 없었다. 다만, 에레냐드 상륙 후 군단이 머무를 최초 거점을 결정하는 데 이 문제가 충분히 고려되었다는 점을 제외하고 말이다.

수송을 위해 군함을 이용하기로 결정되자 일의 진척이 빨라졌다. 아르제스는 세노아에, 칼쿨루스는 우티카에 강한 영향력을 행사할 수 있는 위치였기 때문이다. 결국 우티카와 세노아의 협조로 7단층 갤리선 2척과 5단층 갤리선 25척으로 구성된 수송 함대가 만들어졌다. 비록 27척만으로 이루어진 함대였지만, 이케니아 해군이 보유한 대형 갤리선의 1/5에 해당하는 숫자였다. 각각 우티카와 세노아에서 출발한 수송 함대는 5월 18일과 20일에 디시움 항구에 무사히 입항하였다.

함대의 정확한 목적지는 필라토 반도의 허리 부근에 위치한 아르메니족의 항구였다. 규모는 크지 않았지만 항구의 수심이 깊은 편이라 대형선이 접안하기에는 나쁘지 않은 곳이었고, 항로를 잡기에도 용이한 위치에 있는 항구 도시였다.

수송은 3번에 걸쳐 이루어질 예정이었다. 첫 번째 수송은 발가르가, 두 번째는 칼쿨루스가 각각 지휘하며, 마지막은 아르제스가 지휘할 예정이었다. 육상을 통해 이동할 기병과 경장보병의 지휘는 섹티우스에게 맡겼다. 그들은 1차 병력의 출항일로 예정된 5월 22일보다 이틀 앞선 5월 20일에 출발하기로 하였다. 집결지는 브로타 북쪽 외곽의 평원이었으며, 그곳이 이케니아 파병군의 첫 번째 거점 지역으로 결정된 곳이었다. 기병대와 1차 해상 수송 병력은 5월 30일까지 이동을 마치고 주둔지를 건설하는 임무도 겸하고 있었다. 발가르와 섹티우스가 가장 먼저 출발하도록 한 것도 이 때문이었다.

수송 함대의 첫 출발 당일, 거창한 출병식 따위는 없었다. 천박한 요란스러움을 싫어하는 아르제스의 성격 탓도 있었지만, 당장 전투를 치를 군대도 아닌데 화려한 출병식은 어울리지 않다고 생각했기 때문이다. 마지막까지 디시움에 남은 아르제스는 4개월가량 머물렀던 주둔지를 정리하고, 출병을 귀족회의와 라인 제국에 보고하는 일을 맡았다. 디시움의 최고 행정관을 방문해 그동안의 협조에 깊은 감사를 표하는 것도 아르제스의 남은 임무 중 하나였다. 대체적으로 순조로운 출병이었지만, 병사들의 급료 인상에 대한 법안이 출병 때까지도 회의를 통과하지 못한 점은 아쉬움이었다. 하지만 이것이 출병을 지연시킬 만한 이유는 못 되었다. 넬로스에게 편지 한 통을 쓰는 것으로 해결할 수 있는 문제인 까닭이었다.

아르제스가 출항하기 전날, 세노아 섬에서 보내온 서찰이 당도했다. 세노아의 연맹 파견 부사령관인 페트리우스가 보내온 서찰의 내용은 세노아 해안에 건설될 요새가 '가이우스 요새'로 이름 지어졌다는 것이었다. 이 서찰을 본 아르제스는 무척이나 유쾌하게 웃었다. 그리고 '세노아 시민들이 나에게 준 과분한 영광에 감사한다'는 내용의 답장을 썼다. 그와 더불어 어머니와 약혼녀들에게 이케니아에서의 마지막 편지를 쓰는 것도 잊지 않았다.

*   *   *

이케니아의 대형 항구라면 으레 권양기 정도는 갖추어진 것이 보통이었다. 권양기는 일반적으로 노나 돛의 힘으로 강을 거슬러 올라갈 수 없을 때 사용하는 장치였는데, 여러 개의 긴 손잡이가 달린 바퀴 모양을 하고 있었다. 다만, 권양기가 강이 아닌 바다를 접한 항구에서 사용될 때는 끌배(견인선)의 역할을 보조해 주었다. 그리고 강에서 사용하는 권양기는 장치가 배에 설치되어 있는 것에 비해 항구에서 사용하는 권양기는 항구 쪽에 설치되어 있는 것이 보통이었다.

하지만 이틀간의 항해 끝에 아르제스가 도착한 아르메니족의 항구에는 당연할 수도 있지만, 권양기가 설치되어 있지 않았다. 게다가 5단층선은 몰라도 아르제스가 탑승한 기함인 7단층선은 선착장에 쉽게 접안할 수가 없었다. 선착장에서 100여 미터 떨어진 곳까지 접근한 후, 기함은 돛을 접고 노젓기를 멈추었다. 7단층이나 되는 거대한 배가 좁은 항구 내에서 스스로 움직이기에는 제약 사항이 너무도 많았다. 결국 기함을 접안시키는 데에 끌배 3척이 동원되었다.

"자자! 움직여라! 그 밧줄들은 뱃머리 쐐기에 고정시키고!"

함선의 고급 장교인 키베르네테스(키잡이) 사내는 선원들을 독려하며 입항 준비를 서두르고 있었다. 함선의 명목적 선장은 아르제스였지만, 배를 다루는 실질적인 일의 책임은 모두 부선장격인 키베르네테스의 몫이었다.

"당겨라!"

끌배의 견인줄이 기함의 이물에 고정된 쐐기와 연결되자 키베르네테스는 끌배의 선원들에게 배를 당길 것을 명령했다. 끌배는 갤리선이라기보다는 소형 범선에 가까운 배였다. 이 배의 가장 큰 특징은 거대한 노에 있었는데, 육중하면서도 항구의 바닥에 닿을 정도로 긴 이 노는 견인 대상이 되는 큰 배의 방향을 조절하는 지렛대 역할을 담당하였다. 또한 이 배는 새로돛이 달려 있어 풍향에 구애받지 않고 바람의 힘을 이용할 수 있었다. 그래도 7단층선을 접안시키는 일은 쉽지 않아 30분이나 걸려서야 겨우 한 척을 접안시킬 수 있었다.

"후우, 이렇게 하다간 끝도 없겠군. 선착장에 들어오지 못한 나머지 배들은 거룻배를 이용해서라도 하역을 서둘러라."

먼저 선착장에 접안한 아르제스는 거대한 배들로 가득 차 혼란스러워진 항구를 보며 한숨을 내쉬었다. 대형선이 머물기에 나쁜 항구는 아니었지만 그 수용 한계가 문제였던 것이다.

"네! 사령관님."

명령을 받은 해군 장교는 부두의 일꾼들과 함께 분주하게 움직이기 시작했다. 거룻배는 뱃전이 없는 평저선(平底船)으로, 접안하지 못한 배의 화물을 항구로 나르는 데 쓰이는 일종의 수송선이었다. 그 후로도 한동안 배 위에 머무르며 각종 지시를 내리던 아르제스는 어느 정도 정리가 되었다고 느끼고 나서야 선착장으로 발을 내딛었다.

선착장에는 이미 여러 명의 인물들이 마중을 나와 있었다. 그들 중에는 선발 함대로 먼저 출발했던 융도 포함되어 있었다.

"어서 오십시오, 아르제스님."

"여어, 융! 이거 항구 상황을 보니 고생이 많았겠군."

미안하다거나 안쓰러워한다거나 하는 기색은 조금도 없었지만, 말을 하는 데 돈이 드는 것은 아니었다.

"말과 표정이 다르시군요. 뭐, 어찌 되었든 막사로 가시죠."

자못 못마땅하다는 표정을 지은 융은 아르제스 일행을 안내해 임시로 마련해 둔 막사로 향했다. 먼저 도착한 1진과 2진은 식량과 진지공사용 장비만 챙긴 채 빠르게 브로타 외곽의 집결지로 향했다. 따라서 나머지 물품들은 아직 이곳에 쌓여 있었고, 3군단의 2개 대대가 남아 막사를 치고 물품을 지키고 있었다. 3만 명을 기준으로 한 달치에 해당하는 물품이었기에 그 양은 결코 만만치 않았다.

"쯧! 이 일대 마을에 있는 수레와 소는 몽땅 사들여야겠군."

목재 깔판 위에 야적(野積)되어 있는 엄청난 양의 물품들을 보면서 아르제스는 혀를 찰 수밖에 없었다. 그나마 다행이라면 이후의 식량과 보급품들은 모두 종군 상인들이 책임지기로 되어 있었기에 고생은 이번 한 번만으로 족할 터였다.

"그렇지 않아도 그렇게 지시했습니다."

"잘했다. 단, 3일 안에는 출발해야 되니 준비를 서두르는게 좋겠군."

이제 정말 시작이구나 하는 생각에 조금은 가슴이 두근거리는 아르제스였다.

* * *

아직은 라인의 세무관도 파견되지 않은—세금이 얼마나 잘 걷히느냐가 속주화의 성공 여부를 판가름하는 척도였다—그라나디아 지방이었지만, 그나마 남부의 치안은 상당히 안정된 편이었다. 남부에는 라인 제국 총독이 2개 군단을 이끌고 주둔하며 에레냐드 최대 부족인 루마카족을 잘 통제하고 있었기 때문이다. 그것이 아니더라도 중무장한 2개 군단을 막아설 배짱 좋은 부족이 주변에 있을 리 만무했다. 이곳 필라토 반도 지방은 규모 2만 미만의 소규모 부족들만이 옹기종기 모여 사는 곳이었기 때문이다.

아르제스와 함께 3진으로 파견된 군단은 1, 4군단 1만 2천 명이었다. 보급품으로 채워진 3백여 대의 수레들은 절반으로 나뉘어져 각 군단의 호위하에 운송되었다. 행군에는 북부로 이어진 고대 도로가 이용되었다. 고대 도로라고 해봐야 사람의 발길에 의해 흙이 다져진 흔적에 불과해서, 이케니아나 라인식 가도처럼 바닥이 평평한 돌로 고르게 포장된 길을 기대할 수는 없었다. 그래도 6월 무렵의 에레냐드 지방은 건조한 편이라서 최소한 진흙탕 길을 행군하는 것은 면할 수 있었다.

행군 5일째. 집결지에서 반나절 거리까지 행군했을 때, 20여 기의 기병이 이케니아 군의 깃발을 휘날리며 나타났다.

"사령관님!"

행렬의 선두에 서 있던 아르제스는 자신을 부르며 달려오는 인물을 한눈에 알아볼 수 있었다.

"홋, 게릭토스님이시군요."

아르제스 옆에 있던 선임 근위병 풀로가 피식 웃으며 말했다. 전임 치안 부관이자 현 기병대장이나 되는 사람이 사령관을 외치며 달려오는 모습이 조금은 희극적으로 보인 까닭이었다.

히이잉!

기마술을 자랑이라도 하듯 고삐를 틀어 멋지게 말을 멈춰 세운 게릭토스는 말 위에서 절도있는 군례를 올렸다. 특별한 경우가 아닌 이상 기병은 상관에게 인사를 올릴 때도 말에서 내리지 않는 것이 보통이었다.

"원로(遠路)에 고생이 많으셨습니다, 아르제스 사령관님. 이제부터 주둔지까지는 제가 안내하겠습니다."

"그래, 부탁하지."

절도있는 그의 모습을 보며 아르제스는 흐뭇한 표정을 지었다. 버릇없는 마르쿠서스, 짓궂은 발가르, 쓸데없이 눈치 빠른 융에 비하면 게릭토스는 여러 가지 의미에서 마음 편한(만만한) 상대였다.

브로타를 왼쪽에 두고 북동쪽으로 5킬로미터쯤 행군하자 새하얀 천막들로 뒤덮인 나지막한 언덕이 보였다.

"저곳입니다."

"흐음! 좋은 장소를 잡았군."

게릭토스가 가리키는 곳을 보며 아르제스는 만족스러운 표정을 지었다. 언덕과 강을 끼고 있으면서 시야까지 확보된 지형임을 한눈에 알아볼 수 있었다. 이 정도 조건이면 군사적 목적의 주둔지로서는 손색이 없었다. 게다가 그리 멀지 않은 곳에는 브로타 항구까지 있지 않은가?

"나는 일단 이 진지를 한 바퀴 둘러봐야겠다. 메텔로, 자네는 병사들을 이끌고 보급품들을 정리하게."

"알겠습니다."

3군단장 겸 부장인 메텔로에게 군단의 지휘를 맡긴 아르제스는 게릭토스의 호위격인 기병들과 함께 진지 외곽을 천천히 둘러보았다.

"잘 지어졌군!"

멀리서 본 모습도 그랬지만, 가까이에서 보니 더욱 훌륭했다.

진지 외곽의 전체적 형태는 북쪽에 언덕을 낀 가로세로 700미터 정도의 정방형 모양이었다. 진문(陣門)은 동서남북으로 각각 하나씩 총 4개가 나 있었다. 각 진문은 진입로가 좌측으로 휘어져 있어 직선 돌파가 불가능했고, 8미터 높이의 3층짜리 탑이 2개씩 설치되어 있어서 방어와 관측에 용이했다. 진지를 둘러싸고 있는 외벽은 통나무를 가로로 쌓으며 흙을 북돋운 후 그 위에 다시 세로로 방책을 세운 형태였는데, 높이는 약 4.5미터에서 5미터에 이르렀다. 진지 밖은 너비 5미터, 깊이 2미터 정도의 해자가 파져 있었고, 해자를 파낸 흙은 고스란히 외벽을 높이는 데 사용되었을 터였다. 게다가 근처에 강이 있으니 해자로 물길을 끌어당기는 것은 그리 어려운 일이 아니었다.

　보통의 숙영지가 외벽만으로 이루어지는 것에 비해 이곳의 진지는 내벽이 존재했다. 단순한 숙영지와 요새화시킬 진지의 차이점이었다. 내벽은 동서로 폭 150미터, 남북으로 길이 110미터의 방형이었는데, 진지 내부의 언덕을 온전히 감싸고 있었다. 언덕이라고 해도 상부가 무척이나 평평한 형태였기에 따로 땅을 고를 필요도 없는 이곳에 사령부 막사와 망루가 들어서 있었다. 내벽은 남북으로 2개의 진문이 나 있었고, 북쪽 문은 외벽의 주진문(主陣門)과 일직선상에 놓여 있었다. 언덕 자체가 진지의 북쪽으로 치우쳐 있었기에 외벽 주진문과 내벽 주진문의 종심(縱深)은 무척이나 짧은 편이었다. 그에 대한 보완책으로 내벽의 주진문에는 특별히 4개의 탑이 설치되어 있었다.

　내벽과 외벽 사이의 공간은 일반 병사들을 위한 공간이었다. 아직 모든 천막이 세워진 것은 아니었지만, 배수로를 경계로 해서 구역은 이미 나눠진 상태였다. 외벽 남문에서 150미터쯤 들어온 곳에는 가로세로 120미터 규모의 연병장이 있었는데, 동서로 이어진 대로(大路)를 북쪽으로 접하고 있었다. 또한 외벽과 병사들의 막사 사이에는 70미터 이상의 공간이 띠를 이루고 있어 만약을 위한 수비의 공간으로 이용할 수 있게 되어 있었다.

만족스럽게 진지를 둘러본 아르제스는 진지 공사를 담당했던 2, 3군단 병사들에게 3일간의 휴식을 허가했다. 하지만 지휘관들에게까지 휴식을 허가한 것은 아니었다. 그날 저녁, 식사를 마친 아르제스는 선임 대대장을 포함한 군단장 급 이상의 전 지휘관을 사령관 막사로 불러 모았다.

에레냐드에 온 이후 처음으로 가지는 전체 참모 회의인만큼 분위기는 무척 진지했다. 회의를 소집한 아르제스가 처음 한 일은 일장연설이 아닌 지도를 가져오게 하는 것이었다. 하지만 여러모로 단순한 지도는 아니었다. 일단 지도의 크기부터가 병사 두 사람이 어깨에 메고 운반해야 될 정도로 컸다.

"오오!"

양탄자 크기 정도의 지도가 등장하자 회의에 모인 지휘관들이 놀람의 탄성을 발했다. 좌석을 배치할 때부터 막사의 가운데를 비워두었기 때문에 자연스럽게 지도는 그곳에 깔리게 되었다.

풀썩!

먼지를 피워 올리며 바닥에 놓인 지도는 말렸던 몸을 천천히 펴면서 그 위용을 드러냈다.

"오오!"

다시 한 번 감탄사가 터져 나왔다. 넓은 아마포 바탕에 여러 장의 양피지를 이어 붙여 만든 이 지도는 북으로는 켈라해 남쪽 해안에서 남으로는 로메르 평원의 북부까지 표시되어 있었고, 동으로는 피나세아 산맥, 서로는 판테아 대해를 포함하는, 그야말로 북부에레냐드 전도(全圖)라 할 만했다. 큰 지도의 크기만큼이나 내용도 상세했다. 각 부족의 영토와 부족민의 수, 주요 도시와 항구 및 숲·산맥·호수·평야와 같은 주요 지형 정보, 그리고 도로망 및 행군 가능한 경로까지 표시되어 있었던 것이다.

이 지도는 아르제스가 에레냐드 방문을 마치고 디시움에 도착한 이후부터 제작되기 시작한 것이었다. 그가 가장 후발대로 출발한 이유 중 하나도 바로 이 지도를 완성하기 위해서였다. 지도를 만드는 데는 세바노프의 협조가 큰 도움이 되었다. 대륙의 서쪽 해안에 대해서는 상세한 지리적 정보를 가진 그였기에 아르제스가 부족할 수 있는 위치 간의 거리 감각을 충분히 보완해 주었기 때문이다.

모두의 시선이 지도로 향한 사이 아르제스가 입을 열었다.

"내가 이 지도를 만든 것은 우리 파병군이 담당한 지역의 지리 감각을 각인해 주기 위해서이다. 이 지도는 이후로도 이곳 막사 벽면에 항시 비치시켜 놓을 터이니 수시로 보고 익히기 바란다."

말을 마친 아르제스는 창대를 뽑아 들고 지도가 펼쳐진 가운데로 나갔다. 그리고는 창대로 지도의 한곳을 가리키며 말을 이었다.

"이곳이 지금 우리가 있는 곳이다. 남쪽으로는 브로타 항을 두고 있고, 멀리 남동쪽으로는 로메르 평원이 위치하고 있다. 그리고 동쪽으로 3일 거리에는 베르티손족의 영토가 있고, 북으로 이틀만 가면 카나이족의 영토와 접하게 된다. 게다가 북서쪽으로 작은 산 하나만 넘으면 바로 켈리족의 영토가 나온다. 북부에레냐드 모든 부족을 5일 내의 거리에 두는 곳! 이것이 우리가 이곳을 거점으로 삼은 이유이다."

"하지만 산악 부족들, 시아노족과 암브로스족과는 상당히 멀지 않습니까?"

"맞다, 메텔로. 하지만 실상 산악 부족들과의 거리도 그리 멀다고 볼 수는 없다. 물론 이 도로망만으로 본다면 상당히 돌아가야 되지만, 진지 옆을 흐르는 에브로 강의 지류를 따라 올라가다 보면……!"

창대가 지도에 표시된 강을 따라 북동쪽으로 움직였다.

"피나세아 산맥과 만나게 된다. 그리고 그곳은 시아노족과 암브로스족의 경계가 되는 곳이지."

메텔로가 이해했다는 표정을 짓자 창대를 지도에서 뗀 아르제스는 주위를 둘러보면 말했다.

"디시움에서도 말했었지만, 우리의 주요 목표는 카나이족의 내정을 안정시키고 아누이 왕국의 야심이 피나세아 산맥을 넘지 못하도록 하는 일이다. 섹티우스, 산악 부족들에 대한 설명을 부탁하겠소."

섹티우스는 발가르와 함께 에레냐드 종군 경험이 있는 몇 안 되는 인물 중 하나였고, 따라서 근처 부족들의 사정에 밝은 편이었다. 더불어 라인 제국 감찰관의 위신을 살려주기 위한 아르제스의 정치적 배려이기도 했다. 아르제스의 호명에 자리에서 몸을 일으킨 섹티우스는 조금은 걸걸한 목소리로 설명을 시작했다.

"정확하게 말하면, 시아노족과 암브로스족은 완전한 산악 부족은 아닙니다. 그들이 피나세아 산맥을 영토로 둔 것은 순전히 산맥을 동서로 관통하는 길을 장악하기 위한 것이니까요. 하지만 부족의 폐쇄성은 온전한 산악 부족들 못지않습니다. 산길을 오가는 상인들과의 거래를 제외하고는 그다지 외부인들과의 접촉도 즐기지 않는 부족입니다. 실제로 라인 제국이 에레냐드 정벌에 나섰을 때도 이들 두 부족은 불가침을 조건으로 라인과의 전쟁에 참가하지 않았습니다. 아시다시피 이들 두 부족은 에레냐드에서 유일하게 기병을 주력으로 삼고 있는 부족입니다. 두 부족이 각각 동원할 수 있는 전력은 기병으로만 1만가량 됩니다. 이 정도의 전력이면 라인 제국 전체 기병 전력의 절반에 필적할 정도이지요. 따라서 이들 부족이 어떠한 태도를 보이느냐가 에레냐드 지방을 평정하는 데 있어서 핵심적인 사안이라 할 수 있을 것입니다."

사실상 에레냐드의 운명을 결정 지은 로메르 평원 전투에서 티투스가 적은 병사로 대승을 거둘 수 있었던 것도 기병 전력에서 밀리지 않은 채 압도적인 보병의 질을 이용할 수 있었기 때문이다. 그때 만약 산악 부족들의 기병이 반라인 동맹에 가담했더라면, 전투의 향방은 결코 라인 제국에 낙관적이지 않았을 터였다.

"섹티우스의 말과 같이 산악 부족들을 우리편으로 끌어들이거나 최소한 중립을 지키도록 하는 것이 우리의 1차 목적이다. 하지만 그전에 우리가 파병된 근본적 목적은 북부에레냐드의 군사적 중심을 잡기 위해서이다. 이 점을 잊지 말도록."

하급 지휘관인 백인대장까지 참여하는 전체 참모 회의의 진행은 서로의 의견을 교환한다기보다는 아르제스의 일방적인 연설에 가까웠다. 작전의 창출과 결정은 어디까지나 소수 수뇌부의 몫이었으며, 전체 회의는 그것을 공유하기 위한 과정이라고 보는 것이 옳았다.

회의는 30분도 되지 않아 끝이 났다. 지휘관들을 해산시킨 아르제스는 발가르와 섹티우스를 남게 했다. 섹티우스의 '감찰관'이라는 신분에도 불구하고 아르제스와 그는 그다지 불편한 관계는 아니었다. 아르제스 스스로가 섹티우스의 신분을 의식해 의도적으로 경계하거나 경원시하지 않았기 때문이다.

수많은 지휘관들이 물러간 넓은 막사에 세 사람만 남게 되자 묘한 적막이 흘렀다. 조금은 미간을 찌푸리고 있던 아르제스는 엄지손가락으로 턱밑을 쓰다듬으며 마치 들어보라는 듯 말했다.

"발가르님, 뭔가 이상하지 않습니까?"

"뭐가 이상하단 말인가?"

"제가 처음 이 파병을 받아들인 것은 이케니아 전체의 이익을 위해서였습니다. 또한 대대로 우호국이었던 라인 제국과의 관계를 손상시키고 싶지 않은 마음도 있었지요. 하지만 가장 마음에 들었던 부분은 전쟁을 위한 파병이 아닌 평화 유지를 위한 파병 요청이었다는 점입니다. 그런데 시간이 갈수록 점점 라인 제국의 진정한 의도가 무엇인지에 대한 의구심이 들더군요."

"의구심이라니요?! 저는 아르제스 사령관에게 아무것도 숨긴 것이 없습니다만……?"

옆에서 듣고 있던 섹티우스는 대번에 불만스런 표정으로 항변했다.

"알고 있소. 나는 당신을 의심해서 한 말이 아니오. 그대의 정직과 명예는 나도 충분히 인정하고 존중하는 바이니까. 하지만 바로 그게 문제라는 거요, 파비우스 섹티우스."

"무슨 말씀이십니까?"

"그대는 라인 제국의 감찰관, 즉 전직 법무관의 자격까지 부여받고서 파견된 사람이오. 그런 그대가 에레냐드의 현재 정세에 대해 알고 있던 것이 무엇이었소? 예전에 복무했을 때의 경험밖에 더 있었소? 아누이 왕국이 카나이족과 결탁하고 있다거나 켈리족의 함대가 인근 해역에서 횡포를 부리고 있다거나 하는 정보는 내가 알려주기까지 그대도 전혀 모르고 있었소. 감찰관이라는 중대한 임무를 담당한 사람에게 원로원이 파견지의 정확한 정보조차 주지 않았다는 게 나는 도저히 이해가 가지 않는군요."

"아! 그것은……."

아르제스의 날카로운 지적에 섹티우스는 말끝을 흐렸다. 하긴 아르제스가 지적한 문제들은 자신이 감찰관으로 선임되었을 때부터 스스로도 가져왔던 의문이긴 했다.

아르제스는 섹티우스의 대답을 기다리지 않고 말을 이어갔다.

"지금 라인 제국에 닥친 토르카 문제의 근본적 원인은 아누이 왕국에 있소. 티투스 황제가 친정의 대상으로 삼은 아티아족도 결국은 아누이족의 압박에 견디지 못해 남하했다고 보는 게 옳으니까. 그에 비해 아누이족의 탐욕이 직접적으로 손을 뻗치고 있는 이곳에 대한 대책은 무엇이오? 로메르 평원이 자리한 남부에는 공병단(工兵團)이나 다름없는 2개 군단이 주둔하고 있을 따름이고, 불온한 움직임이 감돌고 있는 북부에는 동맹국인 우리 이케니아에 파병을 요청했소. 과감함으로 이름 높은 티투스 황제치고는 너무 소극적인 대응이라고 생각하지 않소?"

"그것은 아마도 원로원이 에레냐드 사정에 그리 밝지 못한 탓일 겁니다."

졸지에 라인 측을 대변하는 입장이 된 섹티우스는 애써 이유를 만들었다. 하지만 아르제스의 고개는 단호하게 저어졌다.

"원로원은 몰라도 에레냐드의 총사령관이었던 티투스 황제가 이곳 사정에 어둡다는 것은 말이 되지 않소. 게다가 파병을 제안하는 단계에서부터 라인 제국은 병력의 규모와 사령관의 선임까지 결정한 상태였소. 아무런 정보가 없는 사람이 할 수 있는 일은 아니지."

"흐음, 이번 파병을 추진하신 의원님들 중에는 저의 일가어른 분들도 꽤 됩니다. 하지만 이번 파병에 숨겨진 의도가 있다는 낌새는 전혀 느끼지 못했습니다만……?"

"원로원은 그럴지도 모르지만 티투스 황제는 어떨까요?"

아르제스는 눈빛을 차갑게 가라앉힌 채 낮게 말했다.

"······?!"

"전부터 생각했던 것이지만, 아무래도 이번 파병은 티투스 황제의 독단으로 내린 결정인 것 같습니다. 실제로 이케니아에 사절로 왔던 원로의원들도 황제의 측근들이지 않았소?"

'중앙해의 정보통'인 토르피우스와 밀접한 친분을 가진 아르제스다. 파병이 결정된 이후부터 라인 제국의 주요 정보들은 수시로 점검하고 있었다.

"아······."

아르제스의 말에 섹티우스는 머리가 혼란스러워지는 기분이었다. 그러고 보니 자신은 감찰관이나 되면서도 이번 파병의 배경이나 결정 과정에 대해 정확히 아는 것이 아무것도 없었다. 그런 그를 보며 아르제스는 말을 이어갔다.

"하지만 아무리 생각해 봐도 '왜' 그런지는 도저히 모르겠더군요. 티투스 황제가 이케니아를 끌어들인 진짜 이유도, 아누이 왕국이 엄연히 라인 제국의 속주인 에레냐드에 간섭하는 이유도… 이래서야 샤(Schach) 판의 장기말이 된 기분이지 않은가?"

양쪽 어깨를 으쓱하며 한쪽 입술을 말아 올리는 표정이 왠지 능청맞아 보이는 아르제스였다.

"후후, 결국 우리는 티투스 황제의 손아귀에서 놀아나고 있다… 라는 말인가?"

아르제스의 말에 발가르가 씁쓸한 웃음을 지었다. 여러모로 티투스와는 복잡한 사연으로 얽힌 그였다.

"하하하, 그런가요? 아직은 알 수 없지요. 하지만 설령 그것이 사실이라도 재미있겠군요. 세노아 전쟁 때도 그렇고, 지금도 그렇고… 저는 남의 손에 놀아날 운명을 타고난 모양입니다."

아르제스는 무엇이 즐거운지 소리 높여 웃었다. 그때, 한동안 혼란스러움 속에서 침묵을 지키던 섹티우스가 단호한 표정으로 말문을 열었다. 무엇이 어떻게 된 일이든 자신은 국가가 부여한 임무에 충실하면 그만이었다.

"황제 폐하와 원로원의 뜻이 어떠하든 저는 감찰관으로서의 임무에 충실할 것입니다. 아르제스 사령관도 라인 제국과 약속한 임무에 조금의 소홀함도 있어서는 안 될 것입니다. 그리고 앞으로 황제 폐하를 입에 담을 때는 그에 걸맞는 예의를 갖추어주십시오. 지금의 사령관은 이케니아의 시민이기 이전에 라인 제국의 시민이기도 하십니다."

"물론이오. 나의 실언을 용서하시오. 그대를 이 자리에 남게 한 것도, 그대와 황제 폐하를 의심하거나 기만할 뜻이 없음을 보여주기 위한 것이었소. 황제 폐하의 숨겨진 뜻이 어떠하든 이번 파병이 양국 모두에게 이익이 되는 일이라는 사실에는 변함이 없을 것이오. 하지만 이것만은 알아두시오."

"네?"

"아마⋯ 황제 폐하가 짜놓은 각본이 어떠하든 간에 이 연극의 주연 배우는 나요. 그리고 섹티우스, 그대도 이미 나와 한배를 탔음을 잊지 마시오. 아시겠소? 우리는 이미 황제 폐하의 고약한 시험 속에 던져져 있음을. 하하하."

"흐음."

아르제스의 비꼬는 듯한 말에 섹티우스는 순간적인 불쾌감을 느꼈다. 하지만 왜일까? 눈앞의 이 자신만만한 젊은이에게서 존경하는 티투스 황제의 모습이 엿보이는 이유는.

*   *   *

마리우스 진지는 티투스의 조부이자 라인 제국의 6대 황제인 칼리굴라 황제 시절에 지어졌다. 당시에는 동맹국이었던 그라나디아를 토르카 인의 침략에서 방어하기 위해 당대 사령관인 마리우스가 지었다고 해서 붙여진 이름이었다.

원래는 2개 군단을 수용하기 위한 목조 숙영지에서 출발한 이 진지는 증축과 보수를 거쳐서 지금은 요새화되어 버린 그라나디아 북부 방어의 전초 기지였다. 티투스가 3개 군단을 이끌고 도착했을 때는 진지의 증축 공사가 거의 마무리되어 있었다. 원래도 4개 군단을 수용할 수 있는 거대한 진지였지만 이번 친정에 동원되는 군단의 수가 6개였기에 증축은 불

177

가피했다.

아직 속주에서 편성된 1개 군단이 도착하지 않았지만 티투스는 기다리지 않고 움직이기 시작했다. 가장 먼저 한 일은 4천이나 되는 기병들을 모두 풀어 무차별적으로 정보를 수집하게 하는 것이었다.

티투스는 황족이긴 했지만 전쟁터에서 청년기의 대부분을 보낸 인물이었다. 따라서 황실의 예의나 규범 같은 것에는 전혀 구애를 받지 않았다. 특히 군대를 직접 지휘할 때면 군통수권자라기보다는 백인대장처럼 행동했다. 주변 일대를 정찰 나갔던 기병대가 돌아왔을 때도 티투스는 부장을 통하지 않고 자신에게 직접 보고하도록 했다.

보고를 담당한 장교는 기병대장 '루쿨루스 보레이누스' 라는 인물이었는데, 티투스와는 젊은 시절부터 함께 전장을 누비던 지방 귀족 출신의 용장이었다. 지방 귀족이라고 해봐야 명문 귀족에 비하면 평민에 가까웠지만, 티투스 주변에는 출신 가문은 대단치 않아도 재능은 뛰어난 인재들이 많았다. 이 케니아와는 달리 라인 제국의 기병대장은 수석 부장 바로 밑의 지위로서 군단 서열 3위에 해당하는 최고급 지휘관이었다.

"아티아족을 중심으로 한 토르카 병사들은 엔트 강 이북의 아티아족 영토에 집결해 있는데, 그 숫자는 6개 부족 9만에 가깝다고 합니다. 그들은 둠노게릭스를 중심으로 굳게 뭉쳐

져 있으며, 라인 제국과 오만한 황제의 침략에 맞서 부족의
운명을 함께하자고 맹세했다고 합니다."

"응? 내가 그렇게 오만해 보이나? 황제에게 없는 말을 지어
내는 것은 대역죄에 해당해, 보레이누스."

보레이누스의 보고를 듣던 티투스는 자신에 대한 험담이
나오자 눈살을 찌푸리며 불만스런 표정을 지었다. 하지만 대
역죄라는 무시무시한 협박에도 불구하고 보레이누스는 사람
좋은 웃음을 지으면서 넉살 좋게 말했다.

"하하. 아닙니다, 폐하. 저는 들은 그대로를 말한 것일 뿐
입니다. 아쉬우시겠지만 이곳에서의 폐하의 평판은 그리 좋
지 못하더군요."

"흠, 오만하다고 하기보단 지나치게 자신만만하다는 표현
이 옳지요."

티투스의 옆에 있던 아비아노도 한마디 거들었다. 티투스
가 가는 곳이면 어디라도 따라다니는 이 노인은 티투스에게
는 시어머니나 마찬가지였다.

"아아! 됐어! 네 녀석들 같은 인물들을 측근이랍시고 두고
있는 내가 불행하구나. 남은 보고나 계속해."

황제의 반응에 가볍게 미소를 지은 보레이누스는 보고를
이어갔다.

"네, 폐하. 그들은 둠노게릭스의 지시하에 엔트 강 이북에
서 결전을 준비하고 있는데, 꽤나 준비가 철저합니다. 엔트

강 지류들 중 수심이 얕아 도강이 가능한 지점에는 방책과 망루를 세워 감시하고 있고, 곳곳에 봉화대를 세워 만일의 사태가 발생하면 즉각 본대가 구원에 나설 수 있는 태세를 갖추고 있습니다."

보레이누스의 말에 티투스는 조금 의외라는 표정을 지었다.

"토르카 놈들치고는 꽤나 조직적이군. 둠노게릭스라는 녀석… 생각보다 군사적 재능이 풍부한 놈인가 보군. 고참병 군단인 7, 8군단이 고전했던 것에도 이유가 있는 모양인걸."

"성격 급한 토르카 인치고는 정치적 지도력과 군사적 지휘력을 동시에 갖춘 인물입니다. 여러모로 라인 제국에게는 위험한 인물임에 틀림없습니다."

고개를 끄덕이던 티투스는 보레이누스에게 물었다.

"엔트 강 이남에 아티아족과 동맹 관계에 있는 부족이 모두 몇이지?"

"모두 3개 부족입니다. 하지만 그들 부족민의 대부분은 엔트 강 이북으로 몸을 피한 상태입니다."

"하지만 집이나 농경지를 싸들고 가진 못했겠지. 보레이누스!"

"네, 폐하!"

"너는 내일 새벽 기병대를 이끌고 엔트 강 이남에 있는 그들의 부락을 불태워라. 그런 후 강을 건너 북쪽의 부락들도 최대한 불태우고 파괴해라. 기병대만이라면 적의 감시를 피해 도강 지점을 잡는 것도 어렵지는 않을 테지. 하지만 적 본대와의 충돌은 철저하게 피하도록."

"어렵지 않은 일이지요. 그런데 조금은 폐하답지 않으신 결정이군요. 예전 같으셨으면 수십 개의 다리를 건설해서라도 한번에 군단병을 진격시키셨을 터인데. 게다가 얼마 후면 이 지역에는 우기(雨期)가 시작됩니다. 그때가 되면 적어도 한 달 동안은 도강이 거의 불가능함을 폐하께서도 모르시진 않겠지요?"

아르본에 있을 때도 그랬지만, 티투스는 친정에 나선 황제 치고는 무척이나 조심스럽게 움직이고 있었다. 그러나 황제의 위에 오른 이유로 야전 사령관으로서의 대담함이 사라졌다고 생각할 수는 없었다. 티투스가 그런 인물이 아님은 보레이누스도 잘 알고 있었다.

"후후, 거기에는 한 가지 공식적인 이유와 한 가지 개인적인 이유, 그리고 한 가지 비밀스런 이유가 있지."

"호?! 그 이유라는 것은?"

내심을 말해달라는 뜻을 담은 보레이누스의 강렬한 눈빛에 티투스는 만족스러운 웃음을 지었다.

"공식적인 이유는 둠노게릭스의 아티아족을 중심으로 뭉친 저들의 연합을 붕괴시키기 위해서이다. 그들이 얼마나 굳게 뭉쳐 있는지는 모르겠지만, 자신들의 부락과 농경지가 불타는데 조금의 동요도 없으리라고는 믿지 않는다."

"하지만 오히려 그들을 결속시키는 계기가 될지도 모릅니다."

"하하, 설마. 민족성은 그리 쉽게 변하지 않아. 훌륭한 지도자가 있다고 해서 하루아침에 모래알이 진흙으로 변하는 것은 아니지."

황제의 자신만만함에 할 말을 잃어버린 보레이누스는 두 번째 이유를 들어보기로 했다.

"그럼 개인적인 이유는 무엇입니까?"

"나를 오만하다고 떠들고 다니는 둠노게릭스 놈에게 더 큰 고통을 주기 위해서이다. 그자는 나의 이런 소극적 태도가 자신의 군사적 재능 덕분이라고 우쭐해하겠지. 네가 부락과 농경지를 파괴하고 다니는 것도 나의 조급함에 대한 화풀이라고 생각해 주면 더욱 좋겠고. 그러다가 우기가 닥쳐 우리 군의 발이 묶이면 그자는 라인 제국의 침입을 막아내었다고 기뻐하겠지! 아마 거만한 태도로 자신에게 유리한 조건의 평화조약을 제시해 올지도 모르고 말이야. 하지만 그때가 바로 우리가 진격할 때이다. 가장 기쁜 순간에 참담한 패배와 무력감을 선사하는 것이지."

자신의 계획이 만족스러운 듯 뿌듯한 미소까지 머금은 티투스였다.

"윽! 왠지 너무 삐뚤어진 생각이라고 느끼지는 않으십니까?!"

보레이누스는 어이없다는 표정을 짓고 말았다.

"왜 아니겠나, 보레이누스. 저런 말을 하실 때마다 느끼는 거지만, 언젠가는 폐하와 라트비아님과의 잠자리를 꼭 구경해 보고 싶다네. 사람의 변태성은 잠자리에서 가장 잘 드러난다지 않은가?"

황제를 놀리는 일이라면 자다가도 벌떡 일어날 아비아노였다. 아비아노에 짓궂은 농담에 보레이누스는 감히 소리는 내지 못한 채 입을 막으며 겨우 웃음을 참았다.

"제길! 이 빌어먹을 영감이!"

인상을 구긴 티투스는 서탁에 놓여 있는 두루마리 서류 뭉치를 아비아노에게 던졌다.

"오! 감사합니다, 폐하. 그렇지 않아도 처리할 서류들이었는데 이렇게 친히 건네주시는군요. 오늘 저녁까지는 꼭 처리하도록 하겠습니다. 그럼 전 이만."

늙은이답지 않은 민첩함으로 티투스가 던진 서류를 전부 받아낸 아비아노는 능청스럽게 말하며 막사를 빠져나갔다. 티투스는 아비아노의 등을 향해 분에 찬 한마디를 내뱉었다.

"이번 달 네놈의 월급을 반으로 줄여 버릴 테다!"

그러자 막사 밖에서는 독백을 가장한 아비아노의 빈정거림이 들려왔다.

"마음대로 하십시오. 저도 줄어든 월급만큼만 일할 터이니."

황제와 늙은이의 한판 승부는 늙은이의 압도적인 승리로 끝났다. 이를 지켜보던 보레이누스는 즐거운 웃음을 터뜨렸다.

"하하하하, 두 분은 항상 사이가 좋으시군요. 라트비아님이 질투하지 않으실지 걱정될 정도로 말입니다."

10년 전 부인을 여읜 티투스는 재혼을 하지 않고 독신을 고집하고 있었다. 하지만 이 한창때의 황제에게도 애인은 있었는데, 그녀가 바로 라트비아라는 여인이었다. 이것은 라인의 시민이라면 누구나 아는 공공연한 비밀이었지만, 시민들도 그저 황제의 작은 사생활로 여길 뿐이었다. 아무리 황제라도 그는 어엿한 독신남이었고, 남녀 간의 교제가 자유로운 라인의 특성상 스캔들로 비화될 만한 문제는 아니었다.

"라트비아가 어떻게 저런 고약한 늙은이와 비교된단 말인가? 농담은 적당히 하는 게 좋아."

티투스는 골치가 아프다는 듯 미간에 손가락을 집었다.

"그나저나 폐하, 한 가지 이유가 더 있지 않습니까?"

공적인 이유와 개인적인 이유를 말했으니 이제는 비밀스런 이유가 남아 있었다.

"너에게 말해 버린다면 더 이상 비밀이 아니지 않느냐?"

티투스는 당연한 사실을 왜 묻느냐는 표정으로 말했다.

"말해주지 않으실 것이었으면 처음부터 두 가지 이유만 대실 것이지……."

"훗, 불만이면 네 녀석이 황제하던가."

마치 아비아노에게 당한 것을 보레이누스에게 풀려는 듯 티투스는 거만한 태도로 말했다. 그런 모습에 보레이누스는 가볍게 미소 지을 뿐이었다.

*   *   *

아르제스가 파병군을 이끌고 상륙했다는 소식은 순식간에 에레냐드 전체로 퍼졌다. 그리고 이 소식에 가장 놀란 사람은 카나이족의 족장인 아리시오투스였다. 형과 마찬가지로 사람들의 인심을 사는 데는 소질이 있었지만, 천성적으로 심약한 그는 이 문제를 혼자 해결할 능력이 없었다. 지금의 족장 자리도 형인 비브오락테스의 힘으로 얻은 것이 아니었던가? 마음이 조급해진 아리시오투스는 측근들을 이끌고 형이 판관으로 있는 동쪽 영지로 향했다.

"형님, 이제는 어찌하면 좋습니까?"

단숨에 비브오락테스의 거처까지 달려온 동생은 걱정 가득한 목소리로 하소연하듯 말했다.

"너는 카나이족의 족장이다. 경망스럽게 굴지 말거라. 게다가 이케니아의 군대가 라인 제국의 요청으로 파병될 것이란 것을 모르고 있었던 것도 아니지 않느냐? 근 반년 동안 내가 손만 놓고 있었을 거라 생각하느냐?"

마른 체격의 동생과는 달리 당당한 체구에 얼굴을 뒤덮은 수염이 인상적인 장년인, 비브오락테스는 동생의 말에도 여전히 자신만만한 표정이었다.

"하지만 병력이 3만이나 된다고 합니다. 게다가 사령관인 네모 가이우스란 자는 17살의 나이에 메디아와의 전쟁을 승리로 이끈 대단한 인물이라고 하더군요. 저도 직접 보았지만 확실히 보통 인물은 아닌 듯싶었습니다."

아리시오투스는 항구로 보내었던 가신이 목이 베어져 돌아온 일과 자신의 끊임없는 뇌물 공세에도 눈도 깜짝하지 않던 이케니아의 젊은 사령관을 떠올리고 있었다.

"하지만 그들은 라인 제국군이 아니다. 게다가 네모 가이우스라는 자도 티투스는 아니지. 내 생각에는 오히려 지금이 우리의 꿈을 실현시킬 절호의 기회인 것 같구나."

비브오락테스 형제의 야망은 2가지였다. 하나는 라인 제국의 속주가 되어버린 북부에레냐드를 독립시키는 것이었고, 다른 하나는 독립된 북부에레냐드를 통합시켜 왕조를 여는 것이었다. 걱정스런 얼굴을 하고 있는 아우를 다독인 비브오락테스는 은근한 어조로 말하기 시작했다.

"아우야, 들어보거라. 라인 제국이 에레냐드를 정벌한 본래 목적은 남부의 곡창 지대인 로메르 평원을 차지하기 위해서였다. 티투스가 황제가 된 이후로 이곳에는 군대나 징세관조차 머무르지 않고 있다는 것을 봐도 알 수 있지. 처음부터 북부는 라인 제국이 원하던 땅이 아니었다는 말이다. 이번에 이케니아를 끌어들인 이유도 결국 라인 제국은 이곳에 관여하고 싶지 않다는 뜻의 반영이 아니고 무엇이겠느냐? 어차피 지금의 라인 제국은 그라나디아 북부의 문제로 골머리를 앓고 있다고 들었다. 우리가 빠르게 힘을 모아 라인 제국에 대항한다면 북부의 독립은 쉽게 이뤄낼 수 있을 것이다. 게다가 이미 아누이 왕국으로부터의 지원도 약속받은 상태이다."

"아! 그럼 시아노족을 설득시키는 데 성공하신 것입니까?"

"하하하, 물론이다. 이미 인질 교환도 끝난 상태이고, 아누이족의 군대는 피나세아 산맥을 넘어올 준비를 마쳤다."

그의 목소리에는 자부심이 가득 깃들어 있었다.

"대단하십니다, 형님. 역시 형님은 왕이 되실 자격을 타고나신 분입니다."

아리시오투스는 자신의 형이 자랑스러웠다. 뛰어난 형에 평범한 아우였지만, 이들 형제의 우애는 놀랍도록 끈끈했다.

"아직 왕이란 말을 함부로 꺼내지 말거라. 우리가 북부의 독립을 이루는 날이 되면 자연스럽게 이루어질 일이다. 그리고 우리가 왕조를 여는 것은 독립에 대한 대가일 뿐, 그것 자체가 목적이 되어서는 안 될 일이다."

이 정도의 큰일을 도모하려면 대의명분이 가장 중요한 법이었다. 비브오락테스는 대의명분 속에 자신의 야망을 철저히 감추고 싶었다.

"형님의 깊으신 뜻을 잘 받들겠습니다."

"그래, 너는 곧바로 우르손으로 돌아가거라. 가서 켈리족과 베르티손족을 최대한 우리 쪽으로 끌어들이거라. 그들 역시 라인 제국 때문에 자신들의 권위가 침해받고 있다고 생각하고 있으니, 노력 여하에 따라 쉽게 끌어들일 수 있을 것이다. 시아노족과 암브로스족은 이 형이 맡을 터이니 걱정하지 말고."

결의에 찬 목소리로 말한 비브오락테스는 자신의 결의를 전달하려는 듯 양손으로 동생의 어깨를 힘껏 쥐어주었고, 아리시오투스도 눈을 빛내며 고개를 끄덕였다.

서로 간의 결의를 다진 형제는 곧 헤어졌다. 이제부터는 정말로 바쁘고 치밀하게 움직여야 했다. 동생이 돌아간 후, 비브오락테스는 암브로스족에게로 사람을 보냈다. 카나이족과는 그다지 교류가 없었던 암브로스족이었지만, 때마침 사절을 보낼 만한 명분이 생긴 터였다.

자의든 타의든, 그리고 그 결과가 어떻게 흘러가든 일단 곪아버린 상처는 터져야만 했다. 전쟁의 기운은 사람들이 전혀 생각지도 못한 곳에서 피어오르고 있었다.

제5장

남매

아르제스 전기

3만에 가까운 군대를 이끌고 온 파병길이었지만, 아르제스는 복잡하기 이를 데 없는 북부에레냐드의 정세 속에서 불필요한 분쟁거리를 만들 생각은 전혀 없었다. 하지만 그렇다고 해서 자신의 임무를 처리함에 있어서 소극적인 태도로 일관할 수도 없었다. 에레냐드 지방은 이케니아 반도와는 남토르카 속주를 사이에 둔 가까운 거리였고, 가장 가까운 바닷길로는 불과 채 하루가 되지 않는 지역이었다. 에레냐드가 분쟁에 휩싸이면 이케니아도 완전히 자유로울 수는 없는 것이다.

아르제스는 주변 부족들에게 사절을 보내어 다시 한 번 총독 대행관으로서의 권위를 확인받으려 했다. 지난번 오르바나에서 전체 부족 회의를 소집했을 때와는 달리 카나이족을 통한 간접적인 통보도 아니었고, 게다가 지금의 자신은 강력한 군사력을 가지고 있었다. 하지만 아르제스의 서신에 대한 부족들의 반응은 여러 가지로 갈라졌다.

일단, 켈리족은 아르제스의 권위를 인정하겠노라고 선언했다. 지난번 3대 20의 해전에서 처참하게 패한 경험이 있는 그들이기도 했지만, 무엇보다 아르제스의 주둔지가 그들의 영토에서 불과 2, 3일 거리에 있다는 것이 큰 압박으로 다가왔기 때문이다.

카나이족도 아르제스의 권위를 재확인해 주었다. 그들이 순순히 나오는 이유가 수상쩍긴 했지만 아르제스로서는 일단 다행스런 일이었다. 하지만 비브오락테스 형제의 야망이 꺾였다고 쉽게 낙관할 수만은 없었다.

베르티손족은 중립적인 태도를 취했다. 티투스의 에레냐드 원정 때부터 독자 노선을 고집해 온 그들은 시아노족 등과 마찬가지로 반라인 동맹에 가담하지 않는다는 조건으로 티투스로부터 속주세 면제까지 약속받은 부족이었다. 그런 그들에게 티투스도 총독도 아닌, 일개 '총독 대행' 따위의 권위는 인정할 이유가 없었다. 하지만 아르제스는 이들의 태도에 충분히 만족했다. 총독 대행으로서의 권위 인정 여부와는 상관없이 최소한 베르티손족이 분쟁의 씨앗이 될 가능성은 없어 보였기 때문이다.

문제는 시아노족과 암브로스족이었다. 시아노족은 무척이나 강경한 태도를 보였다. 자신들은 처음부터 라인 제국에 굴복한 민족이 아니었으며, 라인 제국의 법률상으로도 자신들의 영토는 에레냐드 속주에 포함되지 않는다고 주장했다.

이런 문제의 원인은 모두 티투스에게 있었다. 티투스가 에레냐드를 평정한 후 '에레냐드 속주'라는 이름으로 편입시킨 땅은 피나세아 산맥의 서쪽 지방이었다. 토르카 지방과 에레냐드를 구분해 주는 천연의 경계인 피나세아 산맥을 국경으로 삼은 것 자체는 문제될 것이 없었다. 하지만 문제는 그 국경의 기준이 너무나 모호하다는 것이었다. 강과는 달리 산맥을 국경으로 삼을 때의 문제는 산맥이 강과 같이 직관적으로 뚜렷이 구분되는 경계가 아니라는 점이다. 거시적 시점에서 본다면 분명 땅을 구분 지어주는 지형임에 틀림없지만 국경으로 쓰기에는 무척이나 두터운 선(線)인 셈이다.

하지만 티투스가 결정해 버린 에레냐드의 경계는 단지 '산맥의 서쪽'으로 규정되어 있을 뿐, 산맥 자체를 속주에 편입시킨 것은 아니었다. 게다가 반은 산맥에, 반은 산맥 서쪽 평야에 영토를 두고 있는 시아노족에 대해서도 명확히 속주 포함 여부를 결정지은 바는 없었다.

상황이 이렇다 보니 영토 문제에 대한 이중적 해석이 가능했다. 에레냐드 정벌 이후 곧바로 내전 상황으로 이어진 상황 탓에 벌어진 티투스의 실수였는지, 아니면 고의적인 조치였는지는 알 수 없지만 티투스가 황위에 오른 지 5년이 지난 지금까지도 국경 문제는 여전히 미완으로 남아 있는 상태였다.

강하게 반발하는 시아노족의 비해 암브로스족의 태도는 그야말로 우유부단이었다. 딱히 반발하는 기색도 아니었고, 그렇다고 이케니아 군을 반기는 태도도 아니었다. 그저 '원로들과 함께 심사숙고해 보겠다' 는 애매한 대답만 전했을 뿐이었다. 하지만 아르제스가 딱히 암브로스족에 적의를 드러내고 있지도 않은 상황에서 심사숙고라는 말은 어울리지 않았다. 아르제스는 암브로스족 내부에 무슨 변고가 생긴 것이 아닌가 추측하였지만, 지금으로선 딱히 확인할 방법이 없었다.

역시 가장 큰 문제는 언어였다. 이케니아 어가 비록 중앙해 북부의 공용어 격으로 사용된다고는 해도 에레냐드에서는 토착어를 사용하는 사람이 대부분이었다. 이케니아 어를 구사할 줄 아는 사람은 교육받을 기회가 많아 교양이 깊은 일부 유력자 계층의 인물들뿐이었고, 때문에 그 흔한 소문들조차도 쉽게 정보로 승화되기는 힘든 까닭이었다.

시아노족이 적대적인 태도를 보이는 이상, 암브로스족을 아르제스 쪽으로 끌어들이는 것이 더욱 중요한 문제가 되어 버렸다. 무엇보다 암브로스족의 주저하는 듯한 태도가 아르제스를 우려하게 만들었기 때문에 그는 직접 암브로스족을 방문하기로 마음먹었다. 최소한 자신에 대해 적대적이지는 않을 것이라는 기대는 할 수 있었고, 그렇다면 적어도 회담을 벌일 여지는 충분하다고 생각한 것이다. 아르제스는 사절을 통해 암브로스족과의 회담을 희망한다는 내용을 담은 친서를 전달하게 했다.

*　　　*　　　*

토르카 인들의 주택은 대략 다음과 같은 방식과 모양으로 지어진다.

먼저 집터가 될 땅을 정한 후 땅을 50센티미터 정도 파낸다. 그런 후 파낸 땅을 단단하게 다지고, 방형의 집터 모서리에는 석재로 주춧돌을 놓은 후 그 위에 목재 기둥을 세운다. 기둥의 높이는 2미터를 약간 넘는 수준이고, 기둥이 세워지면 그 위로 들보가 걸쳐진다. 지붕은 주변에서 흔히 구할 수 있는 갈대나 사초과(莎草科) 식물들로 엮어서 만든다. 바닥을 지면보다 낮게 하는 것은 혹독한 겨울 추위를 이겨내기 위한 방책이지만, 이렇게 되면 홍수에 약하다. 그래서 아예 집터를 언덕 위에 잡는 것이 보통이었다. 에레냐드 지방이 라인의 속주가 되면서 시나브로 문물이 교류되고는 있었지만, 건축 양식만은 크게 바뀌지 않았다.

암브로스족의 수도인 안트케나에 있는 족장의 거처도 크기만 웅장할 뿐 이런 전통식 건축법에서는 그리 벗어나지 않은 건물이었다. 거처 중앙에 위치한 족장의 집무실에는 한 초로의 사내가 뒷짐을 진 채 서성거리고 있었다. 사내는 생각에 잠긴 듯 미간을 잔뜩 찌푸리고 있었는데, 때때로 그의 눈은 서탁으로 향하고 있었다.

"어떻게 한다……."

지난 1년 동안 암브로스족의 실권을 장악하는 데 성공한 카바리노스였지만, 지금 그는 중대한 선택의 기로에 서 있었다. 거의 같은 시기에 날아온 2통의 서찰 때문이었다. 한 통의 서찰은 카나이족의 실력자인 비브오락테스로부터였고, 다른 한 통은 이케니아 파병군의 사령관이자 에레냐드 총독 대행관인 네모 가이우스로부터 온 것이었다.

사실 카바리노스에게 있어서는 모두가 달갑지 않은 존재였다. 큰 야망을 가진 비브오락테스나 지역 안정을 구실로 군사적 행동에 제재를 가할 것이 분명한 아르제스나 그에게는 모두 눈에 거슬리는 존재일 뿐인 것이다. 권위의 인정, 즉 복종을 요구하는 아르제스의 서한에 모호한 태도로 일관한 것도 이런 카바리노스의 심정이 반영된 것이었다. 하지만 피할 수 없는 선택인 것도 사실이었다. 이들 두 인물의 요구 조건이 양립할 수 없는 것들인 까닭이었다.

그렇다고 쉽게 결정할 수 있는 문제는 아니었다. 양측 다 명분은 있었지만, 오히려 그렇기에 누구와 손을 잡아야 할지가 더 고민이었다.

"급하게 결정 내릴 이유는 없겠지……."

오랜 고민 끝에 이렇게 중얼거린 그는 결국 양쪽 모두와 교섭하기로 마음먹었다. 선택의 결정권은 자신에게 있었고, 이런 종류의 결정은 충분히 시간을 두고 천천히 타산을 따져 보는 편이 이익이 될 것이라고 판단한 까닭이다. 그는 곧 아르제스에게는 회담을 받아들이겠다는 답장을 보내기로, 비브오락테스의 서신에 대해서도 긍정적인 회신을 보내기로 마음먹었다. 하지만 그전에 한 가지 처리해 둘 문제가 있었다. 그는 집무실 구석에서 대기하던 하인에게 말했다.

　"바르바나를 만나야겠다. 준비해라."

*　　　　*　　　　*

　안트케나는 대략 7천 호의 주민이 거주하는 작지 않은 도시였지만 모든 거주지들이 성곽 안에만 있는 것은 아니었다. 카바리노스가 시종들을 대동하고 향한 곳은 성곽 밖에서도 유난히 한적한 곳에 위치한 저택이었다. 하지만 이곳이 평범한 곳이 아님은 주위를 지키고 있는 건장한 사내들만 보아도 알 수 있었다.

　카바리노스를 보자 건장한 사내들은 깊이 고개를 숙였다. 주위를 한 번 둘러본 카바리노스는 서슴없이 저택 안으로 향했다.

"도련님! 아가씨! 카바리노스님이 오셨습니다."

얼굴에 주름이 가득한 한 노파가 급한 걸음으로 거실로 내달려 왔다. 노파의 말에 거실에 앉아 담소를 나누던 남매의 눈빛이 크게 흔들렸다. 특히 동생으로 보이는 사내 쪽의 표정에는 놀람을 넘어 두려움까지 어리고 있었다.

"누님, 그 사람이 또 무슨 일로 왔을까요?"

"침착하거라, 바르바나."

그녀는 떨리는 동생의 손을 다독여 준 후 자리에서 일어나 옷매무새를 가다듬었다. 그리고는 표정에서 긴장감을 지우고 눈빛을 차갑게 가라앉혔다. 그리고 잠시 후, 시종들과 함께 카바리노스가 들어섰다.

"오랜만에 찾아뵙습니다, 족장님."

카바리노스는 가볍게 고개를 숙여 굳은 표정으로 앉아 있는 바르바나를 향해 인사를 건넸다. 동생의 굳은 표정을 본 에르시아는 얼른 공손한 태도로 인사를 대신했다.

"오랜만에 뵙습니다, 카바리노스 숙부님."

"흥."

하지만 코웃음을 친 카바리노스는 곁눈질로 에르시아를 한 번 바라보고는 인사에 대한 대꾸도 하지 않았다. 이런 모욕에도 불구하고 그녀는 차분한 표정이었지만, 눈썰미가 있는 사람이라면 치맛자락을 움켜진 그녀의 손에 유난히 힘이 들어가 있음을 눈치 챌 수 있을지도 모른다.

"오늘 이렇게 족장님을 찾아온 것은 부족의 일로 상의드릴 것이 있어서입니다."

바르바나의 맞은편에 앉은 카바리노스는 품속에서 한 통의 서신을 꺼내었다.

"이것은 라인 제국 에레냐드 속주의 총독 대행관인 아르제스라는 자가 보내온 서신입니다. 부족의 대표와 회담을 제의하며 공동의 문제를 논의하고 싶다는 내용이지요."

"그, 그러하군요."

"그래서 말인데… 부족의 대표로는 섭정인 저 혼자로도 충분하지 않을까 합니다만. 건강이 좋지 않으신 족장님은 그저 요양에만 신경 쓰시는 것이 좋지 않겠습니까?"

유난히 단어를 또박또박 끊어대는 카바리노스의 말투는 상대방에게 자신의 의견을 강요한다는 기색이 역력했다. 하지만 바르바나는 불평 한마디 할 수 없었다. 지금은 그저 이 답답하고 불편하기 이를 데 없는 상황을 한시 바삐 벗어나고 싶은 심정뿐이었다.

"모든 것은 숙부님 편하실 대로 하십시오."

결국 바르바나의 입에서는 카바리노스가 원하는 대답이 나오고 말았다. 만족한 미소를 지은 카바리노스는 곧바로 자리에서 몸을 일으켰다.

"그렇다면 장로들에게도 족장님의 뜻을 전하겠습니다. 그럼 편히 쉬시길."

작별 인사를 던진 카바리노스는 조금의 지체함도 없이 거실을 벗어났다. 그리고 건물을 벗어나자 옆에 있던 수하에게 낮은 목소리로 말했다.

"저 꼬마 놈이 허튼수작을 못하게 잘 감시해라."

"걱정하지 마십시오."

수하의 대답에 카바리노스는 만족스런 미소를 지었다.

카바리노스가 왔다 간 저택의 거실에는 오랫동안 긴 침묵이 흐르고 있었다. 석상처럼 굳어 있던 바르바나는 힘겹게 몸을 일으켜 숙부가 두고 간 서신을 집어 들었다. 아르제스의 친서는 이미 봉인이 뜯겨 나간 상태였다. 분명 자신의 앞으로 왔음에 분명한 서신이었겠지만, 이름만 족장인 자신에게 이 봉인이 뜯겨진 서신은 냉정한 현실을 말해주고 있었다.

스스로의 무력함에 분노가 치밀어 오르는 바르바나였지만, 지금의 그로서는 힘겹게 현실을 받아들이려고 노력하는 것 이외에는 아무것도 할 수 없었다. 그런 동생을 에르시아는 슬픈 눈으로 바라보았다. 동생이 겪고 있는 이 모든 치욕이 모두 자신의 탓인 것마냥 생각되었기 때문이다.

"바르바나… 가여운 내 동생."

에르시아는 멍하게 서 있는 동생 앞으로 다가가 조용히 그의 어깨를 감쌌다. 바르바나보다 10살이나 연상인 누나는 그에게는 어머니나 다름없는 존재였다. 고개를 돌려 누나의 풍성한 머리카락에 얼굴을 묻은 바르바나는 슬픔과 분노를 삭이며 한동안 그렇게 침묵을 지켰다. 이들 남매는 다름 아닌 선대 족장의 자녀들이었다. 그런 그들이 요양이라는 명목으로 연금이나 다름없는 생활을 하게 된 것은 그야말로 불운과 비극이라고 할 수밖에 없었다.

모든 것은 암브로스의 전대 족장이자 바르바나의 부친인 바르키오가 몸져누우면서 시작되었다. 바르키오는 뛰어난 지도자라고는 할 수 없었지만, 적어도 암브로스족의 안위를 지키는 데는 전혀 모자람이 없는 인물이었다. 그런 바르키오에게는 배다른 동생이 있었는데, 그는 이복형과는 달리 야심으로 가득 찬 사람이었다. 온건파였던 바르키오에 비해 동생인 카바리노스는 자신과 암브로스족의 용맹을 주변에 떨치고 싶어 했던 인물이었던 것이다.

이들 중 바르키오가 후계자로 결정된 것에는 정통성을 중요시하는 부족의 보수적인 성향도 한몫을 했지만, 무엇보다 카바리노스의 야심을 위험하게 생각한 당대 족장의 우려 때문이었다. 그리고 이 결과에 카바리노스는 크게 낙담하였다. 자신의 꿈이 좌절되자 카바리노스는 부족의 수도를 떠나 피나세아 산맥과 인접한 동쪽 영지로 떠나 버렸다.

족장이 된 바르키오는 대대로 불편한 관계였던 시아노족과 우호를 도모하고자 했다. 적대적인 이웃과 친선을 도모하는 데는 혼인만큼 좋은 것이 없었고, 에르시아는 아버지의 명령에 따라 16살의 나이에 시아노족 족장의 장남과 정략결혼을 하게 되었다. 에르시아는 부족에서도 소문난 미인이었기에 사위가 될 시아노족의 사내도 이 혼인을 무척이나 기뻐했다. 그리고 이 혼인을 계기로 이후 10여 년간은 부족 간의 분쟁없이 평화로운 날들이 계속되었다.

하지만 3년 전, 암브로스족에게는 치욕이 될 만한 사건이 벌어졌다. 사건은 에르시아의 남편이 병으로 죽으면서 시작되었다. 필멸의 존재로 태어난 이상 인간이 죽는다는 것은 자연의 순리였지만, 문제는 남편의 죽음에 대한 책임이 아내인 에르시아에게로 집중되었다는 것이다. 에르시아가 이런 누명을 쓰게 된 것에는 몇 가지 이유가 있었다.

먼저, 에르시아와 남편의 부부 관계가 무척이나 원만했음에도 불구하고 10년이 지나도록 그들에게는 자식이 없었다. 아이가 생기지 않는 것은 전부 여자의 탓으로 돌려졌기 때문에 비난의 화살은 에르시아에게로 집중되었고, 그녀를 못마땅해하는 유력자들도 점점 늘어났다.

또 하나의 이유는 재산 문제였다. 시아노족의 풍습상 남편이 죽으면 남편의 모든 재산은 아내가 물려받도록 되어 있었다. 하지만 아들의 후사조차 가지지 못한 다른 부족 출신의 며느리에게 아들의 막대한 재산을 물려줄 생각은 눈꼽만큼도 없는 시아노의 족장이었고, 심지어는 아들의 죽음에 며느리가 관계된 것은 아닌지 의심하기까지 했다. 의심은 족장의 마음을 탐욕스럽게 갉아먹으며 그 덩치를 불려갔고, 급기야 장남을 잃은 슬픔에 이성을 잃어버린 족장은 당장 에르시아를 살인죄로 처형하려고 했다. 하지만 몇몇 장로들이 나서 흥분한 족장을 극구 만류했다.

에르시아의 슬픈 운명을 가련하게 여긴 탓도 있었지만, 무엇보다 그녀가 암브로스 족장의 딸이라는 이유 때문이었다. 결국 차선책으로 시아노족은 에르시아를 부족에서 추방해 버렸다. 의지할 곳 없는 여자에게는 사실상의 사형선고나 마찬가지인 조치였다.

자신의 딸이 불명예스럽게 추방되었다는 소식은 얼마 되지 않아 바르키오의 귀에도 들어갔다. 에르시아를 가련하게 여긴 아버지는 그녀를 다시 부족으로 불러들였다. 물론 엄청난 반대가 있었다. 일단 출가한 여자는 더 이상 가족의 구성원이 아니라는 전통은 제쳐 두고서라고, 이유가 어떠하든 불명예스럽게 쫓겨난 여자를 다시 받아들인다는 것 자체가 부족의 치욕이었던 것이다. 하지만 바르키오는 딸을 포기하지 않았고, 결국 많은 유력자들이 그에게서 등을 돌리는 결과를 낳았다.

하지만 더 큰 문제는 시아노족의 분노였다. 자신들이 추방한 여인을 바르키오가 다시 받아들였다는 사실이 그들에게도 참을 수 없는 불명예로 느껴진 까닭이었다. 결국 이 사건을 계기로 시아노족과 암브로스족의 사이는 에르시아가 시집가기 이전보다 더욱 악화되어 버렸고, 족장으로서의 바르키오의 권위도 크게 실추되어 버렸다.

그러던 차에 바르키오가 병으로 쓰러졌다. 그가 겪은 일들은 생각하면 병으로 앓아눕는 것이 이상할 것도 없었지만, 아직 60세도 안 된 나이임을 감안하면 병세는 심각할 정도로 점점 나빠지기만 했다. 그리고 바르키오의 와병 소식이 부족 전체에 알려질 무렵 기다렸다는 듯이 카바리노스가 돌아왔다. 수도를 떠난 지 12년 만의 귀환이었다. 그가 돌아온 이후부터 모든 것이 변해 버렸다. 12년 전, 족장에 선출되지 못했던 이유가 자신이 서자(庶子)였기 때문이라고 생각한 카바리노스는 오랜 세월 동안 증오의 칼날을 갈아왔다. 그리고 그의 분노는 이제는 쓰러진 바르키오를 넘어 바르바나에게 미쳤다. 하지만 열등감으로 괴로워했던 세월 속에서 노련함으로 무장된 그는 결코 서두르지 않았다.

바르키오는 악화된 병세에도 불구하고 1년이나 연명했다. 하지만 그것은 오히려 카바리노스가 실권을 잡는 데 큰 도움이 되었다. 1년 동안 자신의 증오를 철저하게 숨긴 그는 부족 유력자들의 마음을 사로잡아 나갔다. 게다가 그는 서자라고는 하지만 전대 부족장의 혈통을 이은 엄연한 계승권자였다. 그에 비해 정통 후계자인 바르바나의 당시 나이는 불과 18세, 바르키오의 뒤를 잇기에는 너무나도 어렸다. 그리고 한 달 전, 바르키오는 힘겨웠던 투병 생활을 마치고 숨을 거두었다. 의심할 여지도 없는 자연사였다. 바르키오의 사후, 섭정(攝

政)이라는 구실로 족장의 권력을 거머쥔 카바리노스는 교묘한 방법으로 바르바나를 점점 고립시켰고, 결국 지금의 바르바나는 이름만 후계자인 빈 껍데기에 불과했다.

한 부족의 지도자가 되기에 19세는 벅찬 나이이긴 하지만, 그렇다고 마냥 어리다고도 할 수 없는 나이이다. 하지만 천성적으로 몸이 허약했던 바르바나는 불행하게도 지금으로서는 그것을 보완해 줄 만한 정신적 강인함을 갖추지 못한 청년이었다. 다만, 에르시아만이 언젠가 자신의 동생이 이 모든 시련을 극복하고 일어설 것임을 믿어 의심치 않았다.

'하지만 내가 동생을 위해 무얼 해줄 수 있지?'

지금의 동생에게 필요한 것은 시간과 힘이 되어줄 든든한 후원자였다.

하지만 지금의 자신은 오히려 동생에게 짐이 되고 있을 뿐, 시간을 벌어주지도 든든한 후원자가 되어주지도 못하는 처지였다. 자괴감에 괴로워하던 그녀는 문득 서탁 위에 놓여 있는 아르제스의 친서에 눈이 갔다.

"그래… 어쩌면!"

그녀는 혼잣말을 내뱉으며 무엇에 홀린 것처럼 서신을 집어 들었다.

"누님?"

갑작스런 에르시아의 행동에 바르바나는 의아한 표정을 지었지만, 그녀의 얼굴은 진지하기 이를 데 없었다.

＊　　　＊　　　＊

회담 제의를 수락하겠다는 암브로스족의 답신을 받자마자 아르제스는 조금의 지체도 없이 일행을 이끌고 동쪽으로 향했다. 하지만 암브로스족의 수도가 있는 피나세아 산맥 방향으로 가는 여정은 무척이나 조심스러웠다. 사실상 위치로 보나 지형적으로 보나 모르사 강(피나세아 산맥에서 발원되어 브로타 항의 남쪽으로 흘러나가는 강으로써, 암브로스족과 시아노족의 경계가 되기도 하는 강이다)의 북쪽 강가를 따라가는 행군로는 군사적 목적으로 쓰이기에는 불안한 점이 많았다. 그리고 비브오락테스의 의도가 의심스러운 상태에서 모든 일은 신중하게 이루어져야 했다.

그런 불안감을 반영하듯 아르제스와 동행한 발가르의 눈은 자꾸만 좌측에 펼쳐진 숲으로 향했다.

"하하, 불안하십니까?"

좀처럼 볼 수 없는 발가르의 모습에 아르제스는 재미있다는 표정으로 물었다.

"당연하지. 우측은 강이고, 좌측은 숲인 좁은 길을 따라 겨우 2개 대대만 이끌고 가는 길인데 불안하지 않을 리가 있겠나? 정말 행군로로서는 최악의 길이로군."

과민 반응일 수도 있었지만, 확실히 발가르의 불안에 근거가 없는 것은 아니었다.

"하지만 별다른 방도가 없었습니다."

발가르의 의견에 전적으로 동의하는 아르제스였지만 지금은 그저 씁쓸하게 입꼬리를 말아 올릴 뿐이었다.

세노아 전쟁 때와는 달리 이번 파병에 있어서 아르제스의 지위는 무척이나 애매했다. 라인 제국의 영토에 이케니아 인 사령관이 파견된 것부터가 그랬다. 가장 난감한 점은 아직까지 명확한 적이 없다는 점이었다. 불온한 기운은 여기저기서 피어오르고 있었지만 딱히 반란의 조짐이 표면으로 드러난 곳은 단 한 군데도 없었다. 반란은 일어나기 전까지는 반란이 아니다. 반란을 모의했다는 것만으로 처벌하기 위해서는 확고부동한 증거가 필요한데, 그런 것은 또 아닌 것이다.

라인 제국은 군사력을 바탕으로 북중앙해를 제패한 패권국이지만 그에 비해 사상과 종교, 그리고 자치권의 보장에 있어서는 매우 너그럽다. 그것은 라인 제국이 정치적·군사적 지배권을 통해서 속주를 다스리려 한다고 하기보다는 라인 제국의 편제하에 있음으로써 누릴 수 있는 경제적·문화적 이점을 통해 장기적인 관점에서의 '동화'를 추구하기 때문이었다.

하지만 이 방법은 효과가 확실한 데 비하여 시간이 걸리는 것도 사실이다. 따라서 '동화'의 이점을 수용할 수 없거나, 아니면 이해하지 못한 사람들에 의해 반란이 일어날 가능성은 얼마든지 있었다. 만약 북부에레냐드가 이케니아에 의해 정복된 곳이었다면 지금과 같은 상황에서의 아르제스는 초강수를 두었을지도 모른다. 하지만 이곳은 엄연한 라인 제국의 속주였고, 아르제스는 라인 제국의 패러다임을 준수하고 싶었다.

하지만 상황이 이래서야 군사를 이끄는 사령관의 입장이 무척이나 난처해진다. 게다가 이케니아 파병군의 근본적인 목적이 어디까지나 군사적 중심 확립을 통한 평화 유지였다. 수동적 입장에 놓인 아르제스가 주도할 수 있는 전장은 지금으로서는 어느 곳에도 없었다. 자그마치 4부족의 경계가 되는 모르사 강을 따라가는 행군길임에도 불과 2개 대대와 일부 기병대만 동행시킨 것도 이러한 아르제스의 고심이 담긴 결정이었다. 지금은 어떤 부족도 자극하고 싶지 않았던 것이다.

거점 진지를 떠나 피나세아 산맥까지 가는 길은 거의 일직선으로 뻗어 있음에도 군단의 행군 속도로 5일이나 되는 가깝지 않은 길이었다. 다행히 행군길은 순탄한 편이었다. 행군 이틀째 되던 날, 강 건너편에서 나타난 베르티손족이 낯선 군대를 경계하며 따라붙었지만, 3일째가 되자 결국 그들도 모습을 감추어 버렸다.

암브로스족 영토의 경계에서 한나절 거리까지 접근한 아르제스는 늦은 오후가 되자 숙영 준비를 지시했다. 내일 새벽 일찍 출발한다면 오후가 되기 전에 암브로스족 사람들과 접촉할 수 있을 터였다. 그런데 숙영지 건설이 한참일 무렵에 한바탕 소란이 일었다. 정찰을 나갔던 기병대의 일부가 급히 말을 몰면서 만들어내는 소음이었다.

"무슨 일이지?"

강가에 앉아 더위를 식히던 아르제스는 고개를 돌렸다. 그에게로 다가오는 인물은 기병대의 장교로 복무 중인 토르피우스의 아들 마르켈루스였다.

"사령관님, 아무래도 사령관님이 직접 가보셔야 할 것 같습니다만……."

급하게 달려온 것과는 달리 아르제스에게 보고하는 말투는 무척이나 낮고 조심스러웠다.

"알았다. 가자."

아르제스도 무언가 심상치 않은 낌새를 느끼고는 더 이상의 질문없이 몸을 일으켰다. 발가르에게 숙영지 건설을 맡긴 그는 근위병들을 이끌고 마르켈루스를 따라 말을 달렸다.

마르켈루스가 안내한 곳은 숙영 장소에서 상류로 1킬로미터 정도 떨어진 곳이었다. 그곳에는 정찰대의 일부가 누군가를 둘러싼 모양으로 무기를 겨누고 있었다.

포위된 인물은 한 기의 말에 올라탄 1남1녀의, 모두 2명의 인물이었는데, 모두들 어두운 색 망토를 뒤집어쓴 탓에 정체를 확인할 수는 없었다. 아르제스가 도착하자 정찰대를 이끌었던 게릭토스가 다가와 낮은 목소리로 말했다.

"사령관님, 저들이 사령관님을 몰래 뵙고자 청하고 있습니다. 일행 중 한 명은 자신이 암브로스 족장의 누이라고 주장하고 있습니다."

"음?"

이제 곧 어두워지기 시작할 시점인 데다 이곳에서 암브로스족 영토까지는 불과 30킬로미터도 떨어지지 않았다. 내일이면 당도할 터인데 부족장의 누이라는 사람이 이렇게 몰래 찾아온 이유를 아르제스는 이해할 수 없었다. 게다가 족장의 누이라도 여성은 회담의 대화 상대가 될 수 없었다. 하지만 오히려 그렇기에 찾아온 이유를 알고 싶었다.

"일단은 만나보도록 하지."

아르제스는 말을 탄 채로 기병대에 포위되어 있는 인물들에게로 향했다.

"무기를 치워라!"

아르제스가 다가서자 기병 장교의 명령에 의해 무기가 치워졌다. 기병대에 의해 만들어진 원 속에서 아르제스와 의문의 인물들이 마주하게 되었다.

"내가 바로 당신이 보고 싶어 하던 사람이다."

아르제스는 당당하지만 고압적이지 않은 태도로 자신의 신분을 밝혔다. 그러자 말 뒤쪽에 타고 있던 사내가 말에서 내려 몸으로 발판을 만들었고, 앞쪽에 타고 있는 여인은 사내의 등을 밟고 조심스럽게 말에서 내렸다. 이어서 그녀는 굉장히 유려해 보이는 예법으로 아르제스에게 경의를 표했다.

"바르키오의 딸이자 바르바나의 누이인 에르시아가 에레냐드의 총독 대행관이신 네모 가이우스님에게 인사 올립니다."

아르제스에게로 걸어나온 인물이 쓰고 있던 망토를 벗자 무척이나 고혹적인 여인의 얼굴이 드러났다. 그리고 그녀의 입에서 흘러나온 말은 유창한 이케니아 어였다. 상당히 의외였지만 이런 심정을 표정으로 드러내지는 않은 채 아르제스는 냉담한 음성으로 물었다.

"그대가 정말 암브로스 족장의 누이인가?"

"그렇습니다."

그녀는 품속에서 아르제스가 보냈던 친서를 꺼내 보였다. 굳이 확인할 필요도 없이 너무나도 선명한 붉은 봉인의 문장만으로도 그 서신이 자신이 보냈던 서신임을 아르제스는 확인할 수 있었다. 그 편지는 그녀의 신분을 말해주는 좋은 증거가 되었다.

"네모 가이우스님, 시간이 많지 않습니다. 저의 이야기를 들어주시겠습니까? 네모 가이우스님에게도 중요한 이야기가 될 것입니다."

에르시아의 눈빛은 결연했지만 목소리는 무척이나 간절했다. 부탁이 아니더라도 그녀가 이렇게 몰래 찾아온 목적이 무엇인지 누구보다 궁금한 아르제스였다. 기병대를 물러나게 한 그는 호위병들만 대동한 채 그녀와의 조용한 자리를 마련했다.

긴 이야기였다. 아르제스와의 독대 기회를 가진 에르시아는 지난 1년 동안 부족 내부에 있었던 일을 소상하게 말했다. 그녀의 이야기 속에는 아버지의 죽음과 자신이 시아노족으로부터 추방당한 이야기도 포함되어 있었지만, 에르시아는 그 모든 슬픔과 수치스러움을 감내했다.

"제가 빠져나올 수 있던 것은 순전히 부족의 제례 행사를 틈타 저에 대한 감시가 소홀해진 탓입니다. 이렇게 네모 가이우스님을 뵐 수 있게 된 것은 정말로 신께서 도와주신 행운이었습니다. 하지만 이후에라도 저의 행적이 발각되게 된다면 아마 저는 목숨을 지키기 힘들 것입니다. 저는 그런 위험을 감수하고 저와 동생의 운명을 네모 가이우스님에게 걸려고 찾아온 것입니다. 부족장으로서의 동생의 정당한 권위를 찾아주십시오. 총독 대행관님과 회담 상대가 되어야 할 사람은 저 카바리노스가 아닌 족장 바르바나가 아닙니까?"

"……."

묵묵히 그녀의 이야기를 듣고 있던 아르제스는 그동안 암브로스족의 태도에 대해 품었던 많은 의문이 풀리는 것을 느꼈다. 확실히 내부가 그토록 혼란스러웠으니 외부로의 대답을 쉽게 할 수 없었을 것이다. 하지만 이 여인의 말이 사실이더라도 아르제스가 남매를 도와줄 이유는 없었다. 사실 일족의 유력자 정도 되는 사람이라면 누구나 야심 정도는 가슴에 품고 산다. 문제는 그 야심이 어떠한 형태로 발현되느냐였고, 에르시아의 말만 가지고는 카바리노스를 위험 인물로 간주할 수는 없다는 것이었다.

"개인의 입장에서는 너희 남매의 처지를 충분히 이해하며 동정한다. 하지만 지금의 나는 공무로 파견된 사람이다. 분란을 일으키지 않고 라인의 법만 준수한다면 누가 암브로스의 족장이 되든 상관이 없다는 말이다. 차라리 지금의 내 입장에서는 너의 소행을 카바리노스에게 알려 그의 신뢰를 사는 편이 더 유리하다고 생각하지 않는가?"

한여름인 데도 냉기가 풀풀 날릴 정도의 차가운 말이었다. 오히려 옆에 있던 마르쿠서스나 호위병들이 다 민망할 지경이었다.

하지만 아르제스의 냉정한 말에도 불구하고 에르시아는 서러움에 오열하지도, 두려움에 비굴해하지도 않았다. 눈동자에 습기를 머금은 것은 어쩔 수 없었지만 피하지 않고 아르제스를 직시하는 그녀의 눈은 오기와 당당함을 담고 있었다.

"그것이 네모 가이우스님의 생각이시라면 저희 남매의 운명은 여기까지이겠지요. 어차피 치욕으로 얼룩진 몸, 목숨 따위는 아깝지 않습니다. 하지만 감히 충고드리겠습니다. 카바리노스는 간교하고 증오와 야심으로 가득 찬 자입니다. 그런 자는 네모 가이우스님과 신뢰로 맺어질 자격이 없습니다. 처음 네모 가이우스님이 오르바나에서 부족장 회의를 소집했을 때, 그가 눈이라도 깜빡했습니까? 그 당시의 카바리노스는 네모 가이우스님을 안중에도 두고 있지 않았습니다. 하지만 막상 사령관님이 군대를 이끌고 오자 카바리노스의 태도가 어떻게 변했습니까? 사령관님의 회담 제의를 단번에 수락하지 않았습니까? 어찌 그런 자와 외교를 논하실 수 있단 말입니까. 네모 가이우스님을 통찰력 넘치는 인물이라고 본 저의 첫인상이 틀렸단 말씀이십니까?"

"……!!"

여성의 말에 이토록 감명받은 것은 어머니 코넬리아를 제외하고는 단연코 이번이 처음이었다. 말의 설득력은 제쳐 두고서라도 이런 상황에서 이토록 당당할 수 있다는 것은 보통의 여인이라면 꿈도 꿀 수 없을 용기였다. 하지만 그것은 어디까지나 개인의 감정이었다.

"그렇다고 해도 너는 또 어찌 믿어야 하는가? 네가 너희 남매의 권위를 되찾아준다고 해서 나에게 이득 될 것이 무엇이며, 또 어떻게 보증할 것인가 말이다. 아니, 그런 것들은 둘째 치고라도 그대가 이런 교섭을 할 자격이나 있단 말이냐?"

아르제스의 말은 에르시아에게 아프게 다가왔다. 그의 말 그대로 지금 그들 남매가 가진 것이라곤 전대 족장의 자녀들이라는 허울 좋은 이름뿐이었고, 가문의 모든 권위와 재산은 삼촌인 카바리노스에게 넘어간 상태였다. 어찌 보면 아르제스의 입장에서는 힘없는 억지로 느껴질지도 모를 일이었다. 하지만 에르시아는 굳게 마음먹었다. 그녀에게는 돌아가신 아버지의 은혜를 보답하고 남아 있는 동생을 보살펴야 할 책임이 있었다.

"저는 비록 보잘것없는 여인에 불과하지만 부족의 안녕을 생각하는 것만으로도 자격은 있다고 생각합니다. 그리고 보증을 원하십니까?"

이렇게 말한 후, 엄숙한 표정으로 몸을 일으킨 그녀는 아르제스의 발치로 다가가 무릎을 꿇고 엎드렸다. 그러고선 아르제스의 발에 입을 맞추며 말했다.

"불멸의 신의 이름 앞에서 맹세합니다. 네모 가이우스님이 제 동생의 권위를 되찾아주신다면, 저희 암브로스족은 씨족의 이름이 지속되는 한 영원히 네모 가이우스님의 피보호자가 될 것입니다. 그리고 저는 이 순간부터 네모 가이우스님의 종이 되어 저희 남매의 의지를 증거하는 사람이 될 것입니다."

따지자면 일국의 공주나 마찬가지인 그녀의 신분에서 쉽게 나올 수 없는 말이었다. 냉정한 표정으로 일관하던 아르제스마저도 상당히 놀란 표정을 지을 수밖에 없었다. 그는 의미 모를 한숨을 내쉬었다.

"후우, 일어서시오."

아르제스는 몸을 낮추어 자신의 발치에 엎드려 있는 그녀의 어깨를 일으켰다. 희생의 의미를 알고 있는 사람은 고귀하다. 아르제스는 진정으로 에르시아에게 감복하고 말았다. 그는 부드러워진 말투로 그녀의 눈을 바라보며 말했다.

"나는 그대와 같은 여인을 종으로 부릴 만큼 대단한 사람이 못 되오. 그리고 이 시점에서 그대가 부탁한 문제에 대해서 약속해 줄 수 있는 것은 아무것도 없소. 하지만 그대가 말한 대로 카바리노스가 그렇게 악덕한 자라면 언젠가는 그대 남매들이 정당한 권리를 찾을 수 있는 기회는 반드시 올 것이오. 그리고 그 기회만큼은 내가 반드시 지켜주겠소. 그때까지 그대의 그 강한 마음을 잃어버리지 마시오."

두 사람은 무릎을 꿇은 채로 그렇게 마주 보고 있었다. 그리고 에르시아의 눈에 맺혀 있던 그렁그렁한 눈물은 이내 뺨을 타고 흘러내렸다. 서러움, 고마움, 부끄러움, 죄책감이 복잡하게 뒤섞여 있어 울고 있는 그녀조차 정확한 의미를 알 수 없는 그런 눈물이었다.

"사려 깊으신 말씀 감사합니다."

그녀는 이 말만을 남기고 되돌아갔다. 하지만 눈물이 멈춘 그녀의 눈이 처음보다 더 강한 결의를 품고 있음을 아르제스는 충분히 느낄 수 있었다.

*   *   *

카바리노스와의 회담 장소는 서신의 교환을 통해 정해진 암브로스족의 경계 부근에서 이루어졌다. 불과 2개 대대 1,200여 명의 병사만 이끌고 온 아르제스의 입장에서는 그 방법이 가장 현실적이었다. 회담 장소에 모습을 드러낸 카바리노스는 무척이나 청수하고 교양있어 보이는 인물이었다. 만약 에르시아 남매를 미리 만나지 못했다면 아르제스마저도 깜빡 속아 넘어갈 정도였다.

회담은 무척 실무적인 분위기에서 이루어졌다. 간단한 인사를 제외하고는 지나치게 예의를 차리지도 않았고, 심지어 말에서도 내리지 않은 채 진행된 마상(馬上) 회담이었다. 당연히 아르제스는 자신이 에르시아를 미리 만났다는 것을 숨겼고, 다행히 카바리노스도 그 사실을 모르고 있었다.

아르제스는 짐짓 모르는 척하며 암브로스족이 내부에 무슨 문제가 있는지를 물었다. 카바리노스는 흠칫했지만 이제는 말 못할 이유가 없었다. 바르키오가 죽은 후 자신은 부족의 장로들로부터 섭정으로서의 권리를 정식으로 인정받은 상태였고, 아르제스가 간섭할 여지는 사라졌다고 생각했기 때문이다.

아르제스도 일단 그의 섭정으로서의 권위는 인정했다. 그러면서 동시에 다시 한 번 자신의 총독 대행으로서의 권위 인정을 요구했다. 하지만 카바리노스 입장에서는 그럴 수 없었다. 총독 대행으로서의 권위를 인정한다는 것은 암브로스족이 에레냐드 속주에 포함됨을 인정하는 것이었고, 그렇게 되면 아르제스가 내정에 간섭할 빌미를 주게 되는 것이다. 카바리노스도 시아노족처럼 속주 경계의 애매함을 물고 늘어졌다.

이렇게 되자 암브로스족을 끌어들이기 위해서 온 아르제스의 입장이 곤란해졌다. 그렇다고 해서 암브로스족과 동맹을 맺을 수도 없는 것이, 동맹이란 것은 대등한 입장 사이에서 체결되는 외교 관계였기 때문이다. 아르제스가 동맹을 맺는다면 암브로스족이 라인 속주에 속하지 않은 독립 부족임을 인정하는 꼴이 되고 마는 것이다.

사실 아르제스가 내정에 간섭할 근거가 없는 것은 아니었다. 속주 경계의 애매함을 아르제스 쪽에서도 얼마든지 물고 늘어질 수 있는 상대적 개념의 문제였다. 하지만 그는 그러지 않았다. 대신 다른 방법을 택했다. 일단 암브로스족의 포섭은 실패로 돌아갔으니 최소한 그들의 중립만은 유지시켜야 한다고 생각했다. 또한 에르시아 남매의 신변도 보장해야 했다. 이것을 관철시키기 위해서 아르제스는 엄포를 놓았다. 명확한 근거없이는 내정 간섭을 하지 않겠지만 암브로스족도 주변 부족에 영향을 줄 수 있는 어떠한 불온한 움직임도 보여서는 안 된다고 주장했고, 이를 어길 시에는 파병군의 전 군사력을 동원해서라도 철저히 응징하겠다고 말한 것이다.

이같은 아르제스의 발언에 카바리노스는 압박감을 느꼈다. 그도 눈앞의 이 젊은 사령관이 어떠한 군사적 명성을 가졌는지 모르는 바는 아니었다. 일단 신중하기로 마음먹은 카바리노스는 아르제스의 요구를 순순히 수용하는 척했다. 나중이야 어떻든 지금은 거짓 약속이라도 못할 이유가 없었다.

하지만 아르제스는 한발 더 나아가 약속에 대한 증거로 볼모를 요구했다. 평상시 같으면 절대 응하지 않았을 카바리노스였지만, 아르제스가 볼모로 요구한 인물들이 에르시아 남매라면 사정이 달랐다. 그들 남매만 없어진다면 자신의 야망을 펼쳐 나가기가 한결 수월해질 터였다. 하지만 에르시아는 몰라도 바르바나를 넘겨주는 것은 조금 곤란했다. 바르바나는 부족의 정통 후계자였고, 혹시나 이케니아 군을 등에 업고 자신을 축출하려는 시도를 할지도 모르는 일이었다. 그래서 카바리노스는 에르시아만을 넘겨주겠다고 했다. 의외로 아르제스도 순순히 카바리노스의 제안을 받아들였다. 아르제스가 진정으로 원한 볼모는 바르바나가 아닌 에르시아였기 때문이다.

*   *   *

동생과 떨어져야 된다는 현실을 무척이나 받아들이기 힘든 에르시아였지만 일단은 아르제스의 의견을 따르기로 했다. 게다가 그녀의 입장에서 딱히 다른 방도가 있는 것도 아니었다. 그래도 불안감과 동생에 대한 걱정은 어쩔 수 없어서 이케니아 군을 따라가는 내내 마음이 무거웠다.

발가르는 그런 그녀의 마음을 쉽게 눈치 챌 수 있었다. 그도 그럴 것이 브로타의 주둔지로 돌아가는 길 내내 그녀와 함께였기 때문이다. 에르시아는 말을 탈 줄 몰랐고, 강변을 행군로로 삼은 마당에 마차를 가져올 이유도 없었기 때문이다. 그래서 행군 시 그녀의 자리는 항상 발가르의 말안장 앞이었다. 발가르는 파병군의 실질적인 2인자이니, 그녀의 신분을 생각한 특별 대우인 셈이었다.

"하아."

에르시아의 입에서 또다시 한숨이 새어 나왔다. 이제는 시야에서도 사라진 피나세아 산맥을 무심코 자꾸 뒤돌아보게 되었지만, 무뚝뚝한 발가르의 눈길을 마주치는 것이 부담스러워 이내 다시 고개를 돌리고 말았다. 에르시아 입장에서는 발가르가 무척이나 무서운 사람이었다. 단아한 인상의 얼굴에 친절하게 대해주는 아르제스에 비해 이 발가르라는 인물은 그녀를 대하는 데 있어서 생긴 것만큼이나 무뚝뚝한 태도로 일관하고 있는 까닭이었다.

"이봐, 아가씨."

"네, 네?!"

상념에 잠겨 있던 에르시아는 등 뒤에서 들려오는 발가르의 목소리에 온몸에 소름이 돋는 기분을 느꼈다. 게다가 민망하기도 했다. 16살에 결혼해 10년이 넘는 결혼 생활을 경험한 29살의 여성에게 아가씨라니.

"동생이 많이 걱정되나?"

의외로 연민이 묻어 있는 목소리였다. 발가르의 말에 에르시아는 말없이 고개만 끄덕였다. 그런 그녀에게서 그는 지금은 죽고 없는 여동생의 모습을 떠올렸다.

"너무 걱정하지 마. 우리 사령관이 지켜준다고 말했으면 지켜지는 거야. 이제 20살에 불과한 나이지만 지나칠 정도로 훌륭한 지휘관이니까."

'20살?'

그녀는 속으로 무척이나 놀라고 말았다. 20살이면 동생 바르바나보다 한 살 많을 뿐이고, 그녀보다는 9살이나 어린 나이이다. 젊다고는 생각했지만 설마 이제 겨우 20살이라곤 상상도 하지 못했던 그녀였다. 그도 그럴 것이, 계속된 야전 생활로 검게 그을린 얼굴 때문에 실제 나이보다 훨씬 많게 느껴졌기 때문이다.

그녀는 앞서 가고 있는 아르제스의 등을 바라보았다. 정치나 군사에는 문외한인 그녀라도 이 많은 사람들의 목숨을 책임진다는 것이 어떠한 의미를 가지는지 모르는바 아니었다. 유난히 든든해 보이면서도 안쓰러워 보이는 아르제스의 어깨를 바라보며 그녀는 알 수 없는 편안함을 느꼈다. 아마 세상의 모든 고통을 자신이 짊어지고 있다고 생각했던 그녀의 과거가 아르제스로 인해 조금은 덜어지는 기분이 들었기 때문이리라.

"놀랐나? 사실 우리 사령관은 말이야, 지금의 라인 황제인 티투스를 제외하고는 내가 보아온 인물들 중에서 가장 뛰어난 인물이다. 게다가 좀처럼 지기 싫어하고 의외로 고집이 센 인물이지. 그런 사람이 자신의 입으로 한 약속이다. 충분히 믿을 만하지 않겠나? 원래부터 생각을 숨기길 좋아하는 녀석이라 잘은 모르겠지만, 분명 네 동생을 지킬 만한 방책을 생각해 두었을 거다."

나름대로 위로의 말을 건넨 발가르는 자신을 향해 반쯤 고개를 돌린 에르시아를 향해 가볍게 미소 지어주었다. 의외로 웃는 얼굴이 잘 어울리는 남자라는 생각을 한 그녀는 발가르를 향해 보일 듯 말 듯한 미소로 답례했다.

발가르의 투박한 위로는 의외로 효과가 좋았다. 그녀는 마음을 편히 갖기로 했다.

*　　　　*　　　　*

회담을 마친 후, 6일간의 행군을 거친 아르제스의 일행은 주둔지를 반나절 거리에 두고 기병으로 이루어진 이케니아 군 정찰대와 마주쳤다. 멀리서도 한눈에 총사령관 기를 알아본 정찰대는 재빨리 아르제스에게로 다가왔다.

행렬의 선두로 다가와 군례를 올리는 기병 장교의 얼굴은 유난히 딱딱하게 굳어 있었다.

"사령관님, 잠시 행렬을 멈추어주십시오."

정찰대의 대장은 신뢰할 만한 장교로 꾸려져 있었다. 일주일 만에 귀환하는 사령관의 행렬을 멈출 정도라면 분명 이유가 있을 터였다. 아르제스는 왼손으로 말고삐를 옮겨 쥐며 오른손을 가볍게 들어올렸다.

"전군 정지!"

아르제스가 신호하자 발가르가 행렬 정지 명령을 내렸고, 그리 많지 않은 병사들로 이루어진 고참병의 행렬은 빠르게 걸음을 멈추었다. 행렬이 정지하자 기병 장교는 말을 붙여 아르제스에게 가깝게 다가왔다. 그리고는 낮은 목소리로 속삭이듯 말했다.

"주둔지에 설사병이 돌고 있습니다."

"설사병이라니?! 아니, 그것보다 돌고 있다니?!"

이케니아 인들이 부르는 설사병은 상한 음식을 먹었을 때의 배탈과 설사 증세를 말한다. 하지만 '돈다' 라는 말은 전염된다는 말이 아닌가?

"이질인가?!"

아르제스는 미간을 찌푸리며 물었다. 아마 이 기병 장교는 차마 '이질' 이라는 말을 입에 담기가 죄스러웠으리라.

"그렇습니다."

기병 장교는 침통한 음성으로 말했다.

"일단 직접 상황을 봐야겠다."

아르제스는 병사들을 대기시킨 채 근위병들만 대동하고 빠르게 말을 몰아갔다.

동쪽 진문을 통해 주둔지로 진입하자 영내의 어수선한 분위기가 한눈에 들어왔다. 입가를 수건으로 가리고 다니는 병사가 적지 않게 눈에 띄었고, 한쪽 구석에서는 시체를 태우는지 연기와 함께 노린내가 풍겨왔다. 간단한 피해 상황을 보고받은 아르제스는 즉각 칼쿨루스를 사령관 막사로 소환했다.

"도대체 어떻게 된 것인가, 칼쿨루스?"

자신이 없는 동안 주둔지 지휘를 책임졌던 칼쿨루스를 소환한 아르제스는 냉정한 목소리로 따져 물었다. 이유가 어떠하건, 병사의 건강을 책임진 지휘관으로서 전염병을 막지 못한 것은 크나큰 직무 유기였다.

"면목이 없군."

세노아에서 아쿠타의 상륙을 허용했을 때도 당하지 않았

던 추궁이다. 칼쿨루스는 무척이나 굳은 표정으로 일관하고 있었다. 사실 아르제스도 이것이 개인의 책임으로 돌릴 문제가 아님은 잘 알고 있는 사실이었다. 하지만 누군가는 책임을 져야 하는 것이 군대라는 것도 잘 아는 두 사람이었다.

"조치는 어떻게 했나?"

"증상을 보이는 병사들은 모두 격리시키고 군의(軍醫)의 처방대로 환자들에게 매시간 소금물을 마시게 하도록 지시했네. 만약을 대비해 영내의 모든 우물들은 메우도록 지시했고, 당분간 식수는 끓인 물만 사용하도록 명령했네."

이질을 막지는 못했지만, 발병 이후 칼쿨루스의 대처는 신속하고도 적절했다. 이질은 가벼운 병은 아니지만 그렇다고 치명적인 병도 아니다. 이질로 목숨을 잃는 경우는 몸이 허약한 어린이나 노약자이거나, 무지로 인해 적절한 치료를 받지 못했을 때가 대부분이었다. 파병군의 병사들은 20대 초반에서 30대 초반까지의 건장한 남성들이었고, 이질의 증상을 완화시키고 전염을 막는 방법은 그리 어려운 것들이 아니었다. 덕분에 이질의 확산 기세는 많이 누그러져 있었고, 병사들 사이의 공포도 많이 가라앉은 상태였다.

"알겠네. 이후의 모든 조치도 맡기지."

칼쿨루스의 심정을 이해하는 아르제스는 더 이상 그를 추궁하지 않았다. 나중에 밝혀진 사실이었지만, 병사들의 집단 이질 발병은 하나의 오염된 우물 때문이었다. 유독 그 우물만 오염된 이유까지야 알 수 없었지만, 전염성이 강하지 않은 이 질이 이처럼 한꺼번에 발생한 것도 급수원이 오염된 이유에 서였다. '불운의 사나이' 라는 후세의 장난기 섞인 평가가 전혀 무색하지 않은 칼쿨루스였다.

비공식적으로는 칼쿨루스에게 책임을 물었지만, 아르제스 의 공식적인 책망은 모두 병사들에게로 돌아갔다. 이처럼 전염병이 퍼진 것은 위생 관리를 철저히 하라는 지휘관의 지시를 병사들이 어겼기 때문이며, 그렇게 함으로써 자신뿐만 아니라 동료의 건강마저도 위태롭게 만들었다는 것이 책망의 이유였다.

아르제스가 병사들에게 책임을 돌린 것은 2가지 이유 때문이었다. 하나는 지휘관의 권위를 손상시키지 않기 위해서였다. 낯설고 먼 땅에 파병되어 있는 군대의 특성상 지휘관에 대한 신뢰는 절대로 훼손되지 말아야 했다. 두 번째 이유는 병사들에게 위생에 대한 자각을 일깨우기 위해서였다. 3만 명이나 되는 인원의 단체 생활에서 위생의 근본적인 책임은 개인에게 부여된 문제였다. 하지만 채찍이 있으면 당근도 있어야 하는 법, 아르제스는 환자들이 격리된 막사로 몸소 찾아가 '어서 빨리 회복해 자랑스러운 이케니아 군으로서의 책무를 다하라' 는 격려를 잊지 않았다.

사후 처리는 잘 이루어졌지만 이번 전염병이 이케니아 군에 입힌 피해는 결코 만만치 않았다. 사망자는 200여 명에 불과했지만 이질로 고통받고 있는 환자의 수는 전체 병사의 1/10인 3천여 명에 이르렀다. 적절한 치료만 받는다면 보름에서 한 달 정도 후 대부분 회복되겠지만, 바꾸어 말하자면 5개 대대에 해당되는 전투력을 그 기간 동안 전혀 쓸 수 없게 되었다는 말이다.

*　　　　*　　　　*

7월 중순. 이 무렵 브로타에서는 흉흉한 소문이 돌기 시작했다. 브로타 해전에서의 패배 이후 한동안 잠잠하던 켈리족이 다시 한 번 브로타를 노리고 있다는 소문이었다. 소문은 당장에 아르제스의 귀에도 들어갔고, 진위를 확인할 필요성을 느낀 아르제스는 켈리족으로 사절을 급파했다. 만약 소문이 사실이라면 엄중히 경고할 생각이었다. 하지만 켈리족의 공식 입장은 소문에 대한 완강한 부인이었다. 자신들은 브로타를 침략할 생각도 없으며, 아르제스의 위엄을 손상시킬 생각도 없다는 것이었다.

그러나 켈리족의 입장 표명에도 불구하고 이러한 소문은 전혀 가라앉지 않았다. 오히려 무장한 켈리족 함대를 보았다는 브로타 선원들의 말이 퍼져 긴장감은 더욱 고조되어 가는 형편이었다. 아르제스는 이 문제를 심각하게 받아들였다. 아르제스가 주둔하고 있는 곳은 가도가 미치지 않은, 즉 육상 수송로가 제대로 확보되지 않은 곳이었다. 브로타 항구는 종군 상인들이 드나드는 주요 창구이자 이케니아 군 보급로의 핵심 거점이었다. 물론 실제로 켈리족이 브로타 항구를 노린다고 해도 빼앗기지 않을 자신은 있었다. 브로타 항구는 여러모로 수비에 유리한 지형을 갖춘 항구였기 때문이다. 하지만 불온한 움직임을 보이는 켈리족을 그대로 방치할 수는 없었다.

아르제스는 실질적인 군사행동을 심각하게 고민하기 시작했다. 하지만 쉽게 결정 내릴 수 없었던 것은, 자신이 군사를 움직임으로써 주변의 다른 부족이 자극받을까 우려되었기 때문이다. 파병군이라는 입장은 여러 면에서 아르제스를 소극적으로 만들었고, 치명적인 약점으로 작용하고 있었다. 게다가 브로타 해전 때와는 달리 지금의 아르제스는 대해에서 전투에 적합한 함선을 보유하고 있지 못한 상태였다. 해양 부족인 켈리족과 일전을 벌이기에는 여러모로 불리한 점이 많았다.

그러던 차에 카나이족으로부터의 사절이 도착했다. 아리시오투스가 사령관과 회담을 가지고 싶어 한다는 전언이었다. 난데없는 회담 제의 의도가 조금은 미심쩍은 아르제스였지만, 후에 '교섭은 물과 같이, 전투는 불과 같이' 라는 격언을 남긴 그였던 만큼 교섭에 응하는 태도는 무척이나 유연했

다. 아르제스는 일단 교섭에 나서기로 했다. 더욱이 카나이족
의 영향력을 이용한다면 켈리족의 불온한 움직임을 제재할
수 있을지도 모른다는 기대감도 있었다. 아직까지는 '교섭을
통한 문제 해결'에 대한 희망을 포기하지 않은 아르제스였
다.

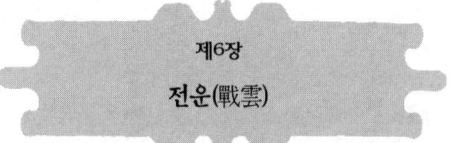

제6장

전운(戰雲)

아르제스 전기

소문은 3가지 본질을 가진다. 바람만큼이나 빠르고, 벽으로도 막을 수 없으며, 듣는 사람에 의해 자의적으로 해석된다는. 이케니아 군에게 닥친 전염병에 대한 소문에도 이런 본질이 모두 적용되었다.

"이케니아 군의 숙영지에 전염병이 돌았다니?! 그것이 사실이냐?"

이케니아 군에게 닥친 불행의 소식은 미처 전염병이 가라앉기도 전에 비브오락테스에게까지 알려졌다. 소식을 가져온 심복의 면전에서 비브오락테스는 흥분으로 붉어진 얼굴을 감추지 못했다.

"그렇습니다, 판관(判官)님."

"피해는? 얼마나 죽고, 어느 만큼이나 고통받고 있느냐?! 어서 자세히 말하라!"

"검은 설사병이 돌았나 봅니다. 수천 명이 병에 걸려 숙영지는 거대한 무덤을 방불케 할 지경이라고 합니다. 영내에는 시체 썩는 악취와 통곡이 진동하며, 병사들의 사기는 땅에 떨어져 탈영자도 속출한답니다."

두려움은 두려움을 낳고, 오해는 오해를 낳는다지만 이 정도면 거의 창작 희곡이었다. 하지만 이케니아 사람들과는 달리 에레냐드 사람들에게는 이질은 아주 무서운 전염병으로 인식되고 있었다. 피와 점액질이 섞여 나오기 때문에 이질에 걸린 사람의 대변은 무척이나 짙은 색이다. 그래서 에레냐드 사람들은 이질을 '검은 설사병'이라 부르며 무척이나 두려워하고 있었고, 실제로 카나이족에서는 이 병으로 일가족 전체가 죽는 경우가 드물지 않았다.

"하하하! 운명이 라인 제국을 버리고, 가이우스의 지혜가 바닥을 드러내었구나."

어차피 거병(擧兵)을 결심한 비브오락테스였다. 하지만 좀처럼 거병의 계기를 잡지 못하고 있던 그에게 이케니아 군의 이번 불행은 절호의 기회가 될 터였다. 물론 그는 소문의 전부를 믿을 정도로 경솔한 인물은 아니었다. 하지만 그도 인간인지라 소문을 자기에게 좋은 쪽으로 생각하는 것이 소문의 진상을 확인하는 것보다 앞서 버렸다.

　그는 즉시 한 통의 서찰을 작성했다.

　켈틸, 시아노족의 영도자이자 나의 친구여. 그대에게 한 가
지 기쁜 소식을 전하고자 하오. 드디어 우리에게 기회가 왔
소. 브로타에 눌러앉아서 사사건건 우리들의 권리에 간섭하
던 이케니아의 군대가 전염병이라는 큰 불운을 맞이해 크나
큰 고통을 겪고 있다고 하오. 이것이 신이 주신 계시가 아니
고 무엇이겠소? 이제는 약속대로 우리가 힘을 모아 군사를
일으킬 때요. 나는 이 편지를 보내자마자 우르손으로 향할 것
이오. 그래서 전체 부족민들 앞에서 우리의 독립과 자유를 외
칠 것이오.

　켈틸, 그대도 군사를 일으켜 암브로스의 카바리노스를 응
징해야 할 때이오. 그는 내가 내민 손을 잡는 척하면서 이케니
아의 네모 가이우스와 내통하고 있는 자요. 게다가 얼마 전에
는 에르시아마저 볼모로 넘겼다고 하오. 명예스러운 시아노족
에게 이 얼마나 부끄러운 일이오?

　그대의 신실(信實)한 친구로서 나는 그대의 불명예를 바라
보고만 있을 수 없소.

　게다가 그대의 거병은 우리의 승리를 위해서도 무척이나
중요한 일이오. 카나이족의 땅은 넓소. 그리고 주변 부족들을
결집시키고 병력을 모으는 데는 시간이 필요하오. 그대가 아

르페스의 시선을 끌어주기만 한다면, 맹세컨대 올해가 끝나기 전에 나는 10만이 넘는 군대를 일으킬 수 있소.

하지만 그대 또한 걱정하지 마시오. 그대가 군사를 일으킨다면 동쪽에서는 나의 오랜 친구인 야누이 왕국의 정병들이 그대를 지원할 것이오. 그리고 나 또한 빠른 시간 버에 카나이의 정예 용사로 암브로스의 정벌을 지원할 것이오. 또한 아르페스라는 자가 유명한 장수이긴 하지만, 그의 무명(武名)은 순전히 그들의 땅과 메카나에서 쌓은 것이오. 눈조차 버리지 않는 곳에서 온 군대가 어찌 혹독한 환경에서 단련된 우리의 전사들에 비하겠소? 그대가 두려워할 이유는 전혀 없다고 보오.

켈틸, 이제 우리들의 정당한 권리를 찾고, 선대에서부터 버려오는 원한을 청산할 때가 온 것이오. 모든 일이 끝나면 그대는 암브로스쪽의 영토를 손에 넣을 것이고, 나와 함께 왕의 칭호를 누리며 후세에 길이 이름을 남길 수 있을 것이오. 부디 청하건대 이런 절호의 기회를 망설임으로 허비하지 마시오. 빠른 답장을 기대하겠소.

장문의 서찰이었지만 미리 생각해 두었던 내용이기에 서찰를 써나가는 손길엔 거침이 없었다. 잉크가 마르자마자 재빨리 서찰을 봉인한 그는 그것을 심복에게 건네며 말했다.

"너는 이 편지를 시아노의 켈틸에게 전하거라. 그리고 이곳에 있는 피보호 가장들을 전부 소집해라! 우르손으로 향해야겠다!"

"네, 주인님."

비브오락테스는 주먹을 불끈 쥐며 자리에서 몸을 일으켰다. 이미 카바리노스가 아르제스와 회담을 가졌고 볼모도 넘겼다는 소식은 비브오락테스의 귀에도 들어와 있는 상태였다. 비록 비밀에 가깝게 이루어진 회담이었지만, 비브오락테스의 눈과 귀는 전 에레냐드에 심어져 있었다. 비브오락테스도 카바리노스가 이케니아 군과 진심으로 손을 잡을 것이라고는 생각하지 않았다. 하지만 카바리노스가 자신에게 적극적으로 협조할 생각이 없음도 사실이었다. 이것은 비브오락테스에게 좋은 구실이 될 수 있었다. 그는 암브로스족을 전운의 씨앗으로 사용하기로 마음먹었다.

*　　　*　　　*

아르제스와 카바리노스의 회담이 있은 지 열흘 후, 암브로스족에게는 또 다른 위기감이 감돌고 있었다. 부족민들을 근심스럽게 했던 바르키오의 와병과 죽음은 카바리노스에게는 위기가 아닌 기회였지만, 이번에 찾아온 위협은 카바리노스에게도 심각한 문제로 다가왔다.

위기의 근원지는 암브로스족과 모르사 강 하나를 두고 맞서고 있는 시아노족이었다. 며칠 전, 시아노족의 사절이 암브로스족을 방문했다. 사실 근래에 거의 왕래가 없었던 두 부족이었기에 사절의 방문은 카바리노스에게도 상당히 의외였다. 그리고 시아노족의 사절이 꺼낸 요구 사항은 더욱더 의외였다.

'에르시아의 신병을 인도해 달라.'

시아노족의 요구는 다름 아닌 추방된 에르시아의 신병이었다. 표면적 이유는 실추된 시아노족의 명예를 회복하겠다는 것이었다. 이것은 상식적으로 말이 안 되는 주장이었다. 에르시아가 추방된 후 바르키오의 희생적 노력으로 복귀한 지 벌써 3년이 지난 시점이었다. 이제는 사람들의 기억 속에서도 희미해져 가는 일을 지금에 와서 다시 꺼낼 이유가 없었다. 하지만 시아노족의 사절은 이것이 엄청나게 중요한 일인 양 부족 간의 전쟁까지 거론하며 으름장을 놓았다. 그리고 실제로도 부족의 전 병력을 모르사 강 북쪽 연안에 집결시키고 있는 상태였다. 단순한 허풍으로 취급하기에는 너무나 적극적인 행보였다.

하지만 에르시아는 이미 이케니아 군에 볼모로 바쳐진 상태였다. 카바리노스는 난처한 입장에 빠지고 말았다. 그에게 남겨진 선택은 3가지였다.

첫 번째는 이케니아 군에게서 다시 에르시아를 찾아와 시아노족의 요구를 들어주는 것이었다. 하지만 이것을 아르제스가 승낙할 가능성은 거의 없었다.

두 번째는 카나이족의 실력자인 비브오락테스에게 중재를 요청하는 일이었다. 비브오락테스와 시아노족의 족장이 서로 사돈지간이라는 것은 카바리노스도 익히 아는 사실이었다.

세 번째는 부당한 시아노족의 요구를 묵살하고 전쟁을 불사하는 것이었다.

하지만 카바리노스는 셋 중 어느 하나도 쉽사리 선택할 수 없었다. 전쟁을 불사하자니 지나치게 호전적으로 나오는 시아노족의 속내가 의심스러웠고, 카나이족과 가까운 시아노족과 전쟁을 벌이는 것은 아무리 생각해도 암브로스족이 불리했다. 하지만 그렇다고 비브오락테스에게 중재를 요청하는 것은 그에게 꼬투리를 잡힐 위험이 너무 컸다. 그리고 아르제스에게 도움을 요청하기에는 명분이 없었다. 지난번 회담에서 그의 총독 대행으로서의 권위를 인정하지 않았기 때문이다.

고민 끝에 카바리노스는 일단 비브오락테스와 아르제스 모두와 접촉하기로 마음먹었다. 이전에도 그는 한쪽 세력에 치우치지 않게 처신해 왔지만, 이번만은 주동적인 선택이 아닌 어쩔 수 없는 피동적 선택이었다. 카바리노스는 양측에 사절을 보내어 아르제스에게는 시아노족의 무도함을 알려 그들을 압박해 줄 것을 요구하는 서찰을, 비브오락테스에게는 그의 명성과 공명정대함에 호소하며 적절한 중재를 요청하는 서찰을 보냈다.

하지만 카바리노스도 라인—이케니아 측과 함께할 것인지 비브오락테스와 함께할 것인지에 대한 태도를 조만간 명확히 결정지어야 함을 알고 있었다. 어느 쪽도 자신이 원하는 바는 아니었지만 전란의 시대를 홀로 헤쳐 나가기에는 암브로스족의 힘이 너무나 미약했다. 이제 모든 것은 아르제스와 비브오락테스의 태도에 달려 있었다. 둘 중 어느 쪽이 암브로스족에 호의적인 태도를 보이느냐에 따라서 카바리노스의 결정도 달라질 터였다.

하지만 양측 모두가 거절할 경우도 생각해야만 했다. 카바리노스는 부족의 전사들을 소집하도록 명했다. 최소한 전쟁에 대한 준비만은 철저하게 이루어져야 했다.

*　　　　　*　　　　　*

7월 22일. 아리시오투스와의 회담을 위해 아르제스는 1군단 전체를 이끌고 카나이족의 영토로 북상했다. 회담의 장소로 결정된 사브리바는 주둔지에서 80킬로미터나 떨어진 곳에 있었기 때문에 이례적으로 1개 군단이나 되는 대병력을 거느리고 떠난 것이다. 사령관의 안전 문제도 있었지만, 무엇보다 이케니아 군의 위용을 과시함으로써 아리시오투스를 압박하기 위한 목적이 컸다. 하지만 3일을 행군해 사브리바를 반나절 거리에 두었을 때, 사절을 통해 회담을 취소하겠다는 통보가 전해졌다. 건강상의 문제를 핑계 삼긴 했지만 너무나 갑작스럽고 일방적인 통보였다.

"어이가 없군!"

카나이족의 사절 앞에서 아르제스는 분노를 감추지 않았다. 무참히 구겨진 자존심을 내버려 두고서라도 자신의 호의를 이용하는 듯한 비브오락테스 형제의 행동이 아르제스를 분노하게 한 것이다.

이 광경을 지켜보던 게릭토스는 창을 쥔 오른손에 힘이 들어가는 것을 느꼈다. 속주의 부족장이 총독 대행관과의 회담 약속을 어기고 겨우 3명의 야만스러운 병사들을 사절이랍시고 보낸 것이다. 아르제스에 대한 충성심이 남다른 게릭토스로서는 참을 수 없는 모욕이었다.

"이놈들을 죽이고 가죽을 벗겨 버리겠습니다. 허락해 주십시오."

게릭토스는 쥐어짜는 듯한 음성으로 말했다. 이케니아 말을 알아들을 리 없는 사절들이었지만 게릭토스와 호위병들의 분노는 그들에게도 여실히 전달되었다. 사절들은 겁에 질린 채 어쩔 줄 몰라 했다.

"그만! 섣부르게 행동하지 마라!"

아르제스는 단호한 목소리로 게릭토스를 제지했다. 오르

바나에서는 서슴없이 길잡이의 목을 잘랐던 아르제스였지만 지금은 상황이 달랐다.

"하지만 사령관님!"

"이놈들을 죽인다고 해서 땅에 떨어진 나와 이케니아의 명예가 회복되는 것은 아니다. 게다가 이놈들도 그저 희생양일 뿐이야. 분풀이로 죽여서 괜한 빌미를 줄 수는 없다."

상대가 무력에 호소하지 않는 한 나도 무력에 호소하지 않는다. 이것은 공정함을 자처하는 자라면 누구나 명심해야 할 격언이었다. 아르제스가 처한 현실은 복잡했다. 이케니아 연맹, 라인 제국, 그리고 북부에레냐드의 수많은 부족 간의 이해관계 속에서 그는 직감적으로 가장 중요한 것이 무엇인지 알고 있었다. 그것은 바로 명분이었다. 때문에 한순간의 분노로 명분에 흠집을 낼 수는 없었던 것이다.

아르제스는 브로타에서 데려온 통역관을 통해 다음과 같은 말을 전하게 했다.

"오늘 보여준 족장의 호의는 평생 동안 잊지 않겠노라. 족장의 쾌유를 빈다."

이 말을 마친 아르제스는 아무런 망설임 없이 회군 명령을 내렸다. 아리시오투스의 의중을 정확히 알 수야 없지만 급환이 생겼다는 핑계는 거짓일 가능성이 높았다. 외교에 있어 가장 중요한 신뢰와 호의가 깨어진 이상, 카나이족을 중심으로 북부에레냐드를 안정화시킨다는 복안은 사실상 실패로 돌아갔다고 보는 게 옳았다. 오히려 이런 자신의 계획이 비브오락테스 형제의 오만함을 더욱 키워준 꼴이 되고만 것이다. 아르제스는 자신의 대처가 북부에레냐드의 전운을 막기에는 불충분하고도 부적합했음을 인정할 수밖에 없었다. 아니, 어쩌면 처음부터 자신이 노력과는 상관없이 정해진 수순을 밟고 있는 것일지도 몰랐다. 이 순간 그는 북부에레냐드의 살얼음판 같은 평화가 얼마 지나지 않아 깨어질 것임을 직감하고 있었다.

*   *   *

비브오락테스는 수백 킬로미터 떨어진 곳에서도 카바리노스의 생각을 훤히 꿰뚫고 있었다. 그는 약점을 잡고 사람의 마음을 흔드는 데는 타고난 재능을 가진 인물이었다. 그의 눈과 귀는 대부분의 주요 부족들의 심장부에 교묘하고도 깊게 침투해 있었다.

모든 것은 그가 의도한 방향으로 흘러가고 있었다. 시아노족이 말도 안 되는 구실로 분쟁을 일으킨 것도 그러했고, 카바리노스가 자신과 아르제스를 상대로 2중 협상을 벌이려고 하고 있는 것도 그랬다.

시아노족의 위협에 대한 카바리노스의 의중을 알아낸 그는 그 즉시 행동에 들어갔다. 먼저 모르사 강에서 하류 지점에서 20킬로미터 정도 떨어진 마을에서 대기하고 있는 심복들에게 연락해 아르제스에게로 파견되는 카바리노스의 사절을 어떤 이유를 대서라도 억류하라고 명령했다. 암브로스족의 영토에서 이케니아 군의 주둔지로 가려면 잔인하고 배타적인 베르티손족의 영토를 거치지 않는 한 무조건 카나이족의 영토를 거쳐야 했다. 중요한 것은 시간이었다. 시아노족이 암브로스족을 침략한 사실은 너무 빨리 알려져서도, 그렇다고 너무 늦게 알려져서도 안 되었다.

그리고 카바리노스에게는 '시아노족과의 중재 요청을 기쁜 마음으로 받아들이겠노라' 는 내용의 친필 서신을 전달케 했다. 하지만 실재로는 전혀 중재에 응할 마음은 없었다. 암브로스족은 그에게 있어서 일종의 희생양이었다.

*　　　*　　　*

오르바나의 판관 게브오리쿠스의 거처는 오늘 따라 유난히 적막했다. 라인식으로 꾸며진 그의 집무실에는 몇 개의 호롱불만이 어둠을 밝히고 있었고, 가끔 불을 보고 날아든 벌레들이 타면서 작은 소음을 만들었다. 그리고 불빛에 비친 게브오리쿠스의 얼굴은 깊어진 주름이 만들어내는 어두운 그림자에 잠겨 있었다.

쪼르르—

그때 숨 막히는 무음(無音)을 깨며 투박한 청동 잔에 포도주가 맑은 소리를 내며 채워졌다. 방금 전 우르손에서 온 사자가 부족 전체 회의의 소집을 알리고 간 이후로 게브오리쿠스는 포도주를 벗 삼아 말없이 깊은 생각에 잠겨 있었다.

"크음!"

아르제스가 선물로 주고 간 포도주였다. 하지만 그 유명한 가이우스 가의 포도주도 지금은 쓰기만 했다. 에레냐드는 의외로 소문이 빠른 곳이다. 비브오락테스가 자신의 모든 세력을 이끌고 수도로 오고 있다는 사실은 게브오리쿠스의 귀에도 이미 들어가 있었다. 그리고 때마침 그의 동생인 아리시오투스는 부족 전체 회의를 소집했다.

'올 것이 왔구나. 역시 피할 수 없는 것인가?'

일찍이 비브오락테스 형제의 야심을 눈치 채고 있던 그이다. 이케니아의 대군이 상륙한 상태에서 비브오락테스가 이처럼 본격적인 행보를 시작할 이유는 딱 한 가지뿐이라고 생각했다.

게브오리쿠스는 잔을 내려놓고 손바닥 2개만 한 종이를 꺼내어 이케니아 어로 된 서신을 작성했다. 그러고서는 옆에 서 있던 수석 노예에게 말없이 서신을 건넸다. 편지를 받아 든 수석 노예는 서신을 반듯하게 접어 양초 그릇을 초에 달구어 능숙한 솜씨로 봉인했다. 그러고선 다시 주인에게 편지를 건네려고 했다. 하지만 게브오리쿠스는 쓸쓸하게 웃으며 고개를 가로저었다.

"아니다. 그것은 네가 보관해야 할 편지다."

"무슨 말씀이신지……?'

수석 노예는 일종의 집사이자 비서와 같은 존재이다. 보통
때 같으면 자신에게 대필시켰을 편지를 주인이 집적 쓴 것은
그만큼 중요한 내용이기 때문일 것이다. 그런데 그런 편지를
자신이 보관하라니? 수석 노예는 이해할 수 없다는 표정을 지
었다.

"허허허, 만약 내 운명이 다하지 않았다면 그저 한 줌의 재
로 사라질 편지이지만, 아마도 그런 행운은 없을지도 모르겠
구나."

"주인님."

운명의 불길함을 논하는 게브오리쿠스의 말에 수석 노예
는 불안감을 감추지 못했다.

"만약 나의 신변에 대한 나쁜 소식이 들리거든 너는 즉시
나의 가족들을 이끌고 이곳을 떠나 남쪽으로 향하거라. 가서
네모 가이우스 총독 대행관 각하에게 그 서찰을 전해라."

회의 소집 명령에 응해 수도로 간다면 아마 다시 오르바나
로 돌아올 수 있는 가능성을 그리 높지 않을 것이었다. 어떤
형태로든 신병을 구속당할 것이 뻔했기 때문이다. 물론 잠자
코 비브오락테스 형제의 야망을 방관한다면 상관없겠지만,
그는 그럴 생각은 추호도 없었던 것이다. 그는 백성의 수호자

이자 중재자인 판관으로서 신념에 충실하고 명예를 지킬 수 있기를 바라고 있었다. 피할 수 없는 운명임을 알면서도 그에 맞서는 자의 태도는 비장하다. 주인의 마음을 이해한 수석 노예는 고개를 깊이 숙이며 말없이 명을 받들었다.

수석 노예가 거처를 나간 후, 게브오리쿠스는 뒤로 손을 집으며 서탁에 몸을 기대었다.

툭!

서탁 위에서 투박한 소리가 나며 향긋한 냄새가 퍼져 나갔다. 포도주 잔이 엎질러진 것이다. 잔에서 흘러나온 선홍빛 액체는 아마포가 깔린 서탁 위를 선명한 핏빛으로 물들이며 서서히 번져 가고 있었다.

다음날, 그는 몇 명의 노예만을 거느린 채 우르손으로 향했다. 피보호민들은 전혀 거느리지 않은 초라한 행렬이었다.

*　　　*　　　*

히이이—잉!

고삐가 끌어당겨지자 거대한 흑마는 거칠게 투레질한다. 거친 야성의 기질이 그대로 살아 있는 듯한 그 흑마는 진흙이 묻어 유난히 무거워진 발굽이 불만인 듯 몇 번이나 제자리걸음을 했지만, 말 위의 주인이 투박한 손으로 갈기를 쓰다듬어

주자 언제 그랬냐는 듯 얌전해졌다.

투박한 손을 따라 올라가면 태양에 그을린 거친 암갈색 피부가 황금으로 양각된 화려한 완갑과 묘한 대비를 이룬다. 눈어림으로도 180센티미터는 넘어 보이는 이 젊은 사내는 계절에 걸맞지 않게 늑대 가죽으로 장식된 두터운 망토를 입고 있었다. 하지만 이런 위압적인 분위기에 비해 그의 얼굴은 무척이나 단아하다. 사각 턱과 짙은 눈썹, 그리고 얼굴을 검게 뒤덮고 있는 구레나룻을 생각한다면 무척이나 모순되는 말이지만, 단정하게 묶어 넘긴 올이 가는 머리카락이나 티 한 점 없이 깨끗한 그의 피부를 생각하면 의외로 단아하다는 표현이 어울릴 법도 하였다.

거친 야생마의 주인은 언덕마루에 서서 눈앞에 놓여 있는 장대한 산맥을 오만하게 바라보았다. 거대한 자연 앞에선 그의 표정은 비장감보다는 어린아이 같은 장난기와 호기심으로 가득했다. 하지만 뒤에서 이 사내의 등을 바라보는 장년인의 표정은 엄숙하다고 할 정도의 경외감을 담고 있었다. 그 자신도 수많은 전장을 헤쳐 온 역전의 용사였지만, 눈앞의 이 인물은 '왕자' 고귀한 혈통에 걸맞게 자신과는 타고난 그릇이 다른 듯했다. 가끔은 그 점이 자신을 곤혹스럽게 하지만 말이다.

"발카자르."

나이에 비하면 연륜과 위엄이 묻어나는 음성이다. 청년의 부름에 장년인은 상념에서 깨어나 절도있는 목소리로 대답했다.

"말씀하십시오, 전하."

"저 산맥 너머에 재미있는 녀석이 와 있다지?"

청년의 말을 들은 발카자르는 마음 한편이 싸늘해짐을 느꼈다. 그는 이 청년이 말하는 '재미있는 녀석' 이 누군지 짐작할 수 있었다. 또한 청년의 말투에는 노골적인 호승심이 묻어나고 있는 것이다. 하지만 지금은 때가 아니었다. 그는 차분한 어조로 조심스럽게 말했다.

"전하, 저희의 목적은 어디까지나 암브로스족의 주의를 끄는 것입니다. 지금은 산맥을 넘어갈 때가 아닙니다. 부왕(父王)의 엄명을 잊지……."

하지만 발카자르의 말은 청년의 노성에 끝을 맺지 못했다.

"시끄럽다! 네 녀석이 감히 부왕의 권위를 업었다고 나에게 알량한 충고를 하려는 것이냐!"

말에 열기를 담을 수 있다면 살이 익어버릴 정도의 뜨거움일 것이다.

"심기가 불편하셨다면 죄송합니다."

하지만 용서를 비는 발카자르의 음성은 의외로 담담했다. 표정에도 감정의 변화가 전혀 드러나지 않는다. 청년은 이런 그의 모습에 코웃음을 치며 가볍게 웃었다.

"홋, 하지만 지금은 네 녀석의 말이 옳다. 아직은 때가 아니지."

불같이 화를 내다가도 어느새 웃는 얼굴이다. 이처럼 감정 변화가 심한 사람, 특히 신분이 왕자 정도 되면 아랫사람으로서는 무척이나 상대하기가 어렵다. 하지만 발카자르는 이 청년 부왕을 소년 시절부터 모셔온 인물이다. 그는 윗사람의 일희일비에 우왕좌왕하기보다는 침착하고 당당하며, 가끔은 침묵을 지킬 줄 아는 것이 얼마나 중요한지 잘 알고 있었다. 발카자르를 이 불같은 성격의 청년 곁에 머물게 한 것도 그의 이런 점을 높게 평가한 아누이 왕의 고심이 담겨 있었다.

"젠장."

청년의 입에서는 불만 가득한 음성이 흘러나왔다. 이런 종류의 미지근한 작전은 그의 성미에 걸맞지 않았다. 하지만 일단은 부왕의 명령이니 따라주어야 했다.

"오늘 밤은 산기슭에서 야영하겠다. 진군 신호를 올려라."

청년은 오른발로 가볍게 말 옆구리를 두드리며 다시 진군 명령을 내렸다.

"알겠습니다, 전하."

청년의 명령을 받은 발카자르는 손을 들어 신호했다. 그의 신호에 따라 고수(鼓手)가 묵직한 북을 느린 리듬으로 두드리기 시작했다.

두—웅! 두—웅!

북소리와 함께 거리에 따라 묘하게 어긋나는 발자국 소리가 울려 퍼졌다. 청년이 사라진 언덕 뒤로는 관목림(灌木林) 사이로 난 구불구불한 길을 따라 끝이 보이지 않는 군사들의 행렬이 뒤따르고 있었다.

*　　　　*　　　　*

카나이족의 부족 전체 회의는 그야말로 부족의 대사를 결정하는 일종의 최고 결정 기관이었다. 이 회의는 족장이 소집하며, 일단 소집되면 각 지역의 판관을 비롯한 모든 유력자들이 수도로 집결하도록 되어 있었다.

의사 결정의 방식은 투표에 의한 다수결이 원칙이지만, 실제로는 유력자들 간의 세력 싸움이나 마찬가지였다. 그것은 유력자들의 피보호민을 거느리는 관례 때문이었다. 피보호민이란 유력자에게 충성을 맹세하고 유력자에게서 정치적·경제적 기회를 제공받는 사람을 말한다.

이 피보호민의 대부분은 가부장권, 즉 투표권을 지닌 사람이 대부분이었고, 따라서 피보호민을 많이 거느린 유력자일수록 정치적 발언권도 커지기 마련이었다. 그런 이유로 '전체 투표'라는 자율적이고 민주적인 절차임에도 불구하고 사실은 지독한 힘의 논리가 적용되는 것이 이 전체 부족 회의의 실체였다.

비브오락테스가 거느리고 온 피보호민은 가부장권을 가진

사람만 5천이 넘었다. 그밖에 막강한 영향력을 바탕으로 끌어
모은 사병들도 1만 가까이나 되었다. 세력을 과시하는 것이 핵
심인 전체 부족 회의임을 감안하더라도 지나치게 많은 수였다.

회의는 수도의 성벽 외곽에 있는 대광장에서 열렸다. 대광
장이라고는 하지만 유력자들이 앉을 2미터 높이의 중앙 석조
연단을 제외하고는 포장조차 안 되어 있는 드넓은 나지(裸地)
에 불과했다. 그날 모인 인원은 모두 3만 명에 가까웠기에 그
넓은 광장도 발 디딜 틈도 없이 가득 메워졌다. 회의는 광장
중앙에 있는 연단에서 유력자들끼리의 토론에 의해서 이루어
진다. 각 유력자들의 피보호민은 중앙의 회의장을 둘러싸고
일단은 회의의 결과를 기다릴 뿐이었다. 투표로 결론을 내야
할 상황이 아니라면 피보호민은 그저 구경꾼에 불과한 것이
다.

회의장에 참석한 유력자들은 모두 18명이었다. 9개 도시의
판관들과 6명의 장로, 그리고 부족장인 아리시오투스와 2명
의 제사장이 그들이었다. 회의장의 분위기는 한눈에 보기에
도 확연하게 구분되었다. 비브오락테스 형제를 중심으로 대
부분의 판관들과 유력자들이 화기애애한 분위기로 담소를 나
누고 있는 반면, 맞은편에는 게브오리쿠스와 2명의 장로, 그
리고 한 명의 제사장만이 굳은 표정으로 침묵하고 있었다.

회의의 의제는 회의가 소집된 이후에야 발표되었다. 소집시
점부터 공개하는 게 보통인 의제를 이처럼 비밀에 부친 것은

비브오락테스 형제의 영향력이 미친 결과라 보아야 옳았다.

뿌우—

정오를 알리는 나팔소리가 울렸다. 그러자 웅성거리던 회의장 주변의 사람들이 소나기 맞은 양들마냥 조용해졌다. 군중의 소음이 잦아들자 부족장인 아리시오투스가 몸을 일으켰다. 형을 닮아 꽤나 큰 키를 가졌지만 무척이나 마른 체격인 그는 고집스러워 보이는 인상만큼이나 카랑카랑한 목소리로 회의의 첫마디를 열었다.

"시민 여러분!"

아리시오투스는 두 팔을 비스듬히 들어올리며 엄숙한 표정을 지었다. 하지만 만약 이 자리에 라인이나 이케니아 사람이 있었다면 아리시오투스의 '시민'이라는 말에 어이없다는 표정을 지었을지도 몰랐다. 카나이족의 사회 구조상 시민이란 계층은 존재하지 않는다. 부족 내에서의 실권은 종교의 책임자인 성직자 계급과 귀족이라고 할 수 있는 기사 계급으로 제한되어 있었고, 나머지 평민들은 피보호민의 신분으로서 형식적인 권리만 행사할 수 있을 뿐이었다. 이런 까닭에 아리시오투스의 언행은 마치 라인의 위정자를 어설프게 흉내 내는 것처럼 보였다. 오늘의 의제에 비추어보면 무척이나 아이러니하기도 했지만 말이다.

"디스(Dis)의 축복 아래 우리는 한 가지 중대한 사안을 논의하기 위해 이 자리에 모였습니다. 그 사안은 다름 아닌 우리 카나이의 라인 제국으로부터의 독립선언입니다."

"와아!!"

독립선언이란 말이 나오자 연단 아래에 있던 비브오락테스 지지자들의 입에서는 열정에 찬 환호성이 터져 나왔다. 그리고 게브오리쿠스의 침통한 신음은 그들의 환호성에 묻혀버렸다. 예상한 일이었다. 하지만 막상 직접 들으니 핏빛으로 얼룩질 부족의 앞날이 떠올라 온몸에 두려움이 몰려들었다.

그때, 비브오락테스가 자리에서 일어나며 손을 들어 좌중을 진정시켰다.

"여러분! 게마니아의 판관인 이 비브오락테스가 한마디 할까 합니다!"

"형제여! 말씀하시오."

근엄한 표정을 지은 채 비브오락테스는 연단의 가장자리로 걸어가 원로들과 시민들 사이에 자리 잡고서 말문을 열었다.

"시민과 원로 여러분! 저는 이 신성한 회의에서 부족의 독립선언이 제안된 것을 무척이나 영광스럽게 생각합니다. 전대 족장 고르테브로의 의해 맺어진 라인과의 강화 협정은 안으로는 우리들의 자긍심을 상하게 했고, 밖으로는 부족의 위신을 더럽히게 했습니다. 저는 고르테브로의 고매한 인품에는 한 점의 의혹도 가지지 않은 사람이지만 생전에 그가 내린 판단만은 그의 나약함으로 돌리지 않을 수 없습니다. 하지만 이제는 때가 왔습니다. 이케니아에서 파병된 군대는 전염병이 돌아 그 운이 다했음을 보여주고 있고, 라인 제국은 저 동쪽 끝의 아티아족과 싸우느라 이곳에는 눈을 돌릴 여력조차 없습니다. 지금이 신이 주신 때가 아니고 무엇이겠습니까? 이제는 지난 3년간의 굴욕을 던져 버리고 민족의 자존을 소리 높여 외칠 때가 왔습니다. 여러분, 이 영광스러운 선언에 여러분의 의지를 담아주십시오. 이 땅의 주인은 라인 제국이 아닌 우리 카나이족임을 만천하에 알릴 수 있게 도와주십시오!"

비브오락테스는 두 주먹을 쥐어 하늘로 치켜드는 것으로 연설을 마쳤다.

"와아아!!"

비브오락테스의 연설은 대부분의 부족민들을 크게 고무시켰다. 대부분의 부족민들은 북부에레냐드의 최대 부족인 자신들이 라인 제국과 맺은 강화 조약에 얽매여 정당한 권리, 즉 타 부족으로부터 조공과 인질을 제공받을 권리나 무력을 행사할 권리를 제한받고 있다 생각하고 있었다. 특히 비브오락테스의 휘하에 모인 피보호민들은 고르테브로가 티투스와 맺었던 강화 협정을 매우 부끄럽게 생각하는 사람이 대부분이었고, 그들은 비브오락테스의 연설에 열렬한 환호로 답했다.

부족민들의 반응을 득의에 찬 표정으로 지켜보던 아리시

오투스는 환호성이 가라앉길 기다려 족장으로서의 형식적 의무를 행했다.

"또 다른 의견이 있으십니까?"

하지만 이렇게 말하는 아리시오투스의 눈빛은 강한 위압감을 담은 채 번뜩이고 있었다. 이런 류의 회의는 압도적인 형제의 승리로 빠르게 결론지어져야 한다. 주민들에게서 이성적으로 사고할 만한 여유를 빼앗아 감정적 분위기에 휩쓸리게 해야 했다. 하지만 그의 바람과는 달리 한 인물이 주저 없이 몸을 일으켰다. 왜소한 체구이지만 형형한 눈빛이 인상적인 이 사내는 다름 아닌 게브오리쿠스였다.

"오르바나의 판관인 게브오리쿠스가 한마디 할까 합니다."

비브오락테스 형제에게 게브오리쿠스는 예전부터 눈에 거슬리던 존재였다. 판관으로서의 명성과 개인적 인품은 나무랄 데 없었지만, 무엇보다 친라인파라는 것과 형제의 야망을 의심해 왔다는 점이 문제였다.

"말씀하시오, 게브오리쿠스 판관."

하지만 이런 공개 석상에서 노골적인 적대감을 드러낼 수야 없었다. 아리시오투스는 살기 띤 눈빛을 쏘아냈지만 지금으로서는 그의 발언을 막을 명분이 없었다.

몸을 일으킨 게브오리쿠스는 연단 가운데서도 유난히 높은 발언대 위로 걸어 올라갔다. 이것은 그의 연설 대상이 원

로들이 아닌 일반 청중이라는 의미였다. 발언대에 올라선 그
는 가득 모인 부족민들을 향해 가볍게 목례를 올리고서 연설
가에 어울리는 우렁찬 목소리로 말문을 열었다.

"인간이 인간다울 수 있는 가장 큰 이유 중 한 가지는 동물
과는 달리 말과 글에 힘을 담을 수 있기 때문입니다. 즉, 무력
이 아닌 언어와 글로써 관계를 정의하고, 무의미한 투쟁을 규
제하며, 나아가 서로의 차이를 뛰어넘는 신뢰를 구축할 수 있
다는 말입니다. 하지만 이것은 개인으로서의 인간에게만 적
용되는 말은 아닙니다. 약속으로써 맺어진 신뢰의 중요성은
국가 간의 관계에 있어서도 그대로 적용되는 것이니까요. 하
지만 이 순간 저는 심한 부끄러움을 느끼고 있습니다. 그것은
적절한 절차에 의해 성립된 정당한 외교 조약이 마음대로 왜
곡되어져 한쪽의 일방적인 의사에 의해 파기되려 하고 있기
때문입니다. 물론! 저 자신도 카나이의 땅에서 나고 자란 사
람으로서 부족의 완전한 독립과 자존을 누구 못지않게 원하
는 사람입니다. 하지만 여러분! 지금의 우리가 불명예스러운
속국의 수모를 받고 있습니까? 수도인 이곳에는 라인 제국의
징세관조차 상주하지 않으며, 지난 3년간 라인 제국은 우리
부족의 내정에는 티끌만 한 간섭도 한 적이 없습니다. 요구한
것이 있다면, 그것은 오로지 평화뿐이었습니다. 이런 것을 압
제라고 할 것입니까? 저항과 투쟁은 압제와 폭력 속에서만 가
치있는 것입니다. 그렇다면 왜 지금입니까? 라인 제국이 정

말로 우리를 억압하기 시작한다면, 그때 저항을 시작해도 결코 늦지 않습니다. 그동안 우리는 평화 속에서 힘을 키울 수 있으니까요. 그리고 정말 그런 날이 온다면 저 자신이 가장 앞장서 라인 제국에 맞설 것입니다. 하지만 자신있게 말씀드리건대 지금은 그런 때가 아닙니다. 그렇다면 저는 지금의 시점에서 족장 아리시오투스와 비브오락테스의 의중을 의심하지 않을 수 없습니다. 형제여! 그대들은 왜 민족의 독립이라는 미명 아래 부족민들의 피를 원하고 있습니까? 그대들은 정녕 디스(Dis)의 이름 아래에서 전혀 양심의 가책을 느끼지 않는다는 말입니까? 말은 독립선언이지만 이것은 실제로 선전포고입니다. 이곳에서 불과 보름 거리에는 이케니아의 3만 대군이 버티고 있고, 호의로 일관하고 있는 티투스 황제도 독립선언이라는 소식을 우리의 반란쯤으로 여길 것입니다. 지금 그들의 사정이 어떠하든 머지않은 날에 적의(敵意)의 칼날을 우리에게로 돌릴 것이라는 것만은 자명한 사실입니다. 형제여! 그대들은 정녕 이 의미없는 독립을 위해 이들과 싸울 것입니까? 부족민의 피를 흘리게 할 권한은 어느 누구로부터 부여받은 것입니까? 당신들은 카나이족 최고의 귀족이자 신성한 공무를 등에 업은 사람들입니다. 그대들의 의무는 부족민들의 피로 왕위에 오르는 것이 아닌, 냉철하고 현실적인 균형 감각으로 부족민들의 안위와 번영을 위해 노력하는 것입니다. 부족민 여러분! 냉정하게 현실을 보십시오. 이 의미없는 독립선언을 가결시켜 민족의 소중한 피를 헛되이 쏟게 만들지 말아주십시오!"

게브오리쿠스의 연설은 사실상 비브오락테스 형제에 대한 탄핵 연설이었다. 그의 연설은 더없이 훌륭했지만 비브오락테스 형제에 대한 적의가 너무 노골적으로 드러나 있었고, 따라서 비브오락테스의 지지자들을 분노하게 했다. 아무리 훌륭한 재능도 때와 장소가 나쁘다면 오히려 독이 된다. 청중들의 한쪽에선 즉각 비난의 목소리가 터져 나왔다. 게다가 흥분한 일부 부족민들은 게브오리쿠스를 향해 돌팔매질까지 하기 시작했다.

"우우우!!"

"이런 민족의 배반자 같으니!"

"부족의 판관이 언제 '라인의 개'가 되었는가?!"

분위기를 주도하는 것은 형제의 지지자들과 사병들이었다. 이렇게 되자 속으로는 게브오리쿠스의 말에 수긍하는 사람들도 차마 자신의 의사를 밖으로 표시하지 못했다.

'후후.'

모든 것이 자신의 의도대로 흘러가자 비브오락테스는 속으로 크게 기뻐했다. 게브오리쿠스의 탄핵 연설이 자신의 의도대로 분위기를 몰아가는 데 오히려 도움이 된 셈이었다. 하지만 그런 기분을 밖으로 드러낼 수야 없었다. 자신은 어디까지나 공정함을 자처하는 인물이어야 했고, 타인의 불행을 방관하는 태도로 지켜만 볼 수는 없었다.

"정숙하시오!"

소리를 지르며 뛰쳐나간 비브오락테스는 게브오리쿠스의 앞을 막아서며 청중들을 진정시켰다. 미처 멈추지 못한 돌팔매가 비브오락테스의 이마를 때려 피가 흘러나왔지만 그는 눈 하나 깜빡이지 않고 엄숙한 음성으로 말했다.

"게브오리쿠스의 연설은 신성한 부족 전체 회의에서 허용한 판관의 당연한 권리였소. 비록 그가 나에 대한 오해를 가지고 있다고는 하나, 그것은 어디까지나 오해일 뿐! 나의 위엄을 존중해 준다면 시민들은 게브오리쿠스에게로 향하고 있는 이런 모욕과 폭력을 즉시 멈추어야 할 것이오."

피를 흘려가며 정적을 변호해 주는 모습은 비브오락테스를 더욱 돋보이게 했다. 하지만 누구보다 비브오락테스를 잘 아는 게브오리쿠스는 이런 그의 행동마저 철저하게 계산된 가식적인 행동임을 잘 알고 있었다.

'으윽!!'

게브오리쿠스의 마음속에서는 수치심과 분노가 끓어올랐다. 더욱이 지금은 자신의 무기력함을 통감한 상태인지라 그런 수치심과 분노를 억누를 만한 인내조차 남아 있지 않은 상태였다. 마침내 이 이성적인 오르바나의 판관은 그의 미덕인 이성을 잃어버렸다.

"비켜라!"

게브오리쿠스는 노성을 토하며 거칠게 비브오락테스를 밀어젖혔다. 그리고는 원한에 가득 찬 음성으로 상대의 눈을 직시하며 저주에 가까운 말을 퍼부었다.

"들어라! 오만한 비브오락테스여! 부족민들의 피로써 이루려고 하는 그대의 더러운 야망은 결코 실현되지 않을 것이다!"

이에 그치지 않고 게브오리쿠스는 비브오락테스의 지지자들이 있는 방향으로 걸어가 단상 아래의 부족민들에게 외쳤다.

"그대들은 보이지 않는단 말이오?! 비브오락테스가 일으킬 전쟁이 얼마나 많은 희생을 불러올지가!"

그는 한 손으로 비브오락테스를 가리키며 노성을 토했다. 하지만 그것이 실수였다. 가뜩이나 흥분해 있던 형제의 지지자들은 게브오리쿠스의 폭언에 자제력을 잃어버렸다. 몇몇 지지자들이 단상 위로 뛰어 올라갔고, 몇몇은 단상 위로 손을 뻗어 게브오리쿠스의 옷자락을 잡아당겼다. 마치 거대한 파도가 조각배를 삼키듯 게브오리쿠스의 신형은 성난 군중들의 파도에 삼켜져 갔다.

"나는 나의 신념을 지켰다!"

혼란 속에서 터져 나온 그의 마지막 말이었다. 비브오락테스에게 퍼부어진 혹독한 언사에 잔뜩 흥분해 있던 형제의 지지자들은 게브오리쿠스를 향해 무차별적인 폭력을 행사했다. 광기 어린 군중심리 속에서 그가 귀족이며 부족의 판관이라는 사실은 이미 폭도들의 머릿속에서 지워진 상태였다. 게브오리쿠스는 그렇게 광신적 폭력의 재물이 되어갔다.

"머, 멈추어라!!"

게브오리쿠스의 갑작스런 행동에 한동안 넋이 나가 있던 비브오락테스는 급히 몸을 일으키며 자신의 피보호민들을 제지하려고 했다. 피보호민들의 죄는 곧 보호자의 죄이기도 하다. 비록 게브오리쿠스가 눈엣가시 같은 인물이기는 하지만 명분을 중요시하는 비브오락테스의 입장에서 볼 때 이런 식으로 죽어서는 곤란했다. 게다가 라인이나 이케니아 측과 친분이 있는 그는 이후에도 여러모로 쓸모가 많은 인물일 터였다.

하지만 비브오락테스와 몇몇 사병들이 급히 연단 아래로 뛰어 내려갔을 때는 이미 늦어버린 상태였다. 판관을 상징하는 질 좋은 어깨 천은 흙과 피로 더럽혀져 있었고, 원한을 담은 그의 눈은 감기지도 못한 채 이미 생기를 잃어버린 상태였다.

"흐음."

비브오락테스는 복잡한 심정으로 신음을 토했다. 예상치 못한 보호자의 행동에 폭력을 행사했던 피보호민들은 엉거주춤 뒤로 물러섰지만 비브오락테스는 그들에게 시선 한 번 주지 않았다.

어수선한 분위기 속에서 재계된 회의는 유력자들의 만장일치로 독립선언의 찬성을 결의했다. 족장인 아리시오투스는 라인과 아르제스에게 대항하기 위한 지휘권을 요구했고, 부족의 모든 판관들은 그를 지지할 것임을 결의했다. 하지만 이 모든 결과에도 불구하고 정작 비브오락테스의 표정은 밝지 못했다. 게브오리쿠스가 죽은 이상 이제는 되돌아갈 길도, 우회할 길도 사라졌다. 그는 앞으로의 일들을 생각하며 깊은 상념에 빠져들었다.

*　　　*　　　*

아누이의 군대는 메카나 지방에서 에레냐드로 넘어가는 피나세아 산맥의 루트 중 암브로스족의 영토에 속한 루트 쪽으로 나갔다. 아누이의 왕 시스코스팍의 아들인 팔라미쿠스가 이끄는 2만의 병력은 수도 데모라둠에서 출발한 지 25일 만에 피나세아 산맥이 시야에 들어오는 곳까지 진군한 상태였다.

그들의 목적은 암브로스족의 동쪽 영지를 유린하는 것이었다. 그래서 암브로스족이 강하게 응전해 오면 버티면서 시간을 벌고, 저항이 미미하다면 산맥을 넘어 단숨에 수도까지 진격하기로 비브오락테스와 약속되어 있었다. 이 모든 것은 시아노족의 암브로스족 침공을 지원하기 위한 방편이었다.

263

사실 군사적 원조에 대한 약속 이행이 이처럼 정확하게 지켜진 것은 메카나 민족의 민족성을 생각할 때 상당히 드문 경우였다.

산기슭에 숙영지를 꾸린 팔라미쿠스는 지금껏 그래 왔던 것처럼 주변 군소 부족들의 족장들을 소집하였다. 비록 이 지역은 아누이 왕국의 영토에서는 상당히 떨어진 곳이었지만, 왕국의 강대한 영향력은 이곳에까지 미치고 있었다. 그게 아니더라도 그 근방에는 2만이나 되는 정예군을 이끌고 온 팔라미쿠스에게 쉽게 대항할 만한 부족은 없었다.

비록 남북으로 길게 늘어서 있는 모양이긴 하지만 키바 산맥과는 달리 피나세아 산맥은 동서 간격이 매우 두텁다. 따라서 일주일 이상이나 행군해야 할지도 모를 루트에 대한 정확한 정보가 필요했다. 상당한 자금을 풀어 그들을 회유시키는 데 성공한 팔라미쿠스는 족장들을 통하여 피나세아 산맥으로 통하는 루트에 대한 모든 정보를 요구했다. 팔라미쿠스의 목적이 자신들의 영토에 있지 않다는 것을 안 부족장들은 순순히 정보를 제공했다. 불같이 급한 평상시의 성격과는 대조적으로 군사를 움직일 때의 팔라미쿠스는 치밀하기 이를 데 없었다. 부족장들을 통해 루트를 지키고 있는 암브로스족 요새의 수와 병사들의 규모, 지형적 특성 등을 파악한 그는 약 3천의 병력을 산맥 동쪽에 남겨 보급과 후방을 담당케 한 다음, 나머지 병사들을 이끌고 루트로 진입했다.

그가 택한 루트는 계곡을 따라 2개의 산을 돌고 표고 1,500미터에 이르는 2개의 고지를 넘어가는 길이었다. 좁은 곳은 수레 한 대가 겨우 지나갈 수 있는 폭이고, 넓은 곳은 병사 7명이 어깨를 나란히 하고 걸어갈 만한 넓이였다. 루트 중간 정도 되는 곳에는 예전 카바리노스가 판관으로 있던 산악 도시 오바쿰이 나온다. 열흘치 보급품만 지참하고 출발한 팔라미쿠스의 군대는 빠른 속도로 오바쿰을 향해 진군했다.

산악 도시로 향하는 루트 곳곳에는 지형을 이용해서 만든 작은 요새들이 산재해 있었지만 예상치 못한 팔라미쿠스의 공격에 힘없이 무너져 갔다. 시아노족의 위협에 맞서느라 동쪽에서 넘어오는 루트에 대한 경계가 허술해진 탓이었다. 그리고 팔라미쿠스의 침입이 카바리노스에게 알려졌을 때는 이미 아누이의 군대가 오바쿰의 코앞까지 진군한 상태였다.

좌우로 적을 맞이하게 된 암브로스족은 그야말로 진퇴양난의 어려움에 빠지고 말았다. 우연이라고 하기에는 선전포고도 없이 침공한 이유도 석연치 않은 데다 타이밍마저도 너무나 절묘했다. 카바리노스도 그제야 비브오락테스를 의심하기 시작했지만 상황은 이미 걷잡을 수 없이 악화된 후였다. 게다가 기병으로 3일 거리에 있는 이케니아 군의 주둔지로 파견한 사절은 열흘이 넘도록 소식조차 없었다. 카바리노스는 자신의 파견한 사절이 비브오락테스의 지시를 받은 카나이족에게 억류당하고 있다는 사실을 까맣게 모르고 있었다.

하지만 지금 상황에서 의지할 만한 세력은 아르제스가 이끄는 이케니아 군이 유일했다.

또한 지역의 안정에 가장 큰 역점을 두었던 아르제스이니만큼 시아노족의 일방적인 침략에 대해서 단호한 태도를 보일 것이라는 기대도 있었다. 다급해진 카바리노스는 '아르제스의 총독 대행관으로서의 권위를 인정하며, 빠른 중재와 구원을 요청한다'는 내용의 문서를 다시 한 번 보내기로 했다. 다만, 카나이족의 영토를 지났던 지난번과는 달리 이번 문서는 매수한 베르티손족 주민을 통해 전달하게 했다.

수적 열세에 놓인 이상 카바리노스는 선공을 할 엄두를 낼 수 없었다. 그는 긴급 소집한 부족의 전사들 중 1만을 오바쿰으로 파견해 산악 루트를 지키게 하였고, 동시에 시아노족에 대한 대책으로 모르사 강 이남에 방책으로 이루어진 저지선을 구축했다. 어떻게든 3달만 버티면 북방인 이곳에는 혹독한 겨울과 함께 자연 휴전기가 찾아올 터였다.

아르제스가 아리시오투스와의 회담이 결렬되어 주둔지로 돌아온 지 이틀 후인 7월 30일. 카바리노스가 파견한 사절이 찾아왔다. 도중에 카나이족에게 7일간이나 억류당하는 바람에 출발한 지 11일이나 지나서야 도착한 것이다.

사령관 막사 앞에서 간이 의자에 앉아 이케니아 어로 작성된 서신을 읽어가던 아르제스는 서신을 옆의 발가르에게 건네며 통역관에게로 시선을 돌렸다.

"분명 이자가 출발한 지 열흘이 넘었다고 했는가?"

"그렇습니다, 사령관님. 도중에 카나이족에게 일주일 가까이 억류되어 있었다고 했으니까요."

아르제스는 오른손 엄지손가락으로 턱을 매만졌다. 아리시오투스가 일방적으로 회담 약속을 파기했을 때부터 불길한 기운을 느끼긴 했지만, 분쟁이 시작된 부족이 시아노족이라는 것은 아르제스의 예상 밖이었다.

"흥, 수치를 모르는 놈들이군. 우리를 무시할 때는 언제이고 막상 어려워지니 도움을 요청한단 말인가?"

발가르는 카바리노스의 서찰을 신경질적으로 구기며 불만에 찬 음성으로 말했다. 하지만 발가르와는 달리 군인이자 정치가이자 외교관의 신분이기도 한 아르제스의 입장에서는 기분대로 처리할 문제는 아니었다.

"일단 지휘관 회의를 소집해야겠습니다."

"응? 설마 그 카바리노스라는 놈의 중재 요청에 응하려는 것인가?"

"그렇다고 내버려 둘 수는 없지 않습니까."

아르제스는 어깨를 으쓱하며 한쪽 입꼬리를 말아 올렸다. 당직 사관에게 지휘관 회의의 소집을 알리는 나팔을 불게 한 아르제스는 막사 안으로 걸음을 옮겼다.

"젠장."

발가르의 입장에서는 카바리노스의 중재 요청에 응한다는 것이 마음에 들 리 없었다. 간교한 계책이나 신념없이 이해관계에 따라 움직이는 인물을 싫어하는 그의 천성 탓도 있었지만, 내심 에르시아의 처지를 동정하고 있던 발가르에게 카바리노스는 찢어 죽여도 시원치 않을 배덕자(背德者)였다.

화풀이 대상이 없어진 발가르는 엉거주춤한 자세로 서 있는 암브로스족의 전령을 경멸에 가득 찬 시선을 보냈다. 그때 막사 안에서 아르제스가 고개를 내밀며 말했다.

"죄도 없는 전령은 그만 괴롭히고, 발가르님도 어서 들어오십시오. 아, 그리고 그 서찰을 다시 펴놓으십시오. 외교 문서를 그렇게 다루시면 어떻게 합니까."

아르제스의 손가락은 발가르의 오른손을 가리키고 있었다.

"음?!"

아르제스의 말에 발가르는 주먹 쥔 오른손을 조심스럽게 펴 보았다. 서찰은 이미 형체를 잃어 종이뭉치가 되어 있었다. 잠시 인상을 찌푸리던 발가르의 시선은 막사 앞에 서 있는 당직사관에게로 향했다.

"사령관님 말씀 들었지? 부탁한다."

사람 좋은 웃음을 지은 발가르는 달걀만 한 파피루스 덩어리를 당직사관의 손에 조심스럽게 쥐어주었다.

"네?! 발가르 부장님!"

당직사관이 나름대로 항변해 보려했지만 발가르는 이미 막사 안으로 사라진 뒤였다. 조심스럽게 서신을 펼쳐 보던 당직사관은 푸석푸석 부서져 내리는 파피루스 조각에 난감한 표정을 지을 수밖에 없었다.

비록 부족하긴 했지만 지금까지 모인 정보만으로도 북부 에레냐드 전역을 뒤덮고 있는 불온한 움직임을 알아채는 데는 전혀 문제가 없었다. 다만 아르제스를 괴롭게 하는 부분은 이 모든 일들이 스스로의 의지에 의해 주도되는 일이 아니라는 점이었다. 세노아 전쟁 당시 아쿠타가 겪었던 기분을 지금의 아르제스가 겪고 있는 셈이었다. 하지만 카바리노스가 요청한 중재 요청을 무시할 수는 없었다. 잘만 이용한다면 암브로스족의 세력을 자신의 영향력하에 편입시킬 수 있는 좋은 기회이기도 했다.

아르제스는 섹티우스와 칼쿨루스를 책임자로 하여 제2군단과 별도로 편성되어 있었던 2천의 경장보병 부대로 하여금 주둔지와 브로타 항구를 지키게 하였다. 물론 아직 이질에서 회복하지 못한 병사들도 주둔지에 남겨졌다. 섹티우스를 남게 한 것은 유사시 라인 제국과의 협조를 원활히 하기 위함이었다.

그리고 아르제스 자신은 발가르, 메텔로, 게릭토스와 함께 나머지 3개 군단과 기병 1천 기를 합친 1만 8천의 병력을 이끌고 카바리노스가 요청한 중재에 응하기로 하였다. 하지만 아르제스는 모르사 강의 왼쪽 연안을 따라 곧장 동쪽으로 향하지 않았다. 시아노족의 배후에 카나이족이 있음을 확신하고 있었기 때문에 목적을 달성하기 위해서는 카나이족을 먼저 압박해 줄 필요가 있었다.

아르제스가 목표로 삼은 곳은 카나이족 남부의 대도시인 사브리바였다. 지난번은 회담을 위한 행군이었지만 이번은 여차하면 도시 자체를 점거해 버릴 작정이었다. 이미 전쟁은 시작됨 셈이었다. 군사적 행동을 망설일 이유는 없었다. 더불어 이케니아 연맹으로는 급박한 북부에레냐드의 사정을 알리는 사절이 급파되었다.

*　　　*　　　*

본격적인 전투를 치를지도 모르는 상황에서 대군의 행군이란 그리 만만한 일이 아니다. 신참 병사들이 대부분인 이케니아 군의 사기는 그리 고무되어 있다고 볼 수 없었다. 이케니아 민족이 가지고 있는 토르카 인에 대한 본능적인 두려움도 한몫을 했다. 비록 많은 시간이 지났다고는 하지만 역사 깊이 새겨진 두려움의 상처는 그리 쉽게 사라지는 것이 아니었다.

게다가 행군길도 그리 편하지 않았다. 기후도 좋은 편인 데다 대부분이 평야였던 메디아 원정길에 비하면 열악한 도로 사정과 늪지와 숲으로 둘러싸인 북부에레냐드의 환경이 행군을 더디게 했다. 특히 소나기라도 내리면 군수품을 실은 수레가 진흙탕에 빠져 행군이 지체되는 경우가 한두 번이 아니었다. 그리고 이런 지형에서는 적의 기습을 알아차리기도 힘들기 때문에 병사들은 항상 긴장한 상태를 유지해야 했다.

하지만 사령관인 아르제스의 얼굴에는 일말의 주저함도 나타나지 않고 있었다. 이런 때일수록 지휘관은 병사들에게 일관된 태도로 확신을 심어주어야 했다. 이런 아르제스의 처신은 병사들에게 위안이 되어주었다. 병사들은 자신들을 이끌고 있는 청년 사령관이 어떤 일들을 해왔는지 상기할 수 있었다. 아르제스는 상승(常勝)의 장수는 아니지만 불패(不敗)의 장수이기는 하다. 그들은 사령관의 명성을 위로 삼아 힘든 행군을 묵묵히 참아내고 있었다.

행군의 규모 자체가 다르기도 했지만, 유난히 잦았던 소나기도 한몫을 하는 바람에 80킬로미터 떨어진 사브리바의 근교까지 도착하는 데에는 4일 꼬박하고도 한나절이라는 시간이 소요되었다. 하지만 이처럼 힘들게 도착한 사브리바는 예상치 못한 모습으로 그들을 맞이했다. 정찰대로 보낸 기병대의 입에서 나온 보고는 아르제스를 놀라게 하기에 모자람이 없었던 것이다.

'사브리바는 전부 불탔고, 주변 경작지도 모두 파괴되었다.'

정찰병의 입에서 나온 보고였다. 사브리바는 성벽 안쪽의 인구만 해도 3만에 이르는 대도시이다. 그런 도시가 불에 타 하루아침에 멸망할 이유는 어디에도 없었다.

"직접 가보겠다."

굳은 표정으로 보고를 듣던 아르제스는 직접 기병대를 이끌고 말을 몰았다. 군단병들은 발가르의 지휘 아래 빠르게 뒤따라오도록 했다.

사브리바는 평야 지역에 세워진 도시였기에 구릉으로 기병을 이끌고 올라서자 도시의 광경이 한눈에 들어왔다. 이미 검은 재로 뒤덮여 버린 도시의 곳곳에서는 미처 꺼지지 못한 불이 만들어내는 연기가 희미하게 피어오르고 있었다. 한눈에 봐도 최근에 불태워진 것이 분명했다. 아르제스는 기병대를 이끌고 도시의 폐허로 향했다.

가늘게 내리고 있는 부슬비는 불타 버린 도시의 모습을 더욱 음산하게 만들었다. 먼저 진입한 기병대들이 안전을 확인하자 아르제스도 말을 몰아 쓰러진 성문을 밟고 넘어섰다.

"아무래도 공격받은 것은 아닌 것 같습니다."

건물의 잔해 사이로 아르제스와 나란히 말을 몰던 게릭토스는 창끝으로 이곳저곳을 뒤져 보고 있었다. 이미 잿더미로 변한 도시였지만 어느 곳에서도 죽음의 기운은 느껴지지 않았다. 외부로부터의 침략이 있었다면 으레 있어야 할 시체도 없었고, 불에 탄 것은 건물일 뿐 수레나 가재도구는 거의 눈에 띄지 않았다.

"그래, 이건 카나이족 스스로 불을 지른 것이다. 불을 지르고 도시를 떠난 거야."

"하지만 이유가 무엇일까요?"

"알 수 없지만, 알아보면 되는 것이지. 잔해로 보아서는 불을 지른 지 3일을 넘기지 않았다. 수만에 이르는 부족민의 이동이 며칠 만에 완료되었다고는 볼 수 없다. 게릭토스!"

"네, 사령관님."

"기병대를 풀어서 이 일대를 샅샅이 수색해라. 분명 뒤처진 부족민들이 있을 것이다. 사로잡아서 취조해 보면 분명 무언가를 알 수 있겠지."

아르제스의 명령에 게릭토스는 고삐를 틀어 말머리를 돌리면서 절도있는 군례를 올렸다. 그리고는 기병을 50기씩 나누어 이 일대를 샅샅이 수색하도록 했다. 그리고 뒤따라온 군단병들에게는 숙영지의 건설을 지시했다. 아직 해가 지려면 꽤나 많은 시간이 남았지만, 병사들도 많이 지쳐 있는 데다가 사브리바가 불타 버린 이유를 정확히 알기 전까지는 쉽사리 움직일 수도 없었다.

기병대가 뒤처진 사브리바의 주민들을 포로로 잡아온 것은 해가 저문 지 약 한 시간 후인 제1야경시가 끝나갈 무렵이었다. 8명의 포로 중 여자와 어린아이를 제외한 3명의 사내는 당장 사령관의 막사 앞으로 끌려왔다. 나름대로 정중하게 잡아오긴 했지만 두려움만은 어쩔 수 없는지, 잔뜩 겁에 질린 표정의 포로들은 아르제스 앞에서 무릎을 꿇고 앉아 자신들의 불행을 한탄하며 눈물을 흘릴 뿐이었다.

"도시를 불태우고 떠난 이유가 무엇인지 물어보아라."

아르제스는 통역을 담당하고 있는 브로타족 사내에게 말을 전하게 했다. 라인식 이름으로 프로퀼리우스라고 불리우는 이 사내는 브로타 족장의 동생으로서 인질 겸 통역관으로 아르제스의 군단과 동행하고 있었다. 북부에레나드 지역에서 주로 사용되는 토착어는 부족이나 지역마다 방언이 심해 이케니아에서 데려온 통역관으로서는 정확한 의사를 전달하는 데 한계가 있었다.

프로퀼리우스는 포로들에게 아르제스의 말을 전했다. 그러나 포로들은 흐느끼기만 할 뿐 쉽게 말문을 열지 않았고, 몇 번이나 다그쳐도 결과는 마찬가지였다. 당황한 프로퀼리우스는 아르제스의 얼굴을 바라보며 난처한 표정으로 말했다.

"무언가 겁에 질려 있는 듯합니다. 이렇듯 침묵을 지킨다는 것은 반항의 뜻이라고 하기보다는 말문을 열었을 때 닥칠 복수를 두려워하는 경우가 대부분입니다."

그 말에 간이 의자에 비스듬한 자세로 앉아 있던 아르제스는 자세를 바로 하며 낮지만 위협적인 목소리로 일렀다.

"비브오락테스인가? 다시 물어라. 이들이 두려워하는 인물이 비브오락테스인지를 말이다."

아르제스의 입에서 비브오락테스의 이름이 나오자 통역을 거칠 것도 없이 포로들의 반응만으로도 사실을 알 수 있었다. 하지만 포로들의 말문은 여전히 열리지 않고 있었다. 그들이 두려워하는 것이 비브오락테스 개인의 영향력인지, 아니면 배신에 대한 죄책감인지는 알 수 없었지만 지금의 아르제스는 한가하게 그들을 달래가며 다독여 줄 시간이 없었다.

"이들의 가족들을 끌고 와라."

아르제스의 명령에 조금은 놀란 표정을 지은 당직사관이었지만, 곧바로 부하들에게 명령해 사령관의 명령을 이행토록 했다. 그리고 곧이어 겁에 질린 울음소리와 함께 아이들과 부녀자들이 사령관의 막사 앞으로 끌려 나왔다. 아이들의 얼굴은 콧물과 눈물로 얼룩져 있었고, 아녀자들은 흐트러진 머리카락과 찢어진 옷가지, 그리고 신발마저 없는 맨발의 모습이었다. 그러나 이들을 바라보는 아르제스의 눈빛은 일말의 동정심도 담고 있지 않았다.

"전해라. 나는 이곳 속주의 총독 대행관으로서 정당한 권리를 행사하고 있다. 그런데 그대들은 나의 권위를 무시하며 입을 닫고 있는데, 이것은 나와 이케니아와 라인을 모독하는 일이다. 호의에는 호의로 보답하는 것이 사람의 도리라면 불손함에는 분노로써 응징하는 것이 도리일 것이다. 마지막 기회를 주겠다. 나의 질문에 순순히 대답할 것인가, 아니면 가족들이 처참하게 고문당하는 광경을 지켜볼 것인가?'

이렇게 말한 아르제스는 옆으로 시선을 옮기며 턱을 까딱였다. 아르제스의 시선을 받은 게릭토스는 서슴없이 글라디우스를 뽑아 들고 한 아녀자의 등 뒤로 다가갔다. 그리고는 머리채를 끌어당겨 고개를 뒤로 젖힌 다음 칼날을 그녀의 오른쪽 눈에다 가져다 대었다. 여인의 입에서는 순식간에 울음 섞인 비명이 터져 나왔지만, 공포에 억눌린 다른 가족들은 여인을 도와줄 엄두도 못 내었다.

상황이 이렇게까지 되자 사내들은 급히 손을 들어 말리며 모든 것을 털어놓겠노라고 외쳤다. 조금은 잔인한 방법이었지만 효과만은 놀랍도록 좋았다. 그리고 그들이 털어놓은 이야기는 아르제스의 예상을 훨씬 뛰어넘는 것들이었다.

"흠! 일주일하고도 닷새 전, 아리시오투스의 소집에 의해 카나이족의 전체 부족 회의가 열렸다고 합니다. 그리고 그 회의에서 부족의 독립을 결의하는 제안이 통과되었고, 지휘권자로 족장인 아리시오투스가 임명되었다고 합니다. 그래서 지금 카나이족 내부에서는 전쟁 준비로 한창이고, 이곳이 불태워진 것도 아리시오투스의 명령이 내려졌기 때문이라고 합니다."

표면에는 아리시오투스의 이름만이 드러났지만, 이 모든 일을 꾸민 장본인은 비브오락테스라고 보는 것이 옳았다. 아르제스를 괴롭혀 왔던 비브오락테스 형제에 대한 우려가 현실로 다가오는 순간이었다. 독립을 결의했다는 것은 전쟁을 불사하겠다는 의미이고, 라인 제국과 아르제스의 입장에서 볼 때는 엄연한 반란이었다.

사브리바를 불태운 것도 그렇다. 사브리바는 평지에 위치하고 있고, 카나이족의 도시들 중에서는 드물게 요새형 도시가 아니다. 사람이 거주하기에는 편하지만 군사적 요충지로서의 역할은 수행하기 힘든 도시인 것이다. 게다가 이곳은 아르제스의 주둔지에서 불과 3~5일 거리에 위치한다. 따라서 이곳을 불태운 것은 방어하기 힘든 곳은 버리고 힘을 한곳으로 집결하겠다는 의도로 보는 것이 옳았다. 그토록 신중했던 비브오락테스가 이렇게까지 한 것을 보면 그로서도 단단히 결심한 것이 분명했다.

"음."

아리시오투스가 일방적으로 회담을 취소했을 때부터 어느 정도 예상했던 일이기에 분노는 치밀어 오르지 않았다. 다만 머릿속이 복잡해지는 것만은 어쩔 수 없었다.

카나이족의 반란이 확실해진 상황에서는 암브로스족의 상태도 낙관할 수 없었다. 시아노족이 암브로스족을 침공한 배후에는 분명 비브오락테스의 입김이 작용했을 가능성이 높았다.

심각한 표정으로 자리에서 일어선 아르제스는 포로들에게

안전을 보장할 것을 약속한 다음 그들에게 음식과 잠자리를
봐주게 했다. 그러고서는 그대로 막사 안으로 몸을 돌렸다.

"조금은 조급해 보이시는군요."

아르제스를 따라 막사로 들어온 융이 등 뒤에서 아르제스
의 망토를 벗겨주며 말했다. 효과는 좋았지만 아이와 부녀자
를 위협하는 것은 일반적인 아르제스의 방식이 아니었다.

"하하, 그렇게 보였나?"

사실 융의 말은 틀리지 않았다. 조금 전까지의 아르제스는
왠지 모를 불안감에 조금은 조급해하고 있었다. 하지만 지금
은 아니었다. 전쟁을 치러야 될지도 모른다는 막연한 불안감
이 현실로 바뀌자 오히려 마음이 홀가분해졌다. 눈에 보이는
칼보다 눈에 보이지 않는 바늘이 더 무서운 법이다. 적의 칼
을 본 이상 이제는 그에 맞는 대책을 세우면 될 터였다.

아르제스는 흉갑도 벗지 않은 채 막사 한편에 놓여 있는 침
대에 몸을 뉘였다. 그리고 눈을 감고서 생각에 잠겼다. 이렇
게 된 이상 아르제스가 취할 수 있는 방법은 크게 3가지였다.

첫 번째는 카나이족의 수도 우르손으로 바로 진격하는 것
이다. 포로들의 말에 따르면 아직 카나이족이 전쟁을 결의한
지는 얼마 되지 않았고, 병력의 집결이나 무장도 완전히 이루
어지진 않았을 터였다. 따라서 그들의 예상보다 빠르게 진군
해 수도를 친다면 생각보다 쉽게 비브오락테스 형제의 야망
을 잠재울 수 있을지 몰랐다.

두 번째 방법은 원래 목적대로 암브로스족을 구원하는 것이었다. 처음에는 중재를 목적으로 온 것이었지만, 비브오락테스의 태도로 볼 때 시아노족과 암브로스족 사이의 대치도 전쟁으로 번질 것임에 분명했다. 기병 전력의 향상을 중요하게 생각해 왔던 아르제스이니만큼 암브로스족의 구원 요청을 쉽게 무시할 수 없었다.

세 번째 방법은 이대로 시간을 보내고 내년을 기약하는 방법이다. 이곳은 네모와 비교해 볼 때 가을이 짧으며, 겨울도 한 달가량이나 일찍 찾아온다. 주둔지와 브로타 항구를 중심으로 수비만 한다면 적들의 수가 얼마가 되든 겨울이 오기 전까지는 충분히 지켜낼 자신이 있었다. 그사이 라인과 연락을 취해 연합군을 결성한다면 봄이 오자마자 반격에 들어갈 수 있을 터였다. 아르제스답지 않은 소극적인 방법이었지만, 이곳이 이케니아의 땅이 아닌 라인 제국의 영토임을 생각하면 충분히 고려할 만한 방법이었다. 될 수 있으면 조국의 피는 적게 흘리고 싶은 것이 지휘관 된 자로서의 인지상정이었다.

이 세 가지 방법들에게는 각기 장단점이 있었다. 넓은 땅에 제한된 군사력을 가진 이상, 한 가지를 취하려면 한 가지를 포기해야만 했다. 아르제스가 한참 고민에 빠져 있을 무렵, 급한 발걸음 소리와 함께 막사 안으로 한 인물이 들어섰다.

"음?"

가볍게 숨을 몰아쉬는 것이 상당히 서둘렀던 것처럼 보이는 그는, 라인식으로 군례를 올리며 한 통의 서신을 전했다. 아르제스는 한눈에 그가 섹티우스 휘하의 기병 장교임을 알아볼 수 있었다.

"무슨 일인가?"

"섹티우스님께서 사령관님께 전하는 급보입니다."

주둔지를 떠나온 지 겨우 닷새밖에 되지 않았는데 급보라니? 아르제스는 급히 봉인을 뜯어 섹티우스가 보내온 서신을 읽기 시작했다.

"......"

서신을 읽어가는 아르제스의 표정은 딱딱하게 굳어졌다. 편지를 읽은 이상 아르제스가 취할 수 있는 방법은 한 가지로 좁혀지게 되었다. 아르제스는 융에게 서신을 건네며 전령으로 온 기병 장교에게는 답신을 쓸 터이니 잠시 밖에서 대기하라고 명령했다. 그사이 빠르게 서신을 읽어보던 융의 입에서는 묵직한 침음이 터져 나왔다.

"으음, 아누이족이라니! 시아노족이 그렇게 자신만만하게 도발했던 이유가 그것이었을까요?"

섹티우스가 보내온 서찰은 암브로스족이 시아노족과 아누이 왕국의 협공을 받고 있는 상태라는 것을 알리고, 아르제스에게 도움을 청하는 내용이었다. 이 서찰을 주둔지로 전해진 것은 아르제스가 출발한 지 이틀 후의 일이었고, 심각한 사태임을 직감한 섹티우스가 휘하의 기병들로 하여금 급하게 아르제스에게로 전달케 한 것이었다.

"젠장."

아르제스는 검지손가락으로 미간을 짚으며 낮은 불만의 음성을 토했다. 시아노족만이면 몰라도 아누이 왕국까지 개입했다. 이제는 암브로스족을 구원하는 것을 미룰 수 없었다. 게다가 쉽게 끝날 싸움도 아니었다. 동쪽으로는 강한 적과 싸우러 가야 하고, 북쪽으로는 비브오락테스가 세력을 집결시키는 것을 막지 못하게 되었다. 이 모든 것이 비브오락테스의 의도대로 흘러가는 것이라면 그는 아르제스의 생각보다 훨씬 교활한 인물임에 틀림없었다.

아르제스는 서탁으로 가 잉크통에 담긴 펜을 집어 들고는 빠르게 서신을 작성하기 시작했다. 섹티우스에게 보낼 답장이었다.

사브리바는 카나이족 스스로의 손에 의해 불타 버렸고, 카나이족은 라인 제국에 대한 반란을 결의했다. 피나게아 산맥 너머로는 아누이 왕국의 군대가 모습을 드러내었고, 모든 상황은 급박하게 돌아가고 있다. 나는 군대를 이끌고 암브로스족을 지원하기 위해 진격할 것이다. 그대는 주둔지와 브로타 항구를 수비함과 동시에 켈리족의 움직임을 철저하게 봉쇄하라. 그리고 믿을 만한 자를 제외하고는 브로타족의 영내 출입을 금지하라. 그리고 은밀히 첩자에 대해 조사하도록 하라.

사브리바의 주민들이 도시에 불을 지르고 도망친 시점은 아르제스가 행군을 시작한 지 불과 이틀 남짓했을 때의 일이다. 그렇다면 아르제스가 출진 준비를 하고 있을 때 아리시오투스에게 이 정보가 넘어갔다는 이야기였다. 아르제스의 군영은 보급 거점인 브로타 항구와 멀지 않은 데다 브로타족과의 관계 때문에 지역민의 영내 출입이 자유로운 편이었다. 하지만 적의 첩자가 의심스러운 이상 정보의 통제가 필요했다.

서찰을 작성한 후 인장과 함께 융에게 건넨 아르제스는 군단장 급 이상의 지휘관을 사령관 막사로 소집했다. 그리고 당직 사관에게는 병사들의 취침 시간과 기상 시간을 앞당기도록 지시했다. 내일부터는 최강 행군이 시작될 터였다.

제7장

미끼

초반의 맹렬했던 기세에도 불구하고 오바쿰을 직전에 둔 팔라미쿠스의 군대는 근처 산기슭에 숙영지를 꾸리고는 진군을 멈추어 버렸다. 덕분에 카바리노스가 파견한 1만 명의 원군도 무사히 도시 안으로 들어가 버린 상태였다.

하지만 팔라미쿠스에게 오바쿰의 점령은 아무런 의미가 없었다. 오바쿰의 코앞까지 진격한 것만으로도 비브오락테스와 약속한 것은 이미 지킨 셈이었다. 오바쿰 동쪽의 루트는 이미 팔라미쿠스 군의 차지가 되어서 보급로도 확보된 상태였고, 암브로스족으로서도 용맹으로 이름난 아누이 군의 명성에 눌려 감히 선공은 생각도 하지 못했다. 결국 팔라미쿠스의 군대가 도시 앞에 주둔하고 있는 것만으로도 오바쿰의 병력은 퇴각할 수도, 공격할 수도 없는 난처한 입장이 되고 말았다. 그리고 이후 아누이 군의 행보는 순전히 팔라미쿠스 개인의 의중에 달려 있었다.

그렇다고 모르사 강을 사이에 두고 시아노족의 대군과 맞서고 있는 암브로스족의 사정이 나아진 것은 아니었다. 모르사 강은 넓은 강이지만 양측이 대치하고 있는 곳은 모르사 강의 상류이다. 아무래도 하류에 비하면 강의 깊이도 얕고 넓이도 좁을 수밖에 없다. 게다가 이제 곧 가을이 닥치면 이곳의 수량은 급격하게 줄게 된다. 그때가 되면 도강 가능한 지점에 건설해 놓은 방책도 큰 효과를 보기 힘들었다. 그리고 병력의 수도 문제였다. 오바쿰을 방어하기 위해 1만이나 되는 병력을 돌린 터라, 시아노족과 대치하고 있는 곳에는 채 2만이 되지 않는 병력만이 남아 있었다. 외부의 도움도 없는 데다 부족 전체 인원이 제한된 상황에서 전투에 참여할 수 있는 남자의 숫자는 이미 한계를 드러내고 있었다.

이런 암브로스족의 사정은 시아노족도 잘 알고 있었다. 하지만 그렇다고 해서 바로 적극적인 공세를 취하지는 않았다. 대신 시아노족은 도강을 준비하면서 기병대를 우회시켜 싸움을 걸어왔다. 기병들만이라면 여름의 모르사 강이라도 그리 어렵지 않게 건널 수 있었다. 하지만 대규모 기병전이 일어난 것은 아니었다. 한쪽에서 200기를 내보내면 맞서는 쪽에서도 그만한 숫자의 기병을 내보낼 뿐이었다. 이런 산발적인 기병 간의 전투는 양측을 합쳐 1,000기를 넘어가는 법이 없었고, 전개 양상도 적당히 힘을 겨루다 서로 기병대를 물리는 식이었다.

암브로스족의 소극적 태도는 충분히 이해되는 부분이었지만, 시아노족이 이렇게 신중한 태도로 나오는 데에도 몇 가지 이유가 있었다. 비록 비브오락테스의 적극적인 설득에 의해 암브로스를 침공하긴 했지만, 시아노족이 아누이 왕국의 동조(同調)를 완전히 믿는 것은 아니었다. 더욱이 기병전의 과정에서 잡아들인 암브로스족의 포로를 통해 아누이 왕국의 군대가 오바쿰을 코앞에 두고 진군을 멈추어 버렸다는 소식을 접하자 그러한 의심은 더욱 커졌다.

족장인 켈틸은 자신의 병력만으로 암브로스족을 공격하는 것을 꺼려하고 있었다. 혹시라도 전투에서 큰 피해를 입는다면 승리하더라도 자신의 입지가 좁아질지도 모른다는 우려 때문이었다. 그는 비브오락테스에게 연락해 약속한 지원군의 파견과 아누이 군의 적극적인 행동을 독촉해 주도록 촉구했다.

* * *

사브리바의 근교에서 하룻밤을 숙영한 아르제스는 이튿날

새벽부터 강행군을 지시했다. 사실 가장 좋은 행군로는 브로타의 주둔지로 돌아가서 모르사 강을 따라 이동하는 것이었다. 이 편이 행군로도 평탄할뿐더러 장기전에 대비한 보급품도 챙겨서 떠날 수 있었다. 비록 수송 부대를 대동하긴 했지만, 지금 아르제스가 이끄는 병력은 군단병 개개인이 지참한 기본 배급량인 5일치를 제외하면 열흘치가 식량의 전부였다. 계획대로라면 나머지 식량은 사브리바에서 보충되었어야 했다. 하지만 사브리바는 불타 버렸고, 북방인 이곳은 아직 밀이 여물려면 한 달 이상의 시간이 지나야 했다.

하지만 그가 택한 행군로는 사브리바에서 북동쪽으로 향한 다음, 넓게 펼쳐진 숲을 북쪽으로 우회해 남동쪽으로 내려가는 길이었다. 이 행군로는 브로타의 주둔지에서 모르사 강 왼쪽 연안을 따라 동쪽으로 가는 직선로보다는 상당히 우회해야 하는 길임에는 틀림없었다. 하지만 암브로스족의 상황이 급박한 상태에서 아르제스가 택할 수 있는 최선의 행군로였다.

사브리바와 모르사 강 사이에는 빽빽한 숲과 늪지가 가로 놓여 있어 횡단이 어려웠고, 다시 주둔지로 회군한 다음 모르사 강을 따라가기에는 시간이 너무 지체될 터였다. 문제가 되는 식량의 보급은 행군로 주변에 있는 부락에서 징발함으로써 해결해야 했다. 하지만 막상 행군을 시작하고 나자 이마저도 차질을 빚기 시작했다.

사브리바의 숙영지를 출발한 지 사흘째.

정찰병에 의해 전달되는 보고들은 하나같이 아르제스의 마음을 무겁게 했다. 최소 행군로 주위 10킬로미터 이내의 부락들과 경작지는 모조리 불타거나 파괴되어 있다는 내용이었기 때문이다. 하지만 사브리바가 불타 버린 것과는 이유가 달랐다.

사브리바는 이케니아 군의 주둔지와 너무 가까이 위치해 있고, 평지에 세워진 도시라 방어에도 용이하지 못하다. 사브리바가 불태워진 것은 순전히 전략적 선택이라고 해야 옳았다. 하지만 이케니아 군의 행군로 주변은 카나이족의 영향권 내이긴 하지만, 정확히 말해 카나이 부족의 영토는 아니다. 이곳은 카나이족에 복속한 군소 부족들의 영토였기 때문이다.

따라서 이곳의 부락이 불태워진 것은 이케니아 군의 행군로를 미리 알아서였다고 하기보다는, 카나이족의 소집 명령에 복종해 거주지를 옮겼다고 생각하는 편이 옳았다. 어차피 넓을 땅을 차지하고 있는 몇몇 부족을 제외하면 유목 생활에 익숙한 에레냐드 인들이다. 당연히 이런 사람들은 집과 농경지에 대한 애착이 그다지 강하지 않고, 거주지를 옮기는 것에도 그리 미련을 두지 않는다. 하지만 이유가 어떠하든 보급품의 현지 조달이 매우 어려워졌다는 사실에는 변함이 없었다.

"이건 좋지 않군."

아르제스와 어깨를 나란히 하고 말을 몰던 발가르는 군은 표정으로 말문을 열었다. 그의 말에 아르제스는 고개를 돌려 뒤따르는 병사들의 행렬을 바라보았다.

"그렇군요."

노련한 지휘관이라면 병사들의 발자국 소리만 듣고도 사기의 정도를 짐작할 수 있다. 아르제스에게 들리는 병사들의 발걸음 소리는 무거우면서도 어지러운 불협화음을 내고 있었다. 주둔지를 떠나온 지 벌써 8일째이다. 암브로스족과 시아노족이 대치하고 있는 곳까지는 아직도 나흘 거리나 되지만 이제 식량은 채 일주일치 정도밖에 남아 있지 않았다.

물론 암브로스족의 영토까지 보급선을 확보할 수만 있다면 보급은 가능할 것이다. 하지만 그러기 위해서는 모르사 강 유역을 수중에 넣어야 하고, 그러기 위해서는 시아노족과의 전투는 불가피하다. 역시나 문제는 시간이었다.

병사들은 눈에 띄게 동요하고 있었고, 아직은 탈영병이 없다는 것에서나 위안을 찾아야 할 형편이었다. 그나마 병사들이 의지할 수 있는 것은 사령관의 군사적 명성뿐이었다.

그날 밤, 고민에 빠져 있는 아르제스에게 프로퀼리우스가 찾아왔다. 비록 인질로서 동행시킨 그였지만 아르제스는 그를 무척이나 신뢰하고 존중하고 있었고, 프로퀼리우스도 젊은 사령관인 아르제스에게 연륜을 넘어선 존경심을 느끼고 있었다. 그런 그가 찾아와 조심스럽게 꺼낸 말은 아르제스에게는 무척이나 솔깃한 정보였다. 다름 아닌 식량에 관한 문제였기 때문이다.

"식량 저장소라니?! 자세히 설명해 보라."

아르제스는 진지한 태도로 답변을 재촉했고, 아르제스 옆에 서 있던 발가르와 메텔로, 그리고 게릭토스 등의 군단장급 지휘관들도 무척이나 궁금하다는 표정이었다.

"네, 각하. 에레냐드가 티투스에 의해 정벌되기 전에는 부족 간에 크고 작은 다툼이 끊이질 않았습니다."

여기까지 말한 프로퀼리우스는 아차 하는 표정을 지으며 자신의 입을 손으로 가렸다. 명색이 라인 제국 속주의 총독 대행관인 아르제스 앞에서 황제의 이름을 존칭없이 함부로 입에 올렸기 때문이다. 하지만 아르제스는 가볍게 웃으며 그의 어깨를 다독였다.

"후후, 괜찮다. 불멸의 신들을 제외하고는 당사자가 없는 데서 어떤 말을 하던 무슨 상관이겠는가? 하던 말이나 계속하라."

비록 북부에레냐드가 카나이족을 필두로 한 5개의 주요 부족에 의해 지배되고 있다고 하더라도 그들 간의 힘의 균형은 늘 불안정한 상태였다. 카나이족은 넓은 땅과 많은 부족 인원을 자랑하고 있었고, 켈리족은 뛰어난 항해술로 해전에 강하였다. 시아노족과 암브로스족은 뛰어난 기병을 다수 보유하고 있었고, 베르티손족은 그 잔인함과 용맹함에 있어서는 타

의 추종을 불허하고 있었다. 그렇기에 이들 부족들 사이에서
는 주위의 군소 부족들을 영향력하에 두기 위해서 해마다 반
복되는 작은 전쟁들이 있어왔다. 이런 관습화된 전쟁이 가능
했던 것은 이들 부족이 중앙집권적 권력 구조를 갖추지 못한
것에서 그 이유를 찾을 수 있었다. 도시를 다스리는 실질적인
권한은 현지어로 '베르고브레트' 라고 불리는 판관들의 몫이
었고, 주위 부락을 복속시키기 위한 전쟁도 이들 판관들의 결
정에 따라 이루어지는 경우가 많았다.

전쟁과 화평, 그리고 복속의 반복은 에레냐드 지방의 일상
과도 같은 것이었다. 하지만 에레냐드가 라인 제국의 속주로
편입된 이후로는 한동안 이런 분쟁이 자취를 감추고 말았다.
그들은 독립된 부족이기 이전에 라인 제국 속주의 속주민이
었고, 속주법은 속주민들이 불법적인 무력 분쟁에 관여하는
것을 엄격히 금지하고 있었다.

프로퀼리우스가 말한 다툼은 이와 같은 의미였다. 순간 당
황함에 침을 꿀꺽 삼켰던 프로퀼리우스는 다시금 말을 이어
갔다.

"저희 브로타족은 비록 켈리족과 한 뿌리이지만 대대로 카
나이족에게 복속을 맹세해 왔습니다. 비브오락테스 형제가 카
나이족의 실권을 장악하기 전까지는 볼모와 공물을 바침으로
써 평화를 누릴 수 있었지요. 그 당시 저는 귀족가의 차남(次
男) 된 자로서 카나이족에 볼모로 맡겨진 적이 있었습니다. 제

가 맡겨진 곳은 이곳에서 북동쪽으로 90킬로미터 정도 떨어진 '사멘티아'라는 도시였습니다. 그리고 이 이야긴 거기에 머물면서 들었던 것입니다만……"

프로퀼리우스가 털어놓은 이야기는 이러했다.

복속한 주변의 군소 부족의 것까지 합치면 카나이족이 차지하고 있는 영토는 이케니아 연맹의 전체 넓이와 비슷한 정도이다. 이토록 넓은 영토를 족장 혼자서는 다스릴 수 없기에 그들은 주요 도시마다 판관을 두어 그 일대를 다스리게 한다. 일종의 행정 자치구인 셈이다.

사멘티아도 판관이 주재하는 큰 도시로서 일대에 꽤나 넓은 평야가 있어 농업 생산성이 무척이나 높은 곳이었다. 게다가 이곳은 지리상으로 동쪽으로는 시아노·암브로스족과 가깝고, 남쪽으로 베르티손족의 영토에 쉽게 접근할 수 있는 조건을 갖추고 있다. 때문에 이곳 사멘티아에는 다른 자치구와는 다르게 조금 특별한 시설이 있는데, 그것이 바로 식량 저장소였다. 만일의 분쟁에 대비해 항상 2만 명이 한 달을 지낼 수 있는 양만큼의 밀이 행정구 모처에 보관되어 있었다. 덕분에 사멘티아의 판관은 부족 내에서도 손꼽히는 유력자가 선출되는 것이 보통이었다. 중요성도 중요성이지만, 그 정도 양의 밀을 관리하다 보면 아무래도 개인이 축재(蓄財)할 기회가 생기기 마련이었기 때문이다.

하지만 여기까지 들은 아르제스는 가만히 고개를 저었다.

"이곳에서 90킬로미터 거리라면 순전히 왕복하는 데만도 일주일이나 걸리는 거리다. 그럴 시간적 여유가 있었다면 처음부터 주둔지를 경유해서 행군로를 잡았을 것이다."

"제 말을 끝까지 들어보십시오. 비록 사멘티아 판관의 소관이긴 하지만 식량 저장소는 사멘티아 내에 있지 않습니다. 사멘티아보다는 이곳에서 훨씬 가까운 곳에 있지요."

"음?! 그게 어디인가?"

"이곳에서 북동쪽으로 채 30킬로미터도 못 되는 곳에는 '옥토로눔'이라는 그리 크지 않은 마을이 있습니다. 작은 산의 북사면을 등지고 있는 요새 같은 마을인데, 이 마을 북쪽으로는 드넓은 평야가 펼쳐져 있지요. 바로 이 옥토로눔이 카나이족의 식량 저장소 중 하나입니다."

30킬로미터 거리면 수레를 대동한다 하더라도 강행군으로 사흘이면 왕복이 가능하다. 거리 상으로는 충분히 습격할 만한 가치가 있었다. 하지만 여전히 의문은 남았다.

"하지만 그렇게 중요한 식량 저장소를 왜 도시 외곽에 설치한단 말인가?"

"사실 옥토로눔에 있는 저장소는 임시 저장소라고 보는 편이 옳습니다. 가을에 추수한 곡식은 임시로 가까운 옥토로눔의 저장소로 옮겨졌다가 겨울이 다가오면 필요한 양만큼 다시 사멘티아로 옮겨갑니다. 하지만 만일에 대비한 군량을 보관해야 하기 때문에 일정량의 식량은 항상 쌓아놓기 마련이지요.

게다가 식량을 도시 내에서 전부 보관하게 되면 남의 눈이 두려워 판관이 쉽게 유용하기가 힘들어진다는 이유도 있지요."

프로퀼리우스의 말이 전부 사실이라면 이것은 이케니아 군에게 더없는 기회가 될 수 있었다. 하지만 말을 잇는 그의 어투에서는 왠지 자신감이 결여되어 있었다.

"다만, 지금의 옥토로눔에 식량이 보관되어 있을지는 장담할 수 없습니다. 이미 카나이족은 라인 제국에 선전포고를 한 상태이고, 사멘티아도 각하께서 가시고자 하는 곳과 그리 멀리 떨어졌다고 할 수 없습니다. 어쩌면 옥토로눔에 있는 모든 식량을 사멘티아로 옮겨 버렸을지도 모릅니다."

프로퀼리우스가 처음부터 조심스럽게 말을 꺼낸 이유도 이런 우려 때문이었다. 게다가 그가 볼모로 잡혀갔던 것은 이미 8년 전의 일이다. 그들이 식량을 저장하는 방식이 바뀌었을지도 모르고, 최악의 경우에는 아예 장소가 옮겨졌을지도 모른다.

하지만 아르제스는 프로퀼리우스의 정보를 무척이나 진지하게 받아들였다. 식량이 떨어질 때까지 아무것도 하지 않는 것보다는 가능성있는 정보를 적극적으로 활용하는 편이 훨씬 낫다.

이케니아 군은 하루에 40킬로미터씩 엄청난 강행군을 했다. 이것은 분명 적들의 예상을 뛰어넘는 속도임에 분명할 것이다. 그리고 행군로 주변의 부락이 불타는 바람에 행적조차 들키지 않았다. 식량을 확보하지 못했다는 점에서는 불행이 었지만, 은밀히 이동할 수 있었다는 점에서는 오히려 이점으로 작용한 것이다. 따라서 불과 30여 킬로미터밖에 떨어지지 않은 곳이라도 미리부터 이케니아 군의 동태를 파악하고 있다고는 생각하기 힘들었다. 상대가 모르고 방심하고 있다면 공격이 성공할 가능성은 비약적으로 높아진다. 아르제스는 옥토로눔의 습격을 결심했다.

"역시 시도해 볼 만한 가치는 있겠군. 이 일은 발가르님이 맡아주십시오."

아르제스의 말에 서탁에 기대어 팔짱을 끼고 있던 발가르는 순순히 고개를 끄덕였다. 발가르 스스로의 생각에도 이 일에는 에레냐드에서의 종군 경험이 있는 자신이 적격이었다.

"병력의 편성과 물자의 지원은 재량껏 해도 되겠지?"

"1개 군단 내에서 좋으실 대로 하십시오."

아르제스의 대답을 들은 발가르는 가볍게 고개를 끄덕이며 곧바로 막사를 벗어났다. 내일 동이 트자마자 출발하려면 지금부터 준비할 것이 많았다.

사령관의 막사에서 나온 발가르는 제3군단의 전체 대대장들을 소집했다. 그리고 제비를 뽑아 습격에 참가할 5개 대대를 가렸다. 기병의 경우는 본대의 정찰에 필요한 300기를 제외하고 나머지 모두를 대동하기로 했다. 기병을 포함한 전체 병력의 수는 3,500 정도였다. 기습의 묘미는 빠른 속도와 의외성에 있다. 아르제스가 허용한 수는 6천이었지만 발가르는 이 정도의 병력이면 충분하다고 생각했다. 아니, 정확하게 말해 3천5백의 병사로 함락시키지 못할 시설이면 습격의 의미가 없었다.

*　　　　*　　　　*

발가르로 하여금 옥토로눔의 식량 저장소를 습격하도록 지시한 아르제스는 나머지 병력을 이끌고 동남쪽으로 행군을 계속했다. 그리고 언제나처럼 기병들을 정찰대로 풀어 행군로의 전방을 탐색하도록 했다.

그러던 중, 정찰대가 운 좋게 토착 부족의 부락을 발견했다. 카나이족의 소집 명령을 거부한 것인지 아니면 카나이족의 명령이 전해지지 않은 것인지는 알 수 없었지만, 아르제스에게는 행운임이 분명하였다. 주민의 규모는 겨우 800여 명 정도였다. 보급에는 아무 도움이 안 되는 부락이었지만, 아르제스는 기병대로 하여금 급습하여 부락을 점령토록 지시했다.

힘의 논리에 의해 지배받는 관계가 일반적인 에레냐드에서 세력이 작은 부족들은 소문에 무척이나 민감한 편이었다. 비록 주민이 800여 명밖에 안 되는 작은 부락이라도 일주일 거리에 있는 소식들은 어떤 경로를 통해서건 주민들의 귀로 들어가기 마련이었다. 일설에 따르면 중요한 소식들은 해가 떠서 해가 질 때까지 300킬로미터나 떨어진 곳으로까지 전해진다는 말이 있을 정도였다(물론 이런 신속성이 정확성마저 보장해 주는 것은 아니었다). 아르제스가 원한 것은 주민들이 들은 이 '소문'들을 알아내는 것이었다. 이곳은 시아노족의 군대가 주둔하고 있는 곳과 불과 이틀 남짓한 거리에 있었고, 주민들은 어떤 식으로든 그곳에 대한 정보를 접하고 있을 터였다. 물론 소문이란 것은 완전히 믿을 것은 못 된다. 하지만 거품을 걷어낸 소문은 정보로서도 충분한 가치가 있는 법이었다.

주민들을 심문한 아르제스는 시아노족의 병력 규모가 약 3만에 이른다는 것을 알았다. 더불어 아직 시아노족과 암브로스족 사이에 본격적인 전투는 일어나지 않았으며, 웬일인지 아누이 왕국의 군대도 아직은 피나세아 산맥을 넘지 않았음을 알 수 있었다. 더 이상 자세한 정보는 얻을 수 없었지만 지금의 아르제스에게는 그것만으로도 충분히 귀중한 정보였다. 아르제스는 이들 부락 주민들 중 10명을 볼모로 잡아 행군에 동행시키도록 지시했다. 모든 것이 익숙하지 않은 타지에서 현지인은 여러모로 쓸모가 많은 존재였다.

사흘을 더 행군한 시점에서 아르제스는 정찰병들의 보고

를 통해 시아노족의 진지가 17킬로미터 정도 떨어져 있음을 알게 되었다. 볼모들을 통해 적의 대략적인 규모는 알고 있었지만 좀 더 정확하고 다양한 정보가 필요했기에 직접 기병으로 이루어진 정찰대를 이끌었다.

아르제스가 처한 지금의 상황은 메디아에서 바투의 군대와 일전을 벌이기 전의 상황과 여러 면에서 유사했다. 상대에 비해 상대적으로 적은 군사 수도 그랬고, 특히 발가르에게 대부분의 기병을 맡겨 버린 상황에서 기병 간의 전력 차이는 오히려 그때 이상이었다. 게다가 그 당시에는 시간이 아르제스의 편이었지만 이제는 시간마저도 아르제스의 편이 아니었다. 적은 병력으로 빠른 시간 내에, 그것도 압도적인 결과를 내야만 하는 것이 현재 아르제스가 처한 어려움이었다. 정찰대를 이끄는 도중에도 그의 생각은 항상 이 점에 맞추어져 있었다. 계곡, 숲, 언덕 등의 지형을 새겨가며 그의 머릿속에는 수많은 작전들이 세워졌다 지워지고 있었다. 그리고 한나절에 걸친 정찰 후, 아르제스는 숙영지 건설을 명령했다.

그가 숙영지 건설을 지시한 곳은 남쪽과 북쪽으로는 언덕이 위치하고, 주진문의 위치로 보았을 때 진지의 배후에 해당하는 서쪽에는 울창한 숲이 펼쳐진 지점이었다. 지형적 요소 자체로 따져 보았을 때는 그리 나쁘지 않은 진지 건설 지점이었지만 그가 지시한 숙영지의 모습은 지금까지 건설해 왔던 일반적인 것과는 달랐다.

먼저 그는 방책을 허술해 보이게 쌓도록 지시했다. 거기에다 막사 사이의 통로 간격을 줄이고, 방책과 막사 외곽의 배수로 사이의 간격도 좁히도록 했다. 이렇게 하자 밖에서 보았을 때의 진지는 실제 병사 수에 비해 무척이나 왜소한 규모가되었다. 3개 군단이 주둔하는 숙영지의 평균적인 둘레 길이는 약 1.8킬로미터이다. 그러나 아르제스의 지시에 의해 건설된 숙영지의 둘레는 1.2킬로미터에 불과했다. 당연히 모든 병사가 편하게 주둔하기에는 협소한 크기였다. 그리고 숙영지 안에 숲에서 베어낸 목재들을 최대한 비축하도록 지시했다. 이렇게 되자 가뜩이나 좁은 숙영지가 마치 목재 창고처럼 되어버렸다.

뒤이어 내려진 명령은 숙영지를 남북으로 감싸고 있는 언덕 지형의 확보에 관한 것이었다. 하지만 이 점에 있어서도 아르제스의 명령은 상식을 벗어나 있었다. 두 언덕 중 남쪽의 것은 3면의 경사가 가파르면서도 언덕등성이가 상당히 넓어 4개 대대 이상이 주둔할 수 있는 공간임에 비해 북쪽의 언덕은 경사가 완만하고 높이도 그다지 높지 않은 데다 마루마저 좁아 1개 대개가 겨우 주둔할 만한 공간밖에 없었다. 어느 모로 보아도 남쪽의 언덕을 요새화하는 것이 수비에 유리할 터인데, 아르제스의 공사 지시는 북쪽 언덕에 집중되어 있었다.

먼저 북쪽 언덕의 마루 부분에 2중 방책을 쌓아 소진지를 구축하게 한 다음, 소진지와 주진지인 숙영지를 잇는 400여

미터의 이중 참호를 파게 했다. 그리고 참호 외곽으로는 해자를 파고 날카롭게 나무를 깎아 만든 각종 함정과 장해물을 설치하도록 했다. 그에 비해 남쪽 언덕은 겉보기에만 멀쩡한 단일 방책 하나만 세우게 하였다.

상식에 어긋나는 사령관의 명령에 상당수의 병사들은 의문을 품었다. 주둔지를 떠나올 때부터 1만 8천밖에 안 되었던 병사이다. 그러던 것이 발가르가 5개 대대를 이끌고 옥토로 늄으로 떠나는 바람에 지금은 병력이 채 1만 5천에도 미치지 못한다. 적에 비해 절반밖에 안 되는 수준이다. 이런 상황이라면 오히려 주둔지를 크고 튼튼하게 지어 적이 쉽사리 도발하지 못하도록 할 필요가 있지 않겠는가? 이런 의문을 품는 병사들은 대부분 신병으로 징집된 병사들이었다. 아르제스는 병사들에게 많은 것을 자세히 알려주는 장수가 아니라서 아르제스의 방식에 익숙하지 못한 신병들은 불안감을 느낄 수밖에 없었다.

하지만 아르제스와 한 번이라도 함께 종군한 경험이 있는 고참병들은 사령관의 명령에 아무런 의심을 품지 않았다. 물론 고참병들이라고 처음부터 불안감을 느끼지 않은 것은 아니었다. 그들에게도 이번 행군은 무척이나 괴로운 과정이었다. 약탈을 통해 얻을 수 있는 전리품은 극히 제한되어 있었고, 밤이면 두려움과 벌레 때문에 잠을 설쳐야 했다. 게다가 주둔지를 떠난온 후 얼마 전까지 그들에게 내려진 과제는 오직 '강행군' 뿐이었다. 고참병들이 불안해한 가장 큰 이유도 사령관이 행군을 제외하고는 아무런 전술적 명령을 내리지 않았기 때문이다.

하지만 이제는 달랐다. 사령관이 확신에 찬 태도로 지시를 내리기 시작한 것이다. 비록 다수의 적이 지척에 있고 보급마저 확실하지 않은 상태였지만, 오히려 이러한 악조건들이 고참병들의 아르제스에 대한 신뢰를 굳건하게 만들었다. 그들이 아는 자신의 사령관은 절대 승산이 없는 승부는 하지 않는 인물이었다. 사실 과거를 돌이켜 볼 때 아르제스의 모든 지시들이 확신으로 가득 찬 상태에서 내려진 것은 아니었다. 하지만 중요한 것은 병사들이 그렇게 믿고 있다는 점이었고, 그런 면에서 아르제스는 운이 좋은 인물이었다.

돌림병뿐만 아니라 사람의 마음가짐 또한 전염된다. 되살아난 고참병들의 자신감은 서서히 군단 전체로 번져 나갔다. 시일이 지나면서 식량 사정은 더욱더 안 좋아지고 있었지만 병사들의 사기는 오히려 오르고 있었다. 아르제스도 병사들의 변화를 몸으로 느끼고 있었다. 하지만 이러한 현상이 일시적일 뿐이라는 것도 잘 알고 있었다. 그는 사령관으로서 병사들의 믿음에 보답해야만 했다. 그것도 최대한 빨리 말이다. 그런 의미에서 아르제스의 진정한 적은 '촉박한 시간'이었다.

숙영지와 소진지의 건설은 지휘관들의 지시하에 빠르게

이루어졌다. 이미 브로타의 주둔지 공사를 통해 병사들이 토목공사에 익숙해진 덕분이었다. 더구나 다행스럽게도 공사에 필요한 자재는 가까운 숲에서 아주 쉽게 구할 수 있었다. 그리고 아군의 위치를 최대한 숨기기 위해 진지가 완성될 때까지 불을 피우는 것을 금지시켰다.

이른 아침부터 진지 이곳저곳을 돌아다니며 공사를 진두지휘하던 아르제스는 저녁 식사 시간이 되어서야 사령관 막사로 돌아왔다. 그리고는 1군단 1대대의 선임 백인대장인 그나에우스를 호출했다.

"부르셨습니까, 사령관님."

"음, 왔는가?"

절도있는 자세로 경례하는 그나에우스를 아르제스는 가볍게 미소 띤 얼굴로 맞이하였다.

"저번에 마을에서 잡아들인 볼모들, 자네가 관리하고 있었지?"

"네, 그렇습니다."

"그 볼모들 가운데서 시아노족으로 보낼 사절로 쓸 만한 자를 골라보게."

너무나도 의외인 명령에 그나에우스는 복명 대신 반문을 던질 수밖에 없었다.

"네? 사절로 보내시려면 좀 더 믿을 만한 사람도 있지 않겠습니까? 프로퀼리우스는 어떻겠습니까?"

"하하, 그 사람은 너무 믿을 만해서 안 되지. 내가 원하는 사절은 믿을 만하지 못한 자니까."

아르제스의 말을 이해하지 못한 그나에우스는 의아한 표정을 지었다.

"하지만 그렇게 된다면 우리 진영의 정보들이 누출되게 될 것입니다."

비록 볼모로 잡혀와 있다고는 하지만 이방인인 이케니아 군보다는 같은 민족인 시아노족에게 더 호의적일 것이 분명한 사람들이다. 며칠간이나 이케니아 군과 같이 행동한 그들을 사절로 보내게 된다면 그들이 얻은 정보들이 고스란히 시아노족 측에 넘어갈 것이 뻔하다.

"그래, 내가 원하는 게 바로 그것이지. 만일 자네가 시아노족의 총지휘관이라면 자신보다 보병 병력은 1/3에다가 식량 사정도 좋지 않고, 기병 전력은 수백에 불과한 적을 눈앞에 두고 어떠한 결정을 내리겠는가? 게다가 자네도 일단 전력을 움직인 이상 겨울이 오기 전에 성과를 거두어야만 한다면 말이야."

"아!"

그나에우스는 그제야 아르제스의 의도를 알 수 있었다. 상식을 벗어났던 진지 공사 명령에서부터 이어지는 일관성을 눈치 챈 것이다.

"처음부터 적을 도발할 작정이셨습니까?"

하지만 아르제스는 대답하지 않고 가볍게 한 번 웃을 뿐이었다. 아군이 적군보다 전력상 열세에 있을 때, 수비가 아닌 적극적인 공격으로 활로를 찾는 것이 승리를 위한 유일한 방법이다. 하지만 그 '공격' 이란 것은 굳이 선공을 의미하는 것은 아니다. '공격' 은 어떤 의미에서 전장의 주도권을 말한다. 즉, 전장의 흐름을 누가 쥐고 있느냐 하는 것이었다. 아르제스의 가장 큰 장점은 사물과 사건이 가진 양면성을 볼 줄 안다는 점이었다. 이것은 굳이 군사적 영역에만 국한되는 재능은 아니다. 그나에우스는 눈앞의 젊은 사령관에게서 왠지 모를 섬뜩함을 느꼈다.

"자네도 군에 종신할 생각이라면 잘 알아두게. 아무리 세력이 열세라도 싸울 장소와 시기를 결정할 수 있다면 이미 5할은 이기고 들어가는 것이네."

"그렇다면 나머지 5할은 어디서 결정되는 것입니까?"

그나에우스는 무척이나 진지한 어조로 물었다. 지금이 아니고서야 언제 총사령관과 이런 대화를 나누어본단 말인가?

"운이지. 최소한 나는 그렇게 생각한다."

농담으로 받아들이기에는 조금의 거짓도 찾아볼 수 없는 아르제스의 눈빛이었다. 그나에우스도 어렴풋이 아르제스가 말한 '운' 의 의미를 알 것만 같았다.

"알겠습니다. 그럼 전 '눈치가 빠르면서도 입이 가볍고 믿음직스럽지 못한 사절'을 골라보도록 하겠습니다."

이렇게 말하며 막사를 벗어나려는 그나에우스에게 아르제스는 한마디 충고를 잊지 않았다.

"나는 입이 무거운 사람을 좋아한다네."

그 말에 그나에우스는 엄숙한 표정과 군례로 대답을 대신했다.

다음날 아침, 시아노족의 무조건적인 철수를 요구하는 최종 경고가 사절을 통해 전달되었다. 물론 사절은 그나에우스가 고르고 고른 적격자였다.

*　　　*　　　*

갑작스럽게 나타난 아르제스의 '사절'에 시아노족 진영은 충격에 빠졌다.

"이 일을 어떻게 한단 말인가! 곧 도착한다던 카나이족의 지원군은 아직 소식이 없단 말이냐?!"

시아노족의 족장인 켈틸의 음성에는 당황한 기색이 역력했다. 불과 하루 거리까지 이케니아 군이 접근해 있다는 소식은 그를 놀라게 하기에 충분했다. 비브오락테스에게 듣기로 이케니아의 군대는 전염병으로 사기가 형편없이 꺾여 있는 상태라 했다. 그런 군대가 이처럼 빠르게, 그리고 예상하지 못한 방향에서 나타나다니?

그는 그다지 대범한 인물이 아니었다. 그런 인물이 3만이 넘는 대군을 이끌고 암브로스족의 침공에 나선 것은 순전히 비브오락테스와 호전적인 측근들의 영향력을 무시할 수 없었기 때문이다.

"일단 우리 측에서도 사절을 보내 회담을 제의하는 것이 어떻겠는가?"

그리 넓지 않은 막사 안을 불안한 발걸음으로 오가던 켈틸은 주위에 있는 측근들에게 의견을 물었다. 그러자 한 장로가 입을 열었다.

"굳이 회담 제의를 서두를 필요는 없을 듯합니다. 그보다는 그들의 진지를 정확히 염탐해 보는 것이 먼저이겠지요."

"하지만 불과 한나절 거리에 있는 그들이 아닌가? 그사이에 공격이라도 한다면?"

켈틸의 말에 장로는 고개를 천천히 가로저었다.

"거리는 한나절이지만 지형이 우리 측에 유리합니다. 강변의 언덕 쪽에 병사를 배치시켜 경계를 강화한다면 그다지 문제가 되지 않을 것입니다. 게다가 공격할 심산이었다면 숙영지를 건설하기보다는 먼저 기습을 감행했을 것입니다."

장로의 말은 일리가 있었다. 이케니아 군과 시아노족의 진지 사이에는 남북으로 이어진 계곡이 가로놓여 있었다. 이 계

곡을 기준으로 서쪽에는 이케니아 군이, 동쪽에는 시아노족
의 진영이 위치하고 있는 것이다. 계곡을 흐르는 강의 수량
자체는 그리 대단할 것이 없지만, 폭 50여 미터의 계곡은 군
사적인 목적에서 보았을 때 확실히 손쉽게 건널 수 있는 지형
이 아니다. 이 계곡은 이케니아 군 진지와는 6킬로미터, 시아
노족 진지와는 11킬로미터 정도의 거리를 두고 있는데, 동쪽
강변을 따라 긴 구릉이 뻗어 있어 시아노족 측이 훨씬 수비와
관측에 용이했다. 그곳에 군사를 배치시키면 쉽사리 일대를
장악할 수 있었다.

"게다가 그 가이우스라는 자는 스스로 공평무사함을 자처
하는 자가 아니었습니까? 우리가 대답을 줄 때까지는 행동하
지는 않을 것입니다. 시간을 끌면 끌수록 유리한 것은 우리
쪽이니 급하게 대답을 줄 필요도, 섣부르게 선공을 가할 필요
도 없지요. 그리고 사절로 온 자는 이케니아 군의 병사가 아
니라 근처 작은 부족의 주민이었습니다. 그자를 잘 구슬려 보
면 쓸 만한 정보도 얻을 수 있을 것입니다."

"그대의 말이 옳다."

켈틸은 고개를 끄덕이며 수긍하고 말았다. 그리고는 명령
을 내려 동쪽 강변의 언덕을 5천의 병사로 장악하게 한 후, 정
찰을 위해 기병대를 풀도록 했다. 아르제스의 기대와는 달리
시아노족도 아직은 신중하게 대처하고 있었다.

           *   *   *

　중장보병 5개 대대와 7백의 기병대를 이끈 발가르는 빠르게 목적지인 옥토로눔으로 향했다. 식량은 6일치만 지참하게 했고, 휴대하기 마련인 공사 장비도 모두 놓고 온 탓에 행군은 무척이나 신속했다. 본대를 떠나온 지 꼬박 하루 만에 발가르는 멀리 옥토로눔의 방책이 엿보이는 곳까지 도달할 수 있었다. 하지만 바로 기습을 실시하지는 않았다. 근처 숲속에 병력을 숨긴 채 공성 장비들을 준비하며 해질 무렵까지 기다려 동태를 엿보기로 한 것이다. 무엇보다 이번 기습은 일단 실행되면 반드시 성공해야만 하는 공격이었다. 그러지 못할 바에는 차라리 기습을 포기하고 본대와 합류하는 편이 나았다.

　능숙한 지휘관이라면 식사 시간 무렵에 피어오르는 연기만으로도 주둔군의 숫자를 어림잡을 수 있다. 7, 8개 대대는 능히 주둔할 만한 크기의 마을에서 피어오르는 연기는 겨우 천여 명 수준에 불과했다. 이것이 적의 함정일 가능성은 없었다. 옥토로눔에 주둔 중인 병사들의 수가 파악되자 발가르는 지체없이 공격 명령을 내렸다.

　발가르가 취한 작전은 아주 기본적이었지만 효율적인 작전이었다. 작전은 먼저 기병대가 마을 북쪽에 위치한 방책의 정문으로 몰려가 투척 무기와 횃불을 던지는 것으로 시작되었다. 예기치 못한 기습에 옥토로눔의 주민들과 병사들은 적이 누구인지조차 파악하지 못했다. 그런 혼란의 와중에 중장보병대들은 준비한 사다리와 공성탑을 통해 마을 안으로 무혈입성할 수 있었다. 그것으로 전투는 이미 종료된 것이나 마찬가지였다. 수비를 담당하던 병사들은 곧바로 무기를 버리고 항복해 버렸고, 주민을 포함에 1,300여 명을 포로로 잡을 수 있었다. 하지만 지나칠 정도로 쉽게 성공해 버린 옥토로눔 공략이 왠지 찝찝한 발가르였고, 그의 우려는 곧 현실로 드러났다.

일반적인 주거 건물들의 형태와 유사하게, 저장소도 반 정도 땅을 파서 만든 건물이었다. 부대(負袋)가 보편화되지 않은 에레냐드 지방이니, 저장소에는 밀알이 모래더미처럼 쌓여 있어야 옳았지만 막상 발가르가 돌아본 저장소들에는 예상했던 것에 1/5에도 못 미치는 밀만이 보관되어 있었다.

"음, 정말 이것이 다인가?!"

부하 장교에게 말하는 발가르의 음성은 무척이나 가라앉아 있었다. 쉽게 이루어진 공략만큼이나 수확도 적어진 꼴이 되어버린 것이다.

"그렇습니다. 포로들의 말을 들어보아도 그렇지만, 그리 넓지도 않은 마을에 곡식을 따로 숨길 곳도 찾을 수 없었습니다."

부하의 말에 고개를 끄덕인 발가르는 눈을 돌려 다시 한 번 저장소 내부를 바라보았다. 분명 이런 저장소들이라면 프로 퀼리우스가 말한 2만 명의 한 달치 식량을 보관하기에 딱 적당한 정도의 크기이다. 그리고 창고의 관리 상태를 보아도 최근까지 사용되고 있었음에 분명했다.

"포로들을 직접 심문하겠다."

발가르는 직접 포로를 심문해 자신의 의문을 풀고자 했다. 곧바로 포로로 잡힌 이곳의 수비 책임자가 끌려왔고, 그의 입을 통해 발가르의 의문은 해소되었다.

"흠!"

통역 장교를 통해 포로의 말을 들은 발가르는 무거운 신음을 토했다. 포로의 말에 따르면, 이곳에는 며칠 전까지만 해도 창고가 가득 찰 정도의 식량이 보관되어 있다고 했다. 하지만 시아노족을 지원하기 위해 사멘티아에서 파견된 1만의 군대가 보름치 식량인 1/4을 가져가 버린 상태였고, 나머지 분량은 다가올 추수를 대비해 창고를 비우기 위한 목적으로 사멘티아로 수송되었다는 것이다. 그리고 차후에 필요할 나머지 식량들은 사멘티아에서 직접 수송될 예정이라고 했다. 결과적으로 발가르의 군대와 사멘티아의 원군은 불과 7킬로미터의 거리를 두고 교차한 셈이었다. 그리고 그것이 이 중요한 옥토로눔의 저장소가 허술하게 방비된 이유이기도 했다.

상황이 이렇게 되자 발가르는 심각한 고민에 빠졌다. 발가르가 합류한 상태에서도 적에 비해 절반에 불과한 것이 현실인 상황에서 아르제스의 본대는 1만의 적을 추가로 상대해야 하게 생겼다. 비브오락테스와 켈틸이 아르제스의 신속한 행군을 예측하지 못한 것처럼, 아르제스와 발가르도 설마 카나이족의 원군이 이처럼 적절한 시기에 파병될 줄은 예상하지 못한 것이었다. 아르제스의 칼끝을 동부로 돌린 후 북부에서 세력을 집결하기 위해 여념이 없는 상황에서도 시아노족에게 원군을 보내는 것을 잊지 않을 정도이면, 확실히 비브오락테스라는 인물은 녹록한 상대가 아님이 틀림없었다.

'되돌아가느냐, 남느냐!'

발가르가 놓인 선택의 기로였다. 물론 가뜩이나 부족한 병사 수를 생각한다면 본대와 합류하는 것이 마땅하였다. 하지만 이곳에 자리 잡고 있으면 사멘티아에서 추가로 수송될 보급품들을 견제할 수 있다는 장점이 있다. 게다가 후방을 교란하고 주변을 약탈함으로써 카나이족의 원군에게 심리적 압박감도 줄 수 있었다. 더군다나 어이없을 정도로 쉽게 함락되긴 했지만, 제대로 된 방어 설비만 갖춘다면 옥토로눔은 천혜의 요새로서 장점을 두루 갖춘 곳이었다. 결국 문제는 도합 4만이 넘을 것임에 분명한 적군을 1만 5천의 본대가 감당할 수 있느냐였고, 이것은 신뢰와도 연관된 문제였다.

신뢰에 대한 문제라면 발가르는 아르제스를 전적으로 믿을 수 있었다. 자신과는 다르지만 아르제스는 그 나름대로의 완성된 군사적 재능을 가진 인물이었다. 하지만 신뢰의 여부를 떠나서 파병군의 사령관은 엄연히 아르제스였다. 발가르로서는 그의 명령을 따를 의무가 있었다. 발가르는 기병을 전령을 급파해 자신의 생각에 대한 아르제스의 의견을 묻기로 했다. 더불어 포로들과 500기의 기병들을 동원해 수송할 수 있는 최대한의 식량을 본대로 수송하기로 했다. 기병만이라면 아르제스의 주둔지까지 왕복 3일이면 충분할 것이었고, 모든 결정은 그 안에 정해질 터였다.

*　　　*　　　*

아르제스의 도발에도 불구하고 이틀 동안은 서로 대치 상태만 유지된 채 양측 간의 아무런 교전도 일어나지 않았다. 아르제스의 입장에서는 먼저 군사를 움직일 수가 없었고, 켈틸은 먼저 군사를 움직이는 것을 주저하고 있었다. 그는 대담성은 결여되어 있지만 계산은 빠른 인물이었다. 확실한 승산이 없는 이상, 이케니아 군과 싸워서 전력을 소비시키는 것은 비브오락테스만 이롭게 해줄 뿐이라는 것을 그도 모르는 바는 아니었다.

하지만 그렇다고 갈등이 없는 것은 아니었다. 무엇보다 사절로 파견된 자의 말을 통해 이케니아 군의 수가 1만 5천에 불과하고, 기병은 수백 기에 불과한 데다 진지는 작고 허술하다는 사실을 알게 되었기 때문이다. 비브오락테스가 전한 전염병에 관한 소식은 과장된 면이 없지 않았지만, 사절이 말한 이케니아 군의 어려운 사정은 전혀 가감 없는 사실이었다.

시아노족의 입장에서도 의심할 여지는 전혀 없었다. 신중한 켈틸에 비하여 다른 장로들은 결전을 치르자는 목소리가 높아졌다. 이 기회에 이케니아 군을 격파할 수만 있다면, 에레냐드 서부에서 확고부동한 패권을 다질 수 있었기 때문이다. 이런 상황에서도 켈틸은 여전히 신중했지만 다음날 전해진 2가지 소식은 모든 상황을 일거에 변하게 하기에 충분했다.

첫 번째 소식은 시아노족이 도강 지점의 방어를 포기하고 수도인 안트케나로 철수했다는 소식이었다. 가을이 다가오자 모르사 강을 수비선으로 삼는 것에 불안을 느낀 카바리노스는 이제 막 여물기 시작한 밀의 추수를 앞당기고 수도인 안트케나로 후퇴할 결심을 굳힌 것이었다. 그의 입장에서는 자신이 아르제스에게 보낸 서신이 당도했는지조차 확신할 수 없는 상황이었고, 설사 전해졌다 하더라도 벌써 이케니아 군이 근처까지 도착했을 거라고는 상상도 할 수 없었다. 게다가 오바쿰은 여전히 아누이 군에 포위당한 상태였고, 카나이족이 시아노족을 지원하기 위해 대규모의 원군을 파견한다는 소식까지 들려왔다. 카바리노스로서는 농성을 포기하고 산악 지형의 이점을 이용해 일단 겨울이 오기까지만 버티자고 마음먹을 만한 상황이었던 것이다. 결과적으로 암브로스족의 철수는 아르제스에게나 암브로스족에게나 모두 불운이었다.

두 번째 소식은 사멘티아에서 파견된 1만의 원군이 20킬로미터 거리까지 도달했다는 소식이었다. 카바리노스가 약속한 원군의 파병은 조금은 시일이 지나긴 했지만 완벽하게 지켜진 셈이었다. 이로써 시아노족과 카나이족의 연합군은 보병 3만 8천에 기병 7천, 합이 4만 5천에 이르게 되었다. 아르제스의 군대와 비교하면 보병은 2배 이상, 기병은 20배 이상의 차이였다. 그리고 밀을 추수할 수 있는 시기가 다가오고 있었다. 근처에 제대로 된 농경지조차 없는 이케니아 군에 비해 현지 조달은 물론이고 보급로를 통한 수송이 가능한 시아노—카나이 연합군은 식량 확보에 있어서도 전혀 문제될 것이 없었다.

신중한 켈틸로서도 자신감을 얻기에 충분한 조건이었다. 그는 일전에 아르제스가 보낸 경고 서한에 대한 답신을 그제야 보내었다. 당연히 대답은 '그럴 수 없다' 였다.

*　　　*　　　*

카나이족의 원군이 시아노족의 진영에 접근하고 있다는 소식은 아르제스의 귀에도 들어왔다. 하지만 아르제스가 걱정한 부분은 카나이족의 원군이 혹시나 발가르의 군대와 교전을 벌이지나 않았을까 하는 걱정이었을 뿐, 적군의 병력이 늘어난 것 자체에 대한 걱정은 아니었다. 물론 아르제스의 입장에서도 카나이족의 원군 파견은 의외였다. 하지만 부정적인 면이 있으면 긍정적인 면도 있는 법이다. 식량 부족은 물론이고 모처럼 되살아난 병사들의 사기가 가라앉기 전에 결전을 치르는 것이 아르제스가 가장 바라는 전개였다. 따라서 그의 입장에서 가장 참기 힘든 것은 전력의 우세에도 불구하고 지나치게 신중을 기하는 시아노족의 태도였다. 하지만 카나이족의 원군까지 가세한 상황이라면 그쪽도 망설일 이유가 사라졌을 것이다. 어차피 아르제스가 구상한 작전은 이케니아 군의 강력한 수성 능력과 전장을 제한한다는 계획을 바탕으로 세워진 것이었다. 사방이 탁 트인 평원에서 치러지는 회전이 아닌 이상, 어찌 보면 적군이 1만가량 늘어난 것은 작전에 큰 영향을 미치는 요소가 아니었다.

적의 공격이 임박했다고 확신한 아르제스는 진지에 미리 쌓아두게 한 목재로 진지 보강 공사에 들어갔다. 처음 숙영지를 건설할 때부터 아르제스는 이 진지를 안락한 숙영의 목적으로 쓸 마음은 전혀 없었다. 될 수 있으면 숙영지를 작게 건설하게 한 것은 적이 아군을 얕잡아 보게 하고자 하는 목적도 있었지만, 근본적으로는 적은 수의 병사로도 효율적인 방어를 할 수 있게 하려는 속셈이었다.

공사는 다음과 같이 진행되었다. 먼저 허술하게 세워진 기존의 방책은 그대로 둔 채, 그 뒤로 새로운 방어선이 세워졌다. 폭 3미터, 깊이 2미터의 해자를 파고 그 뒤로는 병사들이 공격하기 편하게 요철(凹凸) 모양의 방책이 세워졌다. 그리고 방책 뒤로는 4층짜리 방어용 탑을 만들도록 지시했다. 탑은 약 30미터 간격으로 일정하게 세워졌는데, 이렇게 되면 각 탑은 좌우 15미터를 담당하게 되고, 15미터의 간격이면 탑에서 투척하는 투척 무기가 수비선 전체를 사정거리에 둘 수 있었다. 이렇게 세워진 방어용 탑은 모두 50개에 이르렀다.

이렇게 공사에 숙련된 기술대의 주도 아래 방어 준비가 한창일 무렵, 발가르의 서신을 지닌 기병대가 도착했다. 옥토로눔의 식량 저장소를 무사히 점령했다는 내용과 함께 사멘티아에서 카나이족의 원군이 전장을 향했다는 소식이었다. 그리고 옥토로눔을 거점으로 적의 후방을 교란할 것인지, 아니면 빠르게 본대에 합류할 것인지에 대한 명령을 바라는 내용도 포함되어 있었다.

"과연……."

발가르의 서신을 읽어나가던 아르제스는 다시 한 번 자신의 '스승'에 대해 감탄하고 말았다. 만일 평범한 장수였다면 목적이 달성된 이상 확보한 식량만을 가지고 본대에 합류하는 것을 최선으로 삼았을 것이다. 하지만 발가르는 식량의 확보나 본대로의 합류 이상으로 적의 후방을 교란하는 것이 얼마나 중요한 전략적 가치를 가지는가를 잘 알고 있었던 것이다.

특히나 시간에 쫓기는 아르제스로서는 적을 도발할 요소가 많으면 많을수록 좋았다. 발가르가 성공적으로 후방을 교란해 준다면 적의 추가 원군을 막을 수 있는 것은 물론이고, 카나이족을 조급하게 만들어 공격을 서두르게 만들 수 있을 터였다. 이것은 아르제스에게 병력 3,500 이상의 가치를 지니는 일이었다. 그는 즉각 발가르에게 보낼 답신을 작성했다. 되도록이면 요란하게 후방을 유린하라는 지시였다.

*   *   *

아르제스의 최종 경고를 켈틸이 거부함으로써 사실상의 선전포고를 주고받은 두 진영이었지만 선전포고가 곧바로 전투로 이어지지는 않았다. 아르제스의 입장에서는 인내를 시험당하고 있는 셈이었다.

켈틸은 계곡의 동쪽 구릉까지 본진을 전진시켰지만 더 이상은 움직이지 않았고, 양측은 약 6킬로미터 거리에서 대치한 상태에서 팽팽한 긴장감만을 피워 올리고 있었다. 이 지겨운 대치 상황을 끝낸 것은 발가르가 옥토로눔을 점령했다는 소식이었다.

카나이족의 원군을 이끌고 있는 자는 사멘티아의 판관인 암포도릭스라는 자였다. 그는 옥토로눔이 점령되고 추수를

앞둔 경작지가 유린되고 있다는 급보를 접하자마자 한밤중임
에도 불구하고 얼굴을 붉게 상기시킨 채 켈틸의 막사로 향했
다.

"이케니아 진지에 대한 공격을 서둘러야 하오!"

그는 흥분을 가라앉히지 못한 채 대뜸 소리부터 질렀다. 그
가 화를 내는 것도 이유가 있었다. 상황도 유리한 데다 공격
을 위한 모든 준비마저 완료된 상황에서 시아노족이 이렇게
시간을 끌고 있는 이유를 암포도릭스는 전혀 이해할 수 없었
기 때문이다. 특히 그 이유가 점괘 때문이라면 더욱 그랬다.
하긴, 합리적이기로 유명한 라인 민족조차 중대한 일을 앞두
고는 점괘로 길흉을 점치는 것이 사실이다.

하지만 라인 민족은 점괘를 일종의 형식적 절차 정도로 여
기는 데 비해, 시아노족은 점괘의 결과를 일종의 신탁처럼 맹
신한다는 것이 달랐다. 같은 에레냐드 인임에도 점괘를 대하
는 태도가 라인 민족에 가까운 카나이족의 인물로서는 이 같
은 시아노족의 태도가 못마땅하기 이를 데 없었다. 더구나 식
량 저장소가 점령되고 경작지가 약탈당하고 있는 상황에서
암포도릭스는 한시 바삐 이케니아 군을 격퇴하고 도시로 돌
아가고 싶은 심정에 마음이 조급해졌던 것이다.

"하지만 점괘의 결과는 보름달이 뜨기 전까지는 전투를 하
지 말라고 말하고 있소."

켈틸은 곤란한 표정을 지었다. 에레냐드 민족이나 토르카

민족이나 모두 양력이 아닌 음력을 날짜의 기준으로 삼고 있었다. 그런 만큼 달 모양을 점괘의 결과와 결부시키는 일은 그리 드물지 않은 일이었다. 하지만 암포도릭스의 주장은 단호했다.

"보름달이라니! 아직 일주일이나 남았지 않소! 나는 그런 점괘에는 관심없소! 족장도 잘 알 것이 아니오! 굳이 신의 도움없이도 우리의 승리는 이미 정해져 있는 것이나 마찬가지이오. 도대체 왜 주저한단 말이오? 나는 더 참지 못하겠소! 내일이라도 당장 공격을 가하지 않는다면, 나는 나의 병사들을 이끌고 사멘티아로 돌아가 버리겠소!"

암포도릭스는 판관에 불과했지만, 대부족인 카나이 부족의 판관이라면 켈틸의 지위와도 그리 차이가 나지 않는다. 그가 의외로 강경한 태도를 보이자 켈틸도 점괘를 이유로 고집을 피울 상황이 아니었다. 무엇보다 부족민의 피를 적게 흘리면서 압도적인 승리를 거두려면 암포도릭스가 이끌고 온 병사들의 힘이 필수적이었기 때문이다.

"좋소. 그대의 말대로 공격 날짜를 앞당기겠소. 하지만……."

점괘를 어기는 행동이 왠지 꺼림칙했던 켈틸은 한마디를 덧붙이는 것을 잊지 않았다.

"만약 우리에게 불행이 닥친다면, 그것은 점괘를 어기게 한 그대의 책임일 것이오."

하지만 그런 켈틸의 말을 암포도릭스는 가볍게 코웃음을 치며 맞받아쳤다.

"그런 책임 따위는 백 번이라도 지겠소. 그럴 일은 절대 없겠지만……."

*   *   *

8월 21일. 아침부터 추적추적 내리기 시작한 가랑비는 여름의 마지막 신록을 더욱 눈부시게 하며 신비스럽도록 아름다운 안개를 피워 올렸다. 하지만 이케니아 군의 진영은 전투를 앞둔 긴장감이 피어오르고 있었다. 지루한 대치를 깨고 시아노—카나이의 연합군이 행동을 개시했기 때문이다.

"빨리빨리 움직여라! 적들이 코앞까지 왔단 말이다!"

이른 아침부터 백인대장들은 부하들을 독촉하며 마무리 작업에 한창이었다. 나뭇가지를 깎아 투창을 만들었고, 토목 공사 중 나온 돌은 방책 근처에 쌓여져 갔다. 각 수비용 탑 아래에는 물을 끓이고, 흙을 달구기 위한 불자리가 마련되었다. 해자에는 날카롭게 깎아 불에 달군 나뭇가지가 매설되었다.

이처럼 수성을 위한 준비는 착실하게 진행되어 가고 있었지만, 문제는 병사들의 사기였다. 세노아 전쟁과 해적 토벌전을 겪었던 고참 병사들은 그나마 양호했지만, 병력의 대부분을 차지하는 신병들은 임박한 전투를 앞두고 긴장한 기색이 역력했기 때문이다.

아르제스는 지금이야말로 병사들에게 싸움의 목적을 명확히 인지시키고, 사령관의 자신감과 강력한 의지를 전달할 때라고 생각했다. 그래서 그는 전 직위의 백인대장들을 불러 모았다. 영내에는 모든 병사들을 소집시킬 만한 공간이 없다는 이유도 있었지만, 백인대장을 고무시킬 수 있다면 그것은 곧 군단병의 사기 진작으로 이어짐을 잘 알고 있었기 때문이다. 어디까지나 군단 체계는 백인대장들의 병사 장악력에 의해 유지된다고 해도 과언이 아닌 체계였다.

적을 코앞에 둔 상황이었다. 그리 넓지 않은 연병장에 모인 백인대장들의 표정은 잔뜩 굳어 있었다. 누가 명령하지도 않았건만 전장에 어울리지 않는 묘한 적막이 흐르고 있었다. 백인대장들이 도열한 앞에서 아르제스는 연단에 올랐다. 마치 3년 전 메디아 원정을 떠나기 전에 출정 연설을 하던 상황과 비슷했지만, 소년 티를 채 벗지 못했던 그때와는 달리 지금의 아르제스가 풍기는 카리스마는 변성기가 지나 굵어진 목소리만큼이나 강렬했다.

"그대들은 지금 타국의 땅에 와서 평생 동안 얼굴도 마주치지 않았던 적들과 생사를 건 싸움을 앞두고 있다. 하지만 그런 것들이 그대들을 주저하게 할 이유는 아무것도 없다. 전우들이여! 그대들이 싸우는 이유는 너무나도 명료하다. 가까이로는 동맹국과의 신의를 지키며 이케니아의 부흥을 꾀하기

322

위함이고, 멀리로는 150년 전 토르카 인들에게 멸망당한 도시들의 복수를 하기 위함이다. 전쟁에 있어서 삶과 죽음은 동전의 양면과 같다. 하지만 죽어서도 떳떳할 수 있는 싸움, 목숨을 걸어도 아깝지 않은 싸움은 그리 흔치 않다. 우리가 치러야 할 싸움이 바로 그런 싸움인 것이다. 용맹하고 충성스럽기 이를 데 없는 그대들과 싸우게 된 것을 나는 행운으로 생각한다. 더불어 그대들도 불패를 자랑으로 삼고 있는 나와 싸우게 된 것을 자랑으로 생각해야 할 것이다. 그대들이 의심하거나 두려워해야 할 것은 아무것도 없다. 나는 승산이 없는 싸움을 해본 적이 없다. 여러분은 오직 승리만을 생각하면 되는 것이다. 나는 그대들을 믿고 나의 목숨을 그대들과 함께할 것이다. 그리고 항상 그래 왔던 것처럼 나는 그대들과 함께 선두에 서서 결코 물러서지 않을 것이다. 전우들이여! 조국을 등에 진 자랑스러운 이케니아의 시민들이여! 그대들도 나와 함께하겠는가!!"

아무리 용맹한 병사들이라도 죽음의 두려움에서 완전히 벗어날 수는 없다. 하지만 '시민'이라는 이름이 모두의 권리가 아니던 시절, 시민만의 의무인 병역에 대한 자긍심이 남다른 것도 사실이었다. 그리고 그런 시민병들은 죽음 자체보다는 무의미하게 죽는 것을 더 두려워한다. 아르제스는 전략 · 전술적인 관점에서 보았을 때 결코 병사들에게 친절한 장수가 아니다. 아니, 오히려 혹독한 편이라고 말할 수 있었지만 병사들은 그런 사령관에게 불만을 제기한 적이 없었다. 그것은 아르제스가 병사들의 심리 상태를 정확하게 이해하고 그때마다 그에 맞는 조치를 취했기 때문이다. 지금 이 순간 아르제스가 생각하는 사기의 실체는 바로 '자긍심'이었다.

같은 말이라도 실천할 수 있는 자가 말하는 것과 실천할 수 없는 자가 말하는 것의 차이는 있고 없음의 차이만큼 크다. 아르제스의 결의와 신뢰는 백인대장들에게 고스란히 전달되었다.

"가이우스 사령관에게 승리를!"

맨 앞 열에 있던 그나에우스는 글라디우스를 뽑아 들고 하늘로 치켜들었다. 오랜 야전 생활로 거칠어진 얼굴이었지만, 그의 눈빛은 이글이글 타오르는 전의를 담고 있었다. 그리고 그런 그나에우스의 전의는 연병장에 모인 다른 모든 백인대장에게로 번져 갔다.

"가이우스! 가이우스!"

백인대장들을 저마다 검을 뽑아 들고 사령관의 이름을 연호했다. 투구에 꽂힌 붉은 깃과 글라디우스에 반사된 아침 햇살은 연병장의 분위기를 마치 파도처럼 요동치게 했다. 수성전에 있어서는 전투의 기술보다 사기가 전투력에 훨씬 더 큰 영향을 미친다. 이로써 아르제스는 전 군단병들의 전투력을 끌어올린 셈이 되었다.

　　　　　　*　　　　　*　　　　　*

　켈틸은 신중하고 조심스러운 자였지만 군사적 재능에 문
외한은 아니었다. 더구나 그는 필요한 사람을 적재적소에 쓸
줄 아는 인물이었다. 개인으로서는 특출 난 장점이 없는 그가
부족장이라는 지위에 오를 수 있었던 것도 그 같은 이유에서
였다.

　8월 21일 새벽, 7천의 기병대 전 병력이 양 진영을 가로지
르고 있던 계곡을 건넜다. 이미 도하 지점은 결정된 상태에서
기병대만으로 실시한 작전이었기에 새벽녘에 시작된 도하는
해가 뜨기도 전에 완료되어 버렸다. 그리고 기병대들은 시위
하듯이 아르제스 진영 주위를 맴돌았다. 압도적인 수의 기병
이 진지 앞 공간을 선점해 버리자 이케니아 군으로서는 가뜩
이나 좁은 진지 안에 갇혀 버린 꼴이 되었다. 이로써 회전의
기회는 사라져 버린 것이었다.

　기병대의 도하가 완료되자 켈틸은 본영의 수비를 위해 5천
의 병사를 남기게 한 후 나머지 보병들을 이끌고 암포도릭스
의 군대와 함께 계곡을 건넜다. 내심 계곡을 양측의 최전방
수비선으로 생각하고 있었던 켈틸에게 이것은 거의 무혈입성
이나 다름없었다.

　양측에 맞서게 된 전장의 대략적인 모습은 다음과 같았다.

정방형의 이케니아 군 숙영지(주진지)는 동서남북 각 정방향으로 면을 접한 채 건설되어 있었다. 각 방책의 면마다 한 개의 진문이 존재하는데, 북쪽 진문은 2중 참호와 연결되어 북쪽 언덕에 세워진 소진지와 이어져 있었고, 남쪽 진문은 남쪽 언덕에 세워진 소진지와 마주하고 있었는데, 이곳의 능선에는 참호와 방책이 건설되어 있지 않았다. 하지만 그렇다 하더라도 남북으로 길쭉하게 뻗은 언덕의 지형 자체가 동, 서, 남 3방향은 사면이 가파르고, 남쪽 진문과 이어진 북사면은 완만하였기에 마음만 먹는다면 수비하기에는 더없이 훌륭한 지형이었다. 동쪽 진문 앞으로는 넓은 평지가 펼쳐져 있는 데 비해 주진문인 서쪽 진문 앞쪽으로는 울창한 숲과 비만 오면 질퍽해지는 습지대가 펼쳐져 있어 다수의 병사가 포진하기에는 무리가 있었다.

실질적으로 숲을 끼고 있는 주진지의 서쪽면은 공략이 힘들었기에 각 진문을 주요 공략 대상으로 삼는다면 전장은 크게 동, 남, 북 이 3개의 방향으로 나눠볼 수 있었다. 그중 특히 남쪽에 위치한 언덕은 수비·공격 양측 모두에게 매우 중요한 전략적 가치를 지니는 고지였다. 그에 비해 북쪽 언덕은 켈틸의 입장에서 보면 분명 눈에 거슬리기는 하지만 반드시 함락시켜야 할 고지는 아니었다.

공성의 방법은 크게 2가지로 나뉜다. 하나는 속공이고, 다른 하나는 지공이다. 속공은 말 그대로 압도적인 병력으로 밀고 들어가 방어선 한 곳이라도 붕괴시키고, 그대로 전투를 종결시키는 방법이다. 그에 비해 지공은 일종의 봉쇄 작전이다. 단단한 포위망을 구축하고 적군의 물자가 고립되길 기다리면서 토루와 같은 공성 시설을 쌓아가며 차근차근 공략하는 방법이다.

속공과 지공 중 시아노족이나 카나이족이 익숙한 것은 역시나 속공이었다. 민족 자체의 성정도 그러했지만, 지공에는 인내심과 더불어 숙련된 공성 기술이 필요하기 때문이다. 게다가 연합군의 한 축인 암포도릭스는 발가르의 교란 작전 때문에 마음이 조급해져 있었다. 물론 수천의 병사에 함락당할 만큼 사멘티아의 수비가 녹록한 것은 아니었지만, 역시 문제는 추수를 코앞에 둔 경작지가 유린당하고 있다는 점이었다. 자존심 강한 그로서는 참을 수 없는 일이었다. 그리고 켈틸 또한 가을이 지나기 전에 이 전투를 마무리하고 싶었다. 그의 목적은 어디까지나 암브로스족의 복종 맹세를 받아내는 것이었기에 아누이 왕국의 군대가 오바쿰의 포위를 풀고 철수하기 전에 시아노족의 수도인 안트케나를 공략하고 싶었다.

이러한 이유로 거의 만장일치에 가까운 지지하에 이케니아 군 진지에 대한 속공이 결정되었지만, 4만이나 되는 군대가 진형을 꾸리고 공격을 준비하는 데는 시간이 걸리기 마련이다. 켈틸은 각 방면으로 병력을 배치시키고, 적의 기습에 대비한 방책의 건설을 지시했다. 아무리 압도적으로 전력이

우위인 입장이라도 켈틸은 수비의 기본을 알고 실천할 수 있는 인물이었다.

그렇게 만들어진 반원형의 포위망은 남쪽 언덕과 북쪽 언덕 모두를 감싸 안고 있는 모양이었고, 길이는 6킬로미터에 이르렀다. 하지만 공사의 내용 자체는 간단한 편이었고, 동원할 수 있는 인력과 자재도 충분하였기에 공사는 불과 반나절 만에 완성되어 버렸다. 하지만 아르제스는 이런 적들의 모습을 북쪽 언덕에 세워진 높은 망루에 올라 묵묵히 바라볼 뿐, 적의 공사를 방해하려는 그 어떤 시도도 전혀 하지 않았다.

결국 그날은 터질 듯한 긴장감 속에 사소한 교전조차 없이 지나가 버렸다. 다만 그날 저녁, 풍부한 식량을 자랑이라도 하듯 시아노―카나이족의 진영에서는 음식 만드는 연기가 온 진영을 뒤덮을 정도로 피어올랐다.

8월 22일.

어제저녁에 풍족한 식사와 휴식으로 병사들의 사기를 높인 켈틸은 아침부터 군대를 움직였다. 그는 전장을 크게 2등분했다. 이케니아 진지의 북쪽 방면은 암포도릭스에게 맡기고, 자신은 정면인 서쪽 진문과 가장 중요한 요충지라고 여겨지는 남쪽 방면을 담당하기로 한 것이다. 이것은 지휘 체계의 혼선을 막고, 공과(功過)를 분명히 하기 위한 조치였다. 분명 표면적인 총지휘관은 켈틸이 되어야 옳았지만, 암포도릭스는 타 부족장의 말을 순순히 들을 만한 인물도 아니었고, 카나이 족의 판관인 그가 그럴 이유도 없었다. 그럴 바에야 차라리 북쪽 전장을 전담하게 함으로써 지휘권의 갈등도 없애고, 전장에 대한 책임 소재도 명확히 하는 편이 낫다고 켈틸은 판단한 것이다.

이런 적군의 포진에 대하여 아르제스는 다음과 같이 병사들을 배치했다. 먼저 북쪽 언덕의 소진지에는 나이가 많아 순간적인 체력은 떨어지더라도 풍부한 경험의 노련한 병사들을 위주로 해서 1개 대대를 배치했다. 북쪽 소진지와 북문 사이에 이어진 2중 참호에는 정예 고참병들 위주로 2개 대대를 배치했다. 이 참호를 지키는 것이야말로 아르제스가 구상한 작전의 성공 여부를 가늠할 수 있는 전제 조건이었다. 남쪽 언덕에 세워진 소진지와 언덕의 북쪽 사면으로는 신병을 중심으로 8개 대대를 배치시켰다. 그리고 나머지 14개 대대는 주진지의 방어에 동원될 병력이었다.

어제부터 내리기 시작한 비는 여름 비답지 않게 한참을 서 있어야 머리와 어깨를 적실 정도로, 마치 물안개처럼 내리고 있었다. 덕분에 전장의 분위기는 묘하게 차분했지만 오히려 그랬기에 긴장감 속에 잠겨 있던 이케니아 병사들은 약간의 추위에도 몸이 떨릴 정도였다.

이유는 달랐지만 포위망을 구축한 채 멀리서 이케니아 군

의 진지를 바라보는 켈틸의 몸도 가늘게 떨려오고 있었다. 그
는 이 전투가 가지는 중요성을 정확하게 이해하고 있었다. 그
렇기에 비브오락테스도 대대적인 원군을 적절한 시기에 파견
한 것일 터였다. 물론 이케니아 군이 이처럼 빠르게 나타날
것이라고는 예상하지 못한 게 사실이었다. 계획대로라면 암
브로스족을 제압한 후, 뒤늦게 나타난 이케니아 군을 카나이
족과 아누이 왕국의 연합군으로 쳐부수어야 했기 때문이다.
하지만 상황은 변했더라도 아군이 유리한 것은 마찬가지였
다. 켈틸은 가볍게 흥분되어 오는 기분을 가라앉히며 왼쪽 허
리에 매인 장검의 손잡이를 움켜쥐었다.

켈틸의 명령을 기다리는 시아노족의 전사들은 방패와 손도
끼, 혹은 드물긴 하지만 글라디우스보다 약간 긴 청동검으로
무장하고 있었다. 방패는 목재에다 금속을 덧대어 만들었는
데 모양은 주로 길쭉한 타원형이 대부분이었다. 철기 문화가
보편화된 이케니아와는 달리 에레냐드 지방은 아직 청동을
무기의 주재료로 쓰고 있었다. 구리와 주석에 비해 융해 온도
가 높은 철의 경우 녹여내기도 힘들 뿐 아니라 재대로 제련하
지 못하면 청동보다도 강도가 떨어지기 때문이다. 그래서 질
이 나쁜 철기 무기의 경우 한 번 후려치면 구부러져 그때마다
발로 밟아 펴야 하는 우스꽝스러운 경우가 생기기도 했다.

이들은 검이나 칼보다는 도끼를 더 많이 이용한다. 그것은
신체적 조건이 좋아 찌르기에 적합한 검보다는 휘둘러서 큰

위력을 낼 수 있는 도끼가 더 유용하다는 점도 있지만, 앞에서 말한 무기 제작법의 한계에서도 그 원인을 찾을 수 있었다. 이들이 검보다 도끼를 더 쉽고 튼튼하게 만들 수 있는 비법은 도끼날을 살아 있는 나뭇가지에 박아 넣어 나무가 도끼날을 단단히 물고 자연스럽게 아물 때까지 기다렸다가 목재에 수분이 적어져 단단하게 굳어지는 가을 무렵에 그 가지를 자르는 방식이었다.

병사들의 포진을 위해 요란하게 울려대던 나팔소리가 잦아들었다. 켈틸은 고개를 돌려 부장에게 물었다.

"병사들의 배치는 완료되었는가?"

켈틸은 보병 병력을 3대로 나누어, 각각 약 9천씩 3명의 장로에게 지휘를 맡긴 상태였다. 그리고 그 자신은 기병대와 함께 후방에서 추이를 지켜볼 요량이었다.

"그렇습니다, 족장님. 명령만 내려주십시오."

부장의 대답에 켈틸을 고개를 끄덕이며 명령했다.

"음, 암포도릭스에게도 전해라. 우리 측의 공격 신호와 동시에 공격하라고. 단, 오늘의 공격을 어디까지나 전초전이니 무리는 하지 말라 일러라."

상대적으로 낮은 지대에 위치한 켈틸로서는 이케니아 군의 방어 시설이나 병력 배치에 대해서 미리 알 수 있는 방법이 없었다. 그래서 병력의 절반 정도만 동원한 공격으로 적의 역량을 시험해 볼 작정이었다. 게다가 이제는 시아노족의 포로가 되어버린 '볼모 사절'을 통해 이케니아 군의 장거리 전력, 즉 궁병이나 투척기(노궁, 노포)의 수가 전체 병력에 비해 상대적으로 적다는 것을 이미 알고 있었다. 무리하게 방책에 매달려 난전만 벌이지 않는다면 적의 공격에 병사들이 희생될 가능성도 무척이나 낮을 터였다. 하지만 적의 방어 태세가 생각보다 미흡하다면 남은 병사들을 동원해 단번에 승부를 내어버릴 생각도 가지고 있었다.

"신호를 올려라!!"

"나팔을 불어라!!"

켈틸의 명령이 내려지자 포위망 중앙에 위치한 본대에서 긴 여운을 남기는 뿔나팔 소리가 울려 퍼졌다.

뿌우우—!

"으업! 으업! 으업!"

그 소리에 맞추어 얼굴에 푸른 염료를 발라 한층 더 용맹해 보이는 선두의 병사들은 힘있고 짧은 함성을 연발했다. 전투가 시작되기 전에 지르는 세 번의 함성은 '아군에겐 승리를, 적군에겐 죽음을, 신에겐 영광을'이라는 뜻이 담겨 있었다. 그리고 이 세 번의 함성이 끝나자 마자 2만의 시아노—카나이족의 보병들은 방패를 앞세우고 전진을 시작했다.

시아노족 군대의 함성과 함께 이케니아 군의 진지도 바빠졌다. 다혈질의 백인대장들은 큰 목소리로 굼뜨게 움직이는 병사들을 독촉했고, 냉정한 백인대장들은 낮지만 진지한 목소리로 병사들의 흥분과 긴장을 가라앉혔다. 그중 그나에우스는 후자에 속하는 지휘관이었다.

"침착해라. 전방을 주시한 채로 명령을 기다려라."

긴장한 기색이 역력한 한 병사의 어깨를 다독이며 그나에우스는 여유로운 미소마저 지어 보였다. 그도 조금의 긴장조차 없는 것은 아니었지만, 그것은 불안감이 아닌 으레 전투 때마다 누구나 느끼는 감정일 뿐이었다. 겉보기에는 어느 것 하나 아군에 유리한 점이 없었지만 질 것이라는 생각은 전혀 들지 않았다.

"네!"

두 사람이 짧은 미소를 막 주고받았을 때, 그들은 거대하고 뜨거운 기운이 덮쳐 오는 것을 느낄 수 있었다. 몸의 열기와 투기가 만들어내는 기운이었다. 뒤이어 엄청난 함성과 함께 바깥쪽 방책이 무너질 듯 흔들거렸다.

"와아아!!"

"방패를 세운 채 자리를 지켜라!"

교전의 서막을 알리자 지휘관들은 저마다 목소리를 높여 혼란스러운 전장을 통제했다. 아르제스가 바깥쪽 방책이 돌파당하기 전에는 어떠한 반격도 금지시켰기 때문이다. 사실 병사들의 입장에서 이것은 상당히 괴로운 명령이었다. 그랬기에 최전선의 지휘관이자 일반 병사들과 항상 함께하는 백

333

인대장들의 역할이 더욱 중요한 시점이었다.

"투척 무기가 날아온다! 방패를 세워라!"

관측병의 말이 끝나기가 무섭게 수많은 투척 무기들이 2중 방책을 넘어 날아오기 시작했다.

텅! 텅!

"방패를 내리지 마라!! 끝까지 그대로 버텨라!!"

2만의 병사가 한꺼번에 몰려와 시작한 적의 투척 공격은 마치 우박이 쏟아지는 듯한 기세로 이어졌다. 화살이며, 돌이며, 짧은 투창은 물론 횃불까지 던져졌다. 투척 무기들이 방패를 때리는 소리는 귀를 멍하게 만들 정도여서 행여나 방패를 치운다면 곧바로 고슴도치가 될 것 같은 공포를 불러일으키기에 충분한 공격이었다.

시아노족의 공성법은 단순하지만 지금의 상황에서는 무척이나 효율적이었다. 그들은 3열의 긴 띠를 만들면서 몰려왔다. 첫 번째 열과 두 번째 열은 개개인이 간격을 유지한 채 머리 위로 방패를 들어 마치 거북이 등껍질을 연상시키는 모양으로 방책 근처까지 접근한다. 방책 근처에 접근하면 일제히 투척 무기를 던져 수비병들을 무력화시키는데, 지금처럼 방책의 높이가 채 5미터도 되지 않고 수비 측보다 공격 측의 병사들이 훨씬 다수라면 무척이나 효율적인 공격법이었다. 그 다음에는 방책의 기단부를 무너뜨리는 순서로 진행된다. 이것도 석벽이 아닌 목재로 만든 방책이라 가능한 공성법이었다.

끼이익!

바깥쪽 방책에 대한 공격이 시작되자 방책은 얼마 되지 않아 비틀어지는 듯한 비명을 질렀다. 바깥쪽 방책 주위로는 아르제스의 명령에 따라 해자 공사도 되어 있지 않았고, 기단부 공사도 튼실하게 이루어지지 않았기 때문이다.

"이따위 방책은 무너뜨려 버리자!!"

이케니아 군이 전혀 반격을 하지 않자 그것을 아군의 공격에 겁을 집어먹은 것이라고 생각해 버린 시아노족의 병사들은 사기를 올렸다. 그들은 도끼를 곡괭이 삼아(그들의 도끼들 중에는 날이 세로로 달린 것뿐 아니라 짧게 가로로 달린 것도 일반화되어 있었다) 방책 하부의 흙을 파내었고, 갈고리가 걸린 밧줄을 방책에 걸어 방책을 무너뜨리기 시작했다. 이쯤 되자 그 냉정한 그나에우스도 무심코 뒤를 바라볼 수밖에 없었다. 하지만 여전히 사령관 막사 옆의 깃대에는 공격을 알리는 붉은색 교전기가 내걸리지 않은 상태였다.

북쪽 언덕의 소진지에 세워진 망루 위에서 아르제스는 넓은 전장을 표정없는 얼굴로 바라보고 있었다. 하지만 옆에 서 있는 마르쿠서스는 무척이나 초조한 표정이었다.

"도련님, 이제는 내려가시지요. 여기는 위험합니다!"

마르쿠서스가 초조해하는 것은 아르제스의 신변에 위험이 닥칠까 두려워서였다. 이곳 북쪽 방면의 공격을 담당한 카나이족의 병사들이 이곳 소진지를 노리면서 다가오고 있었기 때문이다. 확실히 높은 망루에 올라 붉은 망토를 휘날리는 아르제스는 너무나도 눈에 띄는 존재였다.

"교전기를 올려라!"

하지만 아르제스는 방패 하나에 안전을 의지한 채 교전의 시작을 명령할 뿐이었다. 그도 이곳이 위험한 곳임을 모르는 것은 아니었다. 하지만 적군의 눈에 잘 띈다는 것은 아군의 눈에도 그렇다는 소리였다. 전투 중 붉은색이 허용되는 곳은 사령관의 망토와 교전기가 전부이다. 병사들과 함께하겠다는 약속을 지켜 아군의 사기를 살려주기 위해서는 충분히 감수할 만한 위험이었다.

"기수병! 교전기를 올려라!!"

아르제스의 명령이 내려지자 북쪽 소진지를 지휘하던 대대장이 기수병에게 교전기의 게양을 명령했다. 7미터에 가까운 깃대 위로 붉은 교전기가 올라가자 곧바로 주진지와 남쪽 언덕의 소진지에도 교전기가 올라갔다. 때는 바깥쪽 방책의 곳곳이 막 무너지기 시작한 시점이었다.

"반격이다!! 참았던 분노를 토해내라!!"

교전기를 본 지휘관들의 외침과 함께 침묵과 무대응으로 일관하던 이케니아 군의 진지에서 엄청난 함성이 터져 나왔다.

바깥쪽 방책을 무너뜨리고 기세등등하게 진입한 시아노족

병사들을 기다리는 것은 말뚝이 가득 박힌 해자와 바깥쪽 방책과는 너무나 비교될 정도로 튼튼하게 구축된 두 번째 방책이었다.

"투척!!"

백인대장들의 명령이 떨어지자마자 방책과 망루에서는 돌과 투창, 그리고 불이 붙은 역청 그릇이 던져졌다. 바깥쪽 방책은 한꺼번에 무너지지 않았기에 시아노족 병사들은 방책이 무너진 곳으로 한꺼번에 몰려들었고, 그런 그들은 투척 무기의 집중적인 표적이 되었다. 갑작스런 이케니아 군의 반격에 시아노족 병사들도 크게 당황했다. 하지만 그들도 곧 반격을 개시했다. 방책을 무너뜨리느라 잠시 멈추었던 무기의 투척을 다시 시작한 것이다. 하지만 선두에 섰던 시아노족 병사들은 뒷사람의 기세에 밀려 참호 안으로 굴러 떨어졌고, 참호 바닥에 박아놓은 날카로운 말뚝에 몸이 꿰뚫렸다.

"으아악!!"

"사령관님이 보고 계신다. 그대들의 용맹을 보여라!!"

이케니아 군의 지휘관들은 목소리를 높이며 경쟁하듯 병사들을 독려했다. 비명과 함성이 교차하는 가운데 젖은 목재가 불에 그을리며 메케한 연기를 만들어내었고, 동쪽 진문 쪽의 전장은 순식간에 격렬한 교전 상황으로 빠져들었다.

치열하기로는 남쪽 언덕에 위치한 소진지의 상황도 만만

치 않았다. 무엇보다 이곳을 가장 중요한 전략적 요충지로 판단한 켈틸이 다수 병력을 투입시켰기 때문이다. 그들의 공격은 높은 곳에 세워진 소진지보다는 소진지와 주진지의 남문 사이를 이어주는 능선에 집중되었다. 아르제스의 명령으로 이곳은 방책이나 2중 참호가 건설되어 있지 않았고, 대신 병사들은 얕은 참호 위에 흙을 돋아 만든 흉벽(胸壁)과 지형적 유리함에 의지해 방어선을 펼치고 있었다. 능선 양안으로 배치된 병사는 모두 4개 대대 2천3백여 명가량이었다.

"쉬지 말고 던져라!! 한 놈도 이곳까지 올라오게 하지 마라!!"

지형적으로 유리하긴 했지만 이곳은 적과 아군을 격리시켜 줄 방책이 존재하지 않는다. 개개인의 전투력에 자신있는 이케니아 병사들이었지만 3, 4배는 되어 보이는 적들이 떼를 지어 몰려오는 상황에서 백병전만은 피하고 싶었다. 물론 방패를 앞세우고 돌진하는 적을 원거리 무기만으로 멈춰 세운다는 것은 쉽지 않은 일이었다. 하지만 이케니아 병사들은 지금과 같은 상황에서는 그 어떤 무기보다 훌륭한 원거리 무기를 가지고 있었다. 그것은 바로 모래였다.

"달군 모래를 던져라!!"

방어선 곳곳에는 밑바닥이 넓은 쇠솥이 걸려 있었고, 그곳에서는 강가에서 퍼 온 알이 굵은 모래가 뜨겁게 데워지고 있었다. 그리고 그 모래들은 손잡이가 긴 바가지 모양의 도구에

338

의해 능선 아래쪽에서 올라오고 있는 시아노족 병사들에게 퍼부어졌다.

"으엇!!"

"아아악!!"

종이에 닿으면 불이 붙을 정도로 달구어진 모래들은 굉장한 위력을 발휘했다. 돌이나 투창과는 달리 모래는 방패로 막을 수도 없었고, 목덜미의 옷 사이로 몇 알만 들어가도 엄청난 고통을 불러일으켰기 때문이다. 결국 남쪽 전장은 이케니아 군의 지형적 이점과 효율적인 투척 무기의 사용, 시아노족의 앞선 병력과 기세 간의 싸움이었다.

북쪽 전장은 다른 두 전장에 비하면 처음부터 소강 상태가 유지되고 있었다.

북쪽 언덕의 소진지와 주진지로 이어진 2중 참호에 배치된 병력은 불과 3개 대대에 불과했지만, 방어 시설이 너무나도 잘 구축되어 있었다. 게다가 이곳에 배치된 병사들은 주로 30대 중반의 병사들로, 폭발적인 체력은 떨어졌지만 노련하기가 이를 데 없었다. 하지만 겨우 1개 대대만이 지키고 있는 북쪽 언덕의 소진지는 남쪽 언덕의 소진지와 달리 이케니아 군의 입장에서는 점령해도 공격적인 활용도 면에서의 가치는 없었다. 달리 말하면, 암포도릭스의 입장에서도 눈에 거슬리기 이를 데 없는 곳이긴 했지만 여차하면 무시해도 될 만한 곳이었다.

어차피 최종적인 공격 목표는 이케니아 군의 주진지였고, 북쪽 언덕의 소진지를 점령하지 않더라도 주진지를 공격하는 데는 거의 지장이 없었기 때문이다. 때문에 암포도릭스는 순전히 주진지의 방어 태세를 엿보는 데만 주력했다. 적의 대응 방식을 보고 거기에 맞는 공성 장비를 준비해야 했기 때문이다. 그랬기에 마치 무기 투척 훈련을 하는 듯한 공격만을 지시한 채 느긋한 표정으로 전장을 바라볼 수 있었다.

이른 아침부터 시작된 교전은 3시간가량 지속되고 있었다. 하지만 그 3시간 동안 계속 격렬한 전투가 벌어진 것은 아니었다. 이케니아 군의 조직적인 수성에 시아노족의 병사들도 초반의 맹렬한 기세를 유지하지 못한 채 한발 물러났기 때문이다.

"음."

전장을 지켜보던 켈틸은 오늘의 공격은 이쯤에서 그쳐야겠다고 마음먹었다. 적의 방어 시설과 대응 태세를 거의 다 파악했으니 거기에 맞게 적절한 공성전 준비를 하면 될 터였다. 그러나 그때 전령이 달려와 급보를 전했다.

"족장님!! 적의 남쪽 소진지를 함락시키기 직전입니다! 남은 병력의 증원을 요청한다는 장로님의 전갈입니다."

붉게 상기된 얼굴로 달려온 전령은 흥분된 목소리로 말했다. 이것은 켈틸로서도 생각지 못한 의외의 성과였다. 남쪽

340

소진지를 점령할 수만 있다면 주진지는 이미 반쯤 넘어온 것이 아닌가?

"오호!! 그게 정말인가?! 알았다! 바로 증원군을 보낼 테니 공세를 늦추지 말라고 전해라!'

덩달아 흥분한 켈틸은 후방에서 대기하고 있던 병사들에게 전투 준비를 명령했다.

전투의 초반에는 북쪽 소진지의 망루에 머무르던 아르제스였지만, 전투가 중반으로 접어들자 주진지 남측의 망루로 장소를 옮겼다. 그가 바라보는 남쪽 소진지에서는 불길이 치솟고 있었다. 하지만 아르제스의 표정은 무표정, 아니, 옅은 미소마저 머금고 있었다. 저 불은 적의 공격으로 인한 것이 아니라 아르제스가 일부러 불을 내라고 명령한 결과였다. 하지만 원인이 어떠하든 방책과 망루가 불에 휩싸였고, 그 광경을 본 시아노족 병사들은 기세를 올리고 있었다. 게다가 뿔나팔 소리가 울리면서 추가 병력까지 가세할 기미를 보이자 아르제스는 미련없이 명령을 내렸다.

"남측 소진지의 전 병력에게 퇴각 명령을 내려라!! 남측 진문을 담당하는 2개 대대는 퇴각하는 아군을 엄호하라!!"

아르제스의 명령이 내려지자 겹겹이 쳐져 있던 남쪽 진문의 빗장이 젖혀지고 진문이 열렸다. 그리고 진문의 수비를 담당하던 2개 대대가 방패를 들고 뛰쳐나가 좌우로 도열했다.

"퇴각이다!! 전부 퇴각하라!!"

퇴각 신호가 본 남쪽 언덕 소진지의 지휘관들은 기다렸다는 듯이 퇴각하기 시작했다. 방책에 붙은 불길은 적군에게도 위협이었기에 10여 분간은 방책을 수비할 필요도 없이 퇴각 준비에만 몰두할 수 있었기 때문이다. 그만큼 퇴각은 신속했다. 더불어 체력이 온전한 진문 수비대대의 엄호와 방어탑에서 투척된 엄청난 양의 투척 무기가 퇴각하는 병사들을 끝까지 보호했다. 그리고 마지막 병사가 주진지 안으로 들어오고 진문이 닫힐 무렵에는 남쪽 언덕 전체가 시아노족의 병사들로 뒤덮이기 직전이었다. 이케니아 군이 알아서 퇴각해 준 덕분에 켈틸이 직접 지휘하는 추가 병력이 당도하기도 전에 남쪽 언덕은 시아노족에게 점령되어 버렸다.

"와아아아!!"

남쪽 언덕을 점령한 시아노족의 병사들은 함성을 지르며 사기를 높였다. 마치 전투에서 승리라도 한 것 같은 모습이었다.

아르제스는 퇴각한 병사들과 더불어 남쪽 방책의 수비를 강화시켰다. 남쪽 언덕 소진지에서의 퇴각 자체는 자신의 의도대로 흘러갔지만 퇴각 이후의 시아노족의 반응까지는 예측할 수 없었다.

'자! 어떻게 할 테냐?! 이대로 공세를 강화할 테냐, 아니면 유리한 고지를 점했으니 서서히 포위망을 좁혀올 테냐?!'

아르제스는 장기를 두고 있는 사람처럼 상대방의 수를 기다리고 있었다. 물론 상대방이 어떠한 수를 두든 거기에 대한 대응은 준비되어 있었다. 하지만 켈틸이 수를 결정하기 전, 하늘이 훈수를 두어버렸다. 옷깃을 겨우 적실 정도로 내리던 비가 갑자기 소나기로 변했기 때문이다.

"횃불을 방어탑 밑으로 옮겨라!! 비가 온다고 자리를 뜨는 녀석들은 없겠지?!"

갑작스런 비에 이케니아 측이나 시아노족 측이나 약간의 소동이 일어났다. 이 소동에 뜨거웠던 전장의 열기는 순식간에 식어버렸다. 계절의 특성상 짧은 소나기일 것임에는 분명했지만, 속옷과 갑옷이 잔뜩 젖어버린 데다 해자마저 물로 가득 차버린 상태에서는 공성 측의 입장이 아무래도 더 난감해질 수밖에 없었다. 어디까지나 시아노족과 카나이족의 오늘 공격은 공성 장비가 제대로 갖추어지지 않은 상태에서 이루어졌기 때문이다.

"아쉽군. 오늘은 여기까지인가?"

켈틸은 공격의 중단을 결심했다. 조금은 아쉬운 감이 없지 않았지만 남쪽 언덕을 점령한 것만으로도 충분히 만족할 만한 성과였다. 그는 점령한 남쪽 언덕에 병력을 배치시키고는 나머지 병사들에 대해서는 퇴각 명령을 내렸다. 시각은 이미 정오를 넘기고 있었다.

"다행이라고 해야 하나."

구멍이 뚫린 것마냥 비를 쏟아내는 하늘과 적군이 물러나는 모습을 번갈아 보며 아르제스는 알 듯 모를 듯한 미소를 지었다. 다만 한 가지 확실한 것은 다음번에 시아노족이 공격을 해올 때가 이 공방전의 승부를 결정짓는 마지막 전투가 될 것이라는 사실이었다. 이미 미끼는 던져진 상태였다.

『아르제스 전기』 5권에 계속

입소문을 통해 아는 분은 다 알고 계십니다!
올 한해 공인중개사 최고의 화제작!

1~2권 합본 | 이용훈 지음
3~4권 합본 | 이용훈 지음
5~6권 합본 | 이용훈 지음
용 어 해 설 | 이용훈 지음
1~2차 문제풀이집 | 이용훈 지음

수험생 기본 필독서
만화 공인중개사

제목 : 만화공인중개사 쓰신 분에게 감사드립니다.

학원을 두달 다녔어요. 근데 과연 그 숫자 외우기 그런게 몇 문제나 나올까 생각을 했어요.
아니라는 생각이 드네요. 학원강의를 뒤로 하고 서점을 갔어요. 내 머리에 가장 이해될 수 있는
책이 없나 하구요. 거기서 만화를 발견했어요. 무조건 세번 봤어요. 3개월 걸렸어요. 문제집을
보라고 했는데 그건 시행을 못했어요. 근데 합격을 했네요.
어떻게 감사의 말을 해야 될지…
도서관에서 만화책 들고 다니니까 사람들이 비웃더라구요. 만화책으로 공인중개사를 공부한
다고 미친사람처럼 보더라구요. 근데 그거 다 감수하고 했던 내가 자랑스럽습니다.
어떻게 감사의 말을 해야 할지 정말 감사합니다.
부디 행복하세요. 제 나이 41살에 좋은 스승을 만난 거 같습니다.
엎드려 감사드립니다.

－본사 홈페이지에 독자분이 올린 메일 中 에서 발췌－